BIRGIT EBBERT

Schneewalzer

WEIHNACHTEN IN MOLL Es ist Winter in Hagen. Während sich der Schnee auf die Stadt legt und damit den Lärm dämmt, geht es in der Innenstadt und auf dem Weihnachtsmarkt umso geräuschvoller zu. Hier herrscht emsiges Treiben – nicht nur die Würstchenbuden und Handwerkerstände kämpfen um jeden Kunden, auch die Musiker, die die weihnachtliche Stimmung untermalen, sehen sich einem Konkurrenzkampf ausgesetzt. Denn die Zahl der Musizierenden wächst von Jahr zu Jahr. Im Trubel der Vorweihnachtszeit verschwindet plötzlich die elfjährige Hanna. Das Mädchen wollte sich etwas Taschengeld dazuverdienen, indem es Lieder auf seiner Geige spielte. Nachdem zwei Freundinnen der Vermissten ein Suchplakat in der Buchhandlung von Anja Henke aufhängen, begibt sich die Buchhändlerin auf Spurensuche.

Birgit Ebbert, geb. 1962 in Borken/Westfalen, studierte in Bonn und Münster Erziehungswissenschaften, Psychologie und Soziologie. 1993 promovierte sie über Erich Kästner. Nach Stationen in Stuttgart und Bochum lebt sie heute in Hagen und ist als selbstständige Unternehmerin und als freie Autorin tätig. Sie kann auf eine Vielzahl an Veröffentlichungen im Bereich Jugendbuch, Ratgeber und Lernhilfen zurückblicken. »Schneewalzer« ist ihr dritter Roman im Gmeiner-Verlag.

Bisherige Veröffentlichungen im Gmeiner-Verlag:
Wer mordet schon im Ruhrgebiet? (2015)
Falsches Zeugnis (2015)
Brandbücher (2013)

BIRGIT EBBERT

Schneewalzer

Ein Weihnachtskrimi

GMEINER SPANNUNG

Besuchen Sie uns im Internet:
www.gmeiner-verlag.de

Im Ehnried 5, 88605 Meßkirch
Telefon 07575/2095-0
info@gmeiner-verlag.de

1. Auflage 2015

Lektorat: Sven Lang,
Herstellung: Julia Franze
Umschlaggestaltung: U.O.R.G. Lutz Eberle, Stuttgart
unter Verwendung eines Fotos von: © bit.it/photocase.de
Druck: GGP Media GmbH, Pößneck
Printed in Germany
ISBN 978-3-8392-1738-2

Personen und Handlung sind frei erfunden.
Ähnlichkeiten mit lebenden oder toten Personen
sind rein zufällig und nicht beabsichtigt.

TEIL I

KAPITEL 1

Jeder ist verantwortlich für das Instrument, das ihm übergeben wird!

»Ich hätte nicht gedacht, dass man an Mordfällen so gut verdienen kann!«

Anja Henke sah ihren Mann Oliver, der für die Finanzen ihrer kleinen Krimibuchhandlung zuständig war, erstaunt an. »Du hast hier im November mehr verdient als mit deinen Online-Verkäufen im ganzen Jahr«, erklärte er und klappte das Notebook zu, das in Ermangelung eines Tisches auf einem Bücherstapel lag. Auf einem Krimistapel besser gesagt, denn in dem kleinen Ladengeschäft, über dessen Tür das Schild »Mord & Ortschlag« prangte, gab es nur Krimis.

Gerade wollte Anja zu einer Antwort ansetzen, da klopfte es an der Glastür, die noch immer den Charme der 50er-Jahre ausstrahlte. Wie der gesamte Reisepavillon, in dem ihre kleine Buchhandlung Unterschlupf gefunden hatte.

Anja seufzte. »Wir haben geschlossen«, rief sie. Nach dem anstrengenden Samstag war sie irgendwie froh, dass sie an den Adventssonntagen trotz des Weihnachtsmarktes nicht öffnen durfte. Die Ausstellung mit ihren eigenen Fotos über »Hagen früher und heute« am Abend zuvor war ein voller Erfolg gewesen. Sie hatte aber auch ein kleines Chaos und viele ungespülte Gläser hinterlassen. Es klopfte erneut, dieses Mal etwas eindringlicher.

»Mama, da stehen zwei Mädchen«, rief Anjas Sohn Tobias, der zusammen mit seiner kleinen Schwester Ida die Gläser spülte.

Anja seufzte noch einmal. Das war der Nachteil ihres Standortes. Der Laden befand sich mitten zwischen den Weihnachtsmarktständen auf dem Adolf-Nassau-Platz und dieser war natürlich vier Wochen vor dem Fest auch sonntags geöffnet. Sie wollte den beiden Mädchen gerade erklären, dass sie geschlossen hatte, da sah sie ihre Gesichter. Statt der sonst üblichen Freude über den Weihnachtsmarkt in nahezu allen Kindergesichtern las sie Sorge und Angst.

»Was wollt ihr denn?«, fragte sie freundlicher, als sie es im ersten Moment vorhatte.

»Sie kennen sich doch aus mit Mord.«

Überrascht sah Anja das Mädchen an, das sie auf elf Jahre schätzte, soweit der violette wattierte Anorak und die bis auf die Augenbrauen gezogene Mütze das erlaubten. Das zweite Mädchen war kaum weniger vermummt. Bei Minusgraden nicht weiter verwunderlich.

Sie lachte. »Ich verkaufe Krimis«, entgegnete sie. »Damit kenne ich mich aus.«

Das Mädchen deutete auf die Leuchtreklame über dem Eingang. »Aber da steht doch Mord«, sagte sie, und Anja meinte, einen verzweifelten Unterton zu erkennen. Vielleicht war der Name ihrer Krimibuchhandlung »Mord & Ortschlag« doch nicht so gut gewählt. Dabei fand sie, dass er zu ihrem Konzept passte. Sie verkaufte Krimis, organisierte Reisen an Krimischauplätze und fotografierte Krimi-Orte. Immerhin hatte sie lange Zeit als Fotografin gearbeitet, ehe sie Oliver kennengelernt hatte und zu ihm nach Hagen gezogen war.

Die beiden Mädchen wirkten nun wirklich verzweifelt. Erst jetzt fiel Anja auf, dass die größere der beiden in ihren Händen eine Mappe hielt.

»Was wollt ihr denn überhaupt?« Anja bat die Mädchen in den kleinen Laden.

Sichtbar erleichtert folgten die beiden. Die Größere öffnete die Mappe, zog ein Blatt heraus und reichte es Anja.

»Wo ist Hanna?«, las Anja leise und als sie das Bild eines etwa zehnjährigen Mädchens unter den großen Buchstaben sah, bekam sie eine Gänsehaut.

»Was ist mit Hanna?«, erkundigte sie sich.

Als hätte Anja auf einen Knopf gedrückt, sprudelten die Sätze aus den Kindern heraus. Beide sprachen gleichzeitig in einer Hast, die auch Oliver, Tobias und Ida aufmerken ließ.

Anja wartete, bis die Mädchen mit ihren Erklärungen fertig waren. »Mmh, das war jetzt ein bisschen durcheinander«, sagte sie vorsichtig. »Wenn ich das richtig verstanden habe, ist eure Freundin Hanna seit einigen Tagen verschwunden, und ihr glaubt, dass ihr Geigenlehrer ihr etwas getan hat. Ist das richtig?«

Die beiden nickten heftig. »Genau, sie hat bei Facebook geschrieben, dass er sie immer so komisch anguckt«, bestätigte die Kleinere in dem violetten Anorak.

»Dann müsst ihr das der Polizei melden.« Was sollte Anja den Mädchen sonst auch sagen. »Ich bin Buchhändlerin und keine Polizistin oder Detektivin.«

Aus dem Augenwinkel sah Anja, wie die Augen von Tobias bei dem Gedanken an eine Detektiv-Mutter aufleuchteten. Er war von Anfang an Feuer und Flamme gewesen, als sie ihm ihre Idee geschildert hatte, eine Krimibuchhandlung zu eröffnen. Da sie beide die ersten 14 Jahre seines Lebens allein in Oldenburg gelebt hatten, ehe sie Oliver kennengelernt hatten, waren sie sich besonders vertraut. Anja legte großen Wert darauf, dass Tobias mit ihren Entscheidungen einverstanden war. Sonst hätte sie sich auf die Beziehung zu Oliver gar nicht erst eingelassen. Aber Tobias war begeistert. Als klar war, dass er eine Schwester bekommen würde, hatte er darauf gedrängt, dass Oliver ihn adoptierte. »Sonst heiße ich ja anders als meine Schwester«, hatte er mit 15 erklärt, und damit war das Thema Adoption für ihn beschlossene Sache. Für Oliver zum Glück auch. Ihre beiden Männer verstanden sich gut. Auch jetzt zwinkerten sie sich zu.

»Aber du könntest neben der Buchhandlung ein Detektivbüro gründen«, flachste Tobias.

Die Mädchen in dem kleinen Laden nickten eifrig, auch ihre sechsjährige Tochter Ida, die gerade erst in die Schule gekommen war.

»Ihr spinnt«, antwortete Anja nur und wandte sich wieder den kleinen Besucherinnen zu.

»Habt ihr der Polizei von dem Mann erzählt, der Hanna immer so anschaut?«, fragte sie.

Die Mädchen nickten. »Die glauben uns nicht.«

»Warum denn nicht?« Anja konnte sich nicht vorstellen, dass die Polizei einen solchen Hinweis unbeachtet ließ. Ihre Hagener Freundin Dorothee arbeitete bei der Polizei und erzählte gelegentlich von ihrer Arbeit.

Die Mädchen wanden sich. »Nun ja«, druckste die Kleinere herum. »Sie sagt nicht genau, dass es der Geigenlehrer ist.«

»Sie sagt, dass der Mann sie beim Geigespielen immer so komisch anguckt«, fuhr das andere Mädchen dazwischen. »Wer schaut sie wohl beim Geigespielen an? Der Geigenlehrer!«

»Aber.«

Anja sah, dass die Kleine im violetten Anorak ihren Satz nicht weiterführte, nachdem die Größere ihr einen leichten Rippenstoß versetzt hatte.

»Was *aber*?«, fragte sie streng.

»Na ja, Hanna hat auch auf dem Weihnachtsmarkt gespielt«, stieß die Größere trotzig hervor. »Aber trotzdem war es der Geigenlehrer.«

Mit viel Geduld entlockte Anja den beiden Mädchen die ganze Geschichte. Ihre Freundin Hanna spielte ohne Wissen ihrer Eltern auf dem Weihnachtsmarkt Geige, um sich Taschengeld hinzuzuverdienen.

»Der Vater ist doch voll krass!«, schnaubte die Größere. »Sie darf nichts. Obwohl sie schon elf ist, muss sie ständig zu Hause sitzen und lernen oder üben. Sogar WhatsApp hat er ihr verboten.« Sie grinste. »Deshalb haben wir auch den Facebook-Chat eingerichtet. Vom Handy können wir da kostenlos rein und chatten.«

Ihre Freundin nickte. Sie zog ein Smartphone aus der Tasche, das Anja vor Neid fast erblassen ließ. Sie telefonierte weiterhin mit ihrem altertümlichen Handy. Kein Tag verging, an dem Tobias oder Ida nicht darüber lästerten. Stattdessen hatte sie lieber Geld für die neueste digitale Fototechnik ausgegeben. Man muss Prioritäten setzen, fand Anja. Vielleicht nicht solche wie Hannas Vater, der seine Tochter ziemlich kurz hielt, wie sie dem Chat entnehmen konnte, den die Kleine im violetten Anorak ihr zeigte.

»Okay!« Anja fand es an der Zeit, das Gespräch zu beenden, zumal Tobias und Ida, statt die Gläser zu spülen, neugierig zuhörten und gelegentlich kurze Kommentare einwarfen. »Ich bin keine Detektivin, aber ich kann das Plakat ins Schaufenster hängen. Vielleicht weiß jemand was.«

Die Mädchen sahen zufrieden aus. »Wir haben unsere Facebook-Adresse aufgeschrieben. Da können die Leute sich melden«, erklärte die Kleinere und erntete ein lautes Lachen von Oliver.

Anja warf ihrem Mann einen tadelnden Blick zu und übersetzte seine Botschaft in freundliche Worte: »Nicht alle Leute sind bei Facebook.« Als sie die enttäuschten Gesichter sah, bot sie an: »Aber wer hier das Plakat sieht, kann mir sagen, was er weiß. Ich gebe das dann an euch weiter.« Mit einem Seitenblick auf ihre Familie fügte sie grinsend hinzu: »Ich bin bei Facebook!« Dass sie sich erst vor Kurzem angemeldet hatte, mussten die Mädchen nicht wissen.

»Und wem hast du es zu verdanken, dass du bei Facebook bist?« Tobias lachte, als die Mädchen gegangen waren und sie über das verschwundene Kind sprachen. »Ich finde die Idee gut, ein Detektivbüro einzurichten«, meinte er und tippte auf den Touchscreen seines Tablets, um wenig später zu verkünden: »Hier gibt es sogar eine Fortbildung für angehende Detektive.«

Anja stupste gegen seine Schulter. »Eines kann ich dir versprechen: Detektivin werde ich nicht. Niemals! Mir reicht es, mit den literarischen Detektiven zu ermitteln.«

Ihr Sohn grinste, ohne zu ahnen, dass sie dieses Versprechen nicht einhalten würde.

KAPITEL 2

Saubere, ordentliche und nicht zu moderne Kleidung ist Pflicht.

Kurz vor der Öffnung ihrer Krimibuchhandlung klebte Anja Henke das Suchplakat für Hanna in das Fenster zur Bushaltestelle hin.

»Da sehen es die meisten Leute«, murmelte sie und überflog den Text, der unter der Fotografie stand. »Hanna wurde zuletzt in der Innenstadt gesehen. Sie stand mit einer Geige an der Ecke Hohenzollernstraße und Kampstraße, ganz in der Nähe der Feuerzangenbowle.«

Sie setzte sich an ihren Laptop, ein stationärer Computer hätte zu viel Platz weggenommen in dem kleinen Laden. Irgendwo mussten die Fotos von ihrer Weihnachtsmarkt-Runde sein. Seit ihrem Umzug nach Hagen ging sie an jedem ersten Adventssonntag um 11 Uhr mit ihrer Kamera über den Markt. Dann war er noch nicht so überlaufen und sie konnte in Ruhe alle Stände fotografieren. Vermutlich konnte sie sich mit ihrem Archiv um einen Eintrag ins Buch der Rekorde bewerben. Sicher gab es niemanden, der außer ihr so verrückt war, ein solches Projekt durchzuziehen. Aber sie liebte nun einmal das Fotografieren und den Hagener Weihnachtsmarkt.

Als sie hierher gezogen war, hatte sie gehofft, wie in Oldenburg als selbstständige Fotografin zu arbeiten. Aber in einer neuen Stadt war das schwerer, als sie gedacht hatte. Ihr Mann Oliver besaß als Geschäftsführer einer Stiftung gute Kontakte, aber eines wollte sie ganz gewiss nicht, von den Beziehungen ihres Mannes profitieren. Stattdessen hatte sie nach der Geburt ihrer Tochter Ida, die kurz nach ihrem Umzug auf die Welt gekommen war, eine Online-Buchhandlung für Krimis gegründet.

Eher zufällig hatte sie vor einigen Monaten dieses Ladenlokal entdeckt und sich gleich in den kleinen Pavillon am Ende der Fußgängerzone in Sichtweite des Volksparks verliebt. Hier verkaufte sie nun ihre Krimis und dank der Krimireisen, die sie bereits seit Gründung des Internetshops für Kriminalistisches aller Art anbot, konnte sie mit einer kleinen Stammkundschaft beginnen. Das war hier in Hagen wichtig, wo sich viele trotz der Größe der Stadt kannten.

Ihre Krimireisen würde sie auch neben dem Buchladen weiterführen. Bisher war sie einmal im Jahr mit 15 Krimifans und ihren Kameras losgezogen, um Schauplätze von Kriminalromanen zu erkunden. So waren sie auf den Spuren von Commissario Brunetti durch Venedig gegondelt, hatten sich in London auf die Wege von Sherlock Holmes gemacht und fotografiert, wo Irene Huss in Göteborg ermittelte. Sogar eine Kreuzfahrt auf dem Nil im Gedenken an Hercule Poirot war in einem Jahr zustande gekommen.

Anja räumte die Bücher ein, die die Besucher der Ausstellung am Samstagabend betrachtet und nicht gekauft hatten.

Ihre Fotografien zu »Hagen früher und heute« lagen bereits im Keller. Für eine Dauerausstellung war kein Platz in dem Lädchen; lediglich ein Bildpaar stand im Schaufenster, umgeben von Büchern. Es zeigte das Krematorium in Delstern Mitte des letzten Jahrhunderts und heute. Anja war stolz darauf, dass sie es geschafft hatte, exakt den gleichen Bildausschnitt zu fotografieren wie ihr Kollege vor mehr als einem halben Jahrhundert.

Anja zuckte zusammen, als sie die Klänge des »Kriminaltangos« hörte, die erschollen, wenn die Ladentür geöffnet wurde. Diese Idee hatte Anja von Lena Lensing übernommen, einer Kollegin, die in der Nähe der holländischen Grenze eine Krimibuchhandlung betrieb. Anfangs war die Melodie erklungen, sobald die Tür sich bewegte. Keine gute Idee in einem stürmischen Winter bei einer Tür, die aus den 50er-Jahren stammte.

Anja legte einige Bücher beiseite, um sich der alten Dame zu widmen, die durch die Tür trat.

»Was kann ich für Sie tun?«, erkundigte sich Anja bei der Frau, die so ganz anders aussah als ihre sonstigen Kundinnen. Sie trug einen dunkelgrünen Mantel, der gut und gerne so alt sein mochte wie der Reisepavillon, der 1954 erbaut worden war und unter Denkmalschutz stand. Anja erinnerte der Mantel an die Mode aus den 50er-Jahren. Unter dem Pelzkragen schaute ein gestrickter Schal hervor und auf dem Kopf trug die Frau einen jener Filzhüte, die aussahen, als hätte jemand einen Kochtopf mit Filz bezogen.

»Ich habe das Plakat gesehen«, begann die Frau und setzte vorsichtig mit beiden Händen ihren Hut ab. »Warm ist es hier«, kommentierte sie die Bewegung und sah sich nach einer Fläche um, auf der sie den Hut ablegen konnte.

Ehe Anja ihn der Frau abnehmen konnte, platzierte diese ihre altertümliche Kopfbedeckung neben der Kasse. Zu gerne hätte Anja den Hut angehoben, um zu überprüfen, ob ein Topf unter dem Filz verborgen war. Doch sie hielt sich zurück und fragte: »Haben Sie das Mädchen gesehen?«

Die alte Frau schaute sich suchend um. »Kann ich mich hinsetzen?«, lautete ihre Gegenfrage.

Rasch nahm Anja die Abbildungen einiger Krimicover vom Sitzwürfel, den sie von einem Verlag zur Eröffnung ihrer Buchhandlung bekommen hatte.

Die Frau setzte sich umständlich und mit einem wichtigen Gesicht hin. »Ich kenne das Mädchen«, sagte sie bestimmt, und Anja fragte sich kurz, ob die Frau Lehrerin gewesen war. Sie klang genau wie ihre Grundschullehrerin und sah so ähnlich aus.

»Ich bin jeden Tag in der Stadt, wissen Sie?« Die Frau beugte sich zu Anja vor, die neben dem Sitzwürfel in die Hocke gegangen war.

Anja seufzte innerlich, wenn das in diesem Tempo weiterging, konnte sie den Vormittag vergessen.

»Und ich mache jeden Tag eine Runde über den Weihnachtsmarkt. Ich finde ihn zwar schrecklich, aber da komme ich wenigstens unter Leute.«

Wie schön für dich, dachte Anja, setzte jedoch ein interessiertes Lächeln auf. Ihre Gedanken waren bei der elfjährigen Hanna, die vielleicht irgendwo lag und sich nicht helfen konnte. Wenn das ihre Tochter wäre, würde sie sich über jede Hilfe freuen.

»Und da haben Sie Hanna gesehen?« Anja versuchte, den Bericht der Frau zu beschleunigen.

Erleichtert sah sie, wie die Frau nickte und anhob: »Ja. Jeden Tag. Aber erst am Nachmittag. Vormittags war sie ja in der Schule.« Anscheinend kannte die Frau das verschwundene Mädchen nicht nur vom Sehen.

»Ich habe sie gefragt, warum sie in der Kälte steht und Geige spielt«, fuhr die Frau fort und öffnete die Knöpfe ihres Mantels. Darunter kamen ein bordeauxfarbener Pullover mit Rüschen über der Brust und ein dunkelgrüner Rock zum Vorschein. Auf jeden Fall war die Frau in dem Alter, in dem Frauen selten Hosen trugen.

Anja ging in Gedanken die Frauen in ihrem Umfeld durch. Selbst ihre Mutter und ihre Schwiegermutter trugen Hosen. Vor allem bei der Kälte, die sie in diesem Winter gefangen hielt.

»Wissen Sie?«

Anja staunte darüber, wie gut die Frau Kunstpausen beherrschte, und war sich nun sicher, dass sie früher Lehrerin war. Diese rhetorischen Fragen klangen danach.

»Die Kleine hat immer den ›Schneewalzer‹ gespielt.« Die Frau lehnte sich zurück und starrte an die Decke. Dabei lächelte sie und wiegte sich im Walzertakt, als sähe sie sich selbst im Tanz. »Mein Lieblingslied. Darauf haben wir bei unserer Hochzeit getanzt, mein Egon, Gott hab ihn selig, und ich.«

Anja spürte, wie ihre Geduld langsam schwand. Zum Glück fand die Frau von allein zurück aus ihrer Erinnerung.

»Sie stand immer an der Ecke, wo die Kampstraße in den Friedrich-Ebert-Platz mündet. Bei dem kleinen Schmuckladen, in der Nähe des Blumengeschäfts.«

Anja erhob sich enttäuscht. Sie streckte ihre Beine aus und schüttelte sie. Dieser ganze Zinnober für eine Information, die nicht neu war. Wenn sie weiter solche Gespräche führte, würde das Weihnachtsgeschäft darunter leiden.

»Vielen Dank, das ist wirklich eine wichtige Information. Haben Sie das schon der Polizei gesagt?« Anja gab sich viel Mühe, ihre Enttäuschung zu verbergen und war froh, als der »Kriminaltango« neue Kunden ankündigte, die hoffentlich etwas kauften. »Guten Tag, kann ich Ihnen helfen?«, wandte sie sich an ein Paar, das den Laden betrat. Eine hochgewachsene Mittfünfzigerin im langen Nerzmantel und ein kleinerer Mann, der mit seiner beschlagenen Brille kämpfte.

»Wir suchen Weihnachtsgeschenke«, erklärte die Frau und sorgte dafür, dass Anjas Stimmungsbarometer in die Höhe schnellte. Weihnachtsgeschenke, das war eindeutig Plural und bedeutete einen größeren Umsatz.

»Haben Sie bestimmte Vorstellungen?«, erkundigte Anja sich und nahm erfreut den Zettel zur Kenntnis, den die Frau aus der Tasche mit dem auffälligen Markenlabel holte.

»Wir verreisen in diesem Jahr und müssen alle Geschenke verschicken«, leitete die Frau ihren Wunsch ein.

»Da sind Bücher ja bestens geeignet«, stimmte Anja ihr zu und war ihrem Chef in Oldenburg dankbar, dass er sie nach der Fotografen-Ausbildung auf einen Verkaufslehrgang geschickt hatte. Sie hörte den Trainer noch: ›Loben Sie Ihre Kunden. Positiv gestimmt kaufen sie mehr. Schaffen Sie eine gemeinsame Basis.‹

»Wir dachten, wir schenken unseren Freunden Krimis, die in ihrem Wohnort oder in ihrer Heimatstadt spielen.« Die Frau reichte Anja mit wohlmanikürten Händen den Zettel. Da standen mindestens 15 Namen mit Orten versehen, in denen die Krimis spielen sollten. Bereits beim Überfliegen der Liste war klar, dass sie von Sylt bis Garmisch-Partenkirchen für jeden das Passende hatte und selbst für jenen Paul Kollenkamp, der derzeit in Paris lebte, hatte sie einen Geheimtipp: Nestor Burma, der im Auftrag von Leo Malet im Paris der 30er- und 40er-Jahre ermittelte.

»Möchten Sie die Krimis sofort mitnehmen oder soll ich Sie Ihnen heraussuchen, während Sie einen Eierpunsch auf dem Weihnachtsmarkt trinken?« Anja sah, dass das Paar sehr angetan war von dem Vorschlag, ihnen eine kleine Krimi-Auswahl zusammenzustellen, während sie über den Weihnachtsmarkt bummelten. Sie empfahl ihnen den Eierpunsch-Stand an der Konzertmuschel und machte sich an die Arbeit, passende Krimis für die Freunde des Paares herauszusuchen.

»Ich will dann auch mal!«

Vor lauter Freude über den lukrativen Auftrag hatte Anja die Besucherin im grünen Mantel völlig vergessen.

Die Frau saß still auf dem Sitzwürfel und hielt Anja einen Agatha-Christie-Krimi hin. »Den nehme ich und wenn Sie weitere Bücher mit Miss Marple oder Hercule Poirot haben, dann nehme ich die auch«, sagte sie und erhob sich erstaunlich gewandt von dem Sitzwürfel, mit dem selbst junge Leute manchmal kämpften. »Ich wusste gar nicht, dass es die noch gibt. Wissen Sie?«

Anja riss sich zusammen, um nicht mit der Frage nach ihrem früheren Beruf herauszuplatzen, konnte es sich aber doch nicht verkneifen.

»Ich war Grundschullehrerin«, antwortete die Frau. »In der Grundschule Kückelhausen, die vor einigen Jahren geschlossen wurde.« Für einen Moment zog ein Schatten über ihr Gesicht, dann sah sie auf das Cover des Krimis. »Wissen Sie, als ich jung war, habe ich mir vorgestellt, dass ich später wie Miss Marple Mordfälle löse.« Sie lachte und steckte damit Anja an.

»Vielleicht können wir wenigstens den Fall der kleinen Hanna lösen«, sagte Anja leichthin in ihrer guten Laune, ohne zu ahnen, was sie sich damit einbrockte.

KAPITEL 3

Essen in der Öffentlichkeit ist verboten und zieht einen Entzug des Instruments nach sich.

»Hey, Anja!« Britta Jansen, die Aushilfskraft, die ihr unter mehreren Bewerbern als verheißungsvollste erschienen war, riss Anja aus den Gedanken, als sie mit ihrem rot-weiß gepunkteten Schirm in der Hand den Laden betrat.

Anja grüßte erleichtert zurück und blickte Britta nach, die ihre Jacke und den Schirm über die Wendeltreppe in den Lagerkeller brachte. Gut dass ihre Mitarbeiterin rechtzeitig erschienen war, so musste sie die Bücher, die sie für das Paar mit der Geschenkeliste herausgesucht hatte, nicht selbst einpacken. Geschenke zu verpacken empfand sie als lästigste Tätigkeit in ihrem kleinen Laden. Sie hasste Ringelbänder, Schleifen und derlei Schnickschnack, wusste aber, dass die meisten Kunden großen Wert darauf legten. Zum Glück war ihre Aushilfe da ganz anders. Wenn sie Britta gewähren ließe, würde diese eine halbe Stunde für das Verpacken eines Buches benötigen – und hier ein Knickchen und dort ein Sternchen anfügen.

Wie auf ein unsichtbares Zeichen hin ging die Tür auf und die Nerz-Frau mit ihrem Brillen-Partner trat ein. Die beiden kamen Anja leicht angetrunken vor und sie fragte sich, ob es wirklich bei einem Eierpunsch oder Glühwein geblieben war. Doch das konnte ihr gleichgültig sein, solange sie in der Lage waren, den PIN für die EC- oder Kreditkarte richtig einzugeben.

»Da sind Sie ja wieder«, empfing sie das Paar und stellte den beiden die Bücher vor, die sie ausgewählt hatte.

»Das ist ja wunderbar«, säuselte die Frau Anja ins Gesicht.

Sie musste sich zusammenreißen, um nicht vor der leichten Alkoholfahne zurückzuzucken.

»Meine Kollegin packt Ihnen die Bücher gerne als Geschenk ein«, bot Anja an. Als sie sah, wie Britta strahlte, schmunzelte sie. Das war eine Aufgabe nach Brittas Geschmack und solange keine weiteren Kunden kamen, konnte sie sich ruhig austoben. Mittags, wenn in den Banken und in den Büros der Innenstadt alle Mittagspause hatten, würde sich das ändern. Bis dahin wollte Anja wenigstens kurz im Internet nachforschen, was sich über das Verschwinden der kleinen Hanna herausfinden ließ.

»Haben Sie eigentlich den wunderbaren Backfisch nebenan probiert?«, erkundigte sich Anja. Einen weiteren Stand mit alkoholischen Getränken wollte sie lieber nicht empfehlen, schließlich sollten ihre Kunden wiederkommen und nicht während der Heimfahrt am nächsten Baum landen.

Als die beiden einträchtig, wie alte Ehepaare manchmal waren, den Kopf schüttelten, schlug sie ihnen vor, einen Backfisch zu essen, während Britta die 15 Bücher verpackte. Sie versprach hoch und heilig, jedes Päckchen mit einem Geschenkanhänger und dem Namen des Empfängers zu versehen, damit nichts durcheinandergeriet.

Die Kunden verließen beschwingt den Laden.

Britta machte sich strahlend vor Glück an die Arbeit und Anja setzte sich an den Laptop, weniger glücklich als ihre Mitarbeiterin, weil sie bei der Recherche ständig an ihre kleine Tochter denken musste. Am liebsten hätte sie in der Schule angerufen, um sich zu vergewissern, dass Ida sicher dort saß und nicht draußen herumlief, wo derjenige auf sie lauern konnte, der für Hannas Verschwinden verantwortlich war.

Die Polizei tappte weiterhin im Dunkeln. Laut Bericht aus der »Westfalenpost« gab es keine Anzeichen für eine Entführung. Hanna schien von einem Moment auf den nächsten wie vom Erdboden verschluckt worden. Zuletzt war sie an der Stelle gesehen worden, die auch die pensionierte Grundschullehrerin beschrieben hatte. Danach verlor sich ihre Spur, kein Busfahrer, keine Passanten, niemand hatte sie später gesehen.

»Wir können uns nicht erklären, was mit Hanna geschehen ist«, las Anja die Stellungnahme des Polizeisprechers. »Wir bitten weiterhin um Hinweise, wo das Kind gesehen wurde. Es trug zuletzt eine knallrote Mütze mit weißen Sternen, eine rote Jacke mit einem weißen Streifen auf dem Rücken, Jeans und blaue Moonboots. Auffällig ist der Geigenkasten, den es bei sich trug. Auf der Vorderseite klebten Aufkleber von Justin Bieber und David Garrett.«

Anja musste nun doch lachen. Ihre Tochter Ida hätte vermutlich die gleichen Aufkleber auf ihrem Geigenkoffer, wenn sie einen besäße. Erstaunlich, wie David Garrett es geschafft hatte, selbst kleine Mädchen zur Geigenmusik zu bringen.

Bei Hanna war die Begeisterung nicht durch den coolen jungen Geiger geweckt worden, entnahm Anja einer Stellungnahme der Eltern im Regionalfernsehen.

»Unsere Tochter hat das Zeug zu einer großen Violinistin«, betonte der Vater, ohne auf das Verschwinden Hannas einzugehen.

Anja hörte kein Wort des Bedauerns darüber, dass seine Tochter unauffindbar war. In dem ganzen Beitrag wirkte er gefasst und völlig emotionslos. Im Gegensatz zu Hannas Mutter, deren Augen verquollen waren und die zwischendurch immer wieder ihre Nase putzte und Tränen abwischte. Lag das nur daran, dass er ein Mann war, dass er keine Gefühle zeigte?

»Ich wäre selbst ein guter Violinist geworden, wenn die Umstände das erlaubt hätten«, erklärte der Vater und kam dann endlich zum Verschwinden seiner kleinen Tochter. »Bitte helfen Sie uns, Johanna zu finden. Jeder weitere Tag ohne sie, ist ein verlorener Tag.«

Hannas Mutter schluchzte bei dem Satz laut auf.

Anja spürte, wie sich ihre Härchen unter dem dicken wollenen Winterpullover aufstellten. Die arme Mutter, dachte sie und hätte wieder am liebsten zum Telefon gegriffen, um sich zu vergewissern, dass es ihrer Ida gut ging. Sie hörte sich den Satz des Vaters erneut an. Erst jetzt wurde ihr die doppelte Bedeutung bewusst, sprach er von dem verlorenen Tag in seinem Leben oder in Hannas Leben auf dem Weg zur berühmten Geigerin.

»Anja, guck mal, ist das so okay?«

Anja war froh, dass Britta sie aus ihren Überlegungen riss. Das änderte sich allerdings, als sie sah, dass ihre Mitarbeiterin in der ganzen Zeit erst ein einziges Buch eingepackt hatte. Ein Blick auf die Armbanduhr bestätigte ihr, dass fast 20 Minuten vergangen waren und das beschwipste Paar bald zurückkommen würde.

»Du, man braucht höchstens 15 Minuten, um einen Backfisch zu essen«, erinnerte Anja Britta dezent.

Diese schien den Zusammenhang zwischen ihrer Aufgabe und dem Backfisch nicht zu verstehen, sodass Anja deutlicher werden musste. »Das Päckchen ist schön, aber du solltest schneller einpacken.« Das kam ihr doch zu barsch vor und so empfahl sie: »Schlag am besten erst alle Bücher in Geschenkpapier ein und binde die passenden Geschenkanhänger daran.« Sie sah, wie Britta blass wurde, und war nun froh, dass sie erst ein Buch verpackt hatte.

»Den Geschenkanhänger habe ich vergessen«, gab Britta kleinlaut zu.

Anja seufzte, sie nahm die Liste und schaute die unverpackten Bücher an, um den Empfänger des verpackten Buchs ausfindig zu machen.

»Das ist für Angelika«, sagte sie und ihr Ton ließ keinen Zweifel daran, dass sie sauer war. »Und jetzt husch, husch«, fügte sie hinzu, falls Britta immer noch nicht verstanden haben sollte, dass sie Gas zu geben hatte. Die wirkte denn auch erleichtert, als der »Kriminaltango« einen neuen Besucher ankündigte.

»Haben Sie schon etwas herausgefunden?« Die beiden Mädchen, die am Vortrag das Suchplakat gebracht hatten, standen in der Tür.

Anja sah auf die Uhr. »Habt ihr schon Schulschluss?«

Die beiden nickten eifrig. »Wir verteilen jetzt weitere Zettel«, erklärte die Größere.

»Das ist sehr gut. Aber sagt mir doch erst einmal, wie ihr heißt«, schlug Anja vor. »Ich bin Anja Henke.«

Die Mädchen nickten. »Das haben wir an der Tür gelesen.«

»Ich bin Emily«, stellte sich die Kleinere vor, die wieder in ihren violetten Anorak gehüllt war, allerdings die Kapuze abgenommen hatte, sodass ihre blonden Locken und die Stupsnase mit einer grünen Brille zum Vorschein kamen.

»Und ich heiße Giulia, meine Eltern kommen aus Italien«, erklärte das andere Mädchen stolz und schüttelte das lange schwarze Haar so, dass es wie ein Fächer über ihre rote Jacke mit den weißen Sternen fiel.

Anja baute sich in Gedanken eine Eselsbrücke, sie ahnte bereits, dass die Kinder häufiger vorbeikommen würden. Aber daran war sie selbst schuld, sie hatte ihnen so etwas wie einen Freifahrtschein gegeben, als sie sich bereit erklärt hatte, Informationen über Hanna zu sammeln.

Giulia ist die Größere, dachte Anja gerade, als die Tür erneut aufging.

»Unerhört!« Die Stimme kam Anja bekannt vor und als sie aufblickte, sah sie die alte Frau, die sie gleich am Morgen mit ihrer wenig hilfreichen Information über Hannas Verschwinden aufgehalten hatte.

»Stellen Sie sich vor«, die Frau achtete nicht darauf, dass sie nicht allein war und polterte weiter: »Nun steht da ein Mann mit einer Klarinette und spielt den ›Schneewalzer‹ furchtbar schlecht. Ich hätte dem am liebsten sein Geld vom Hocker genommen.«

Emily und Giulia sahen die Frau an, und Anja merkte, dass sie fasziniert waren von dem Hut, dem alten Mantel und der Stimme, die sich in dem kleinen Raum wie Nebel ausbreitete.

»Wie Minerva McGonagall in Harry Potter«, flüsterte Emily ihrer Freundin zu und starrte auf das seltsame Outfit, das selbst Anja wieder zum Schmunzeln brachte. Dennoch warf sie den Mädchen einen Blick zu, der deutlich zeigte, dass sie sich ruhig zu verhalten hatten.

»Äh, Frau«, Anja erinnerte sich nicht, dass die Frau ihr ihren Namen genannt hatte, »gnädige Frau, beruhigen Sie sich doch. Wie kann ich Ihnen denn helfen?«

Die Frau sah Anja an. »Na, indem Sie die Polizei rufen. Es ist doch wohl klar, dass dieser Typ die Kleine aus dem Weg geräumt hat, um ihren Platz einzunehmen.«

Emily und Giulia zuckten zusammen und tuschelten.

Anja konnte nur »Hanna« hören und sehen, dass die Größere den Mund öffnete, um die Frau anzusprechen. Das fehlte gerade, dass die alte Frau die Kinder noch mehr verunsicherte. Um das Thema abzuschließen, lachte Anja. »Das kann ich mir nun wahrlich nicht vorstellen«, rief sie. »Plätze für Straßenmusiker gibt es in dieser Stadt nun wirklich genug.« Sie zeigte auf den Platz vor ihrem Laden. »Da steht auch jeden Tag ein anderer Musiker.«

Wie aufs Stichwort baute ein Mann einen blauen Campinghocker auf und holte ein Akkordeon aus dem Koffer.

Anja sah, wie er verstohlen in ein Brötchen biss und einen Schluck aus einem Coffee-to-go-Becher nahm, ehe er sich aufrecht hinstellte und begann »Vom Himmel hoch, da komm ich her« zu spielen.

»Ach, das habe ich als Kind gerne gesungen«, ließ die alte Frau verlauten und ging mit einem letzten »Krimialtango« aus der Buchhandlung.

Anja seufzte erleichtert. »Das müsst ihr nicht so ernst nehmen, was die Frau sagt«, wandte sie sich an die Mädchen.

»Ach, die hat doch keine Ahnung«, meinte Giulia. »Die ist doch komisch und weiß nicht, dass der Geigenlehrer Hanna entführt hat.«

»Bestimmt hat er Hanna irgendwo eingesperrt, damit er nur für sie spielt«, mutmaßte Emily.

Giulia nickte. »Sie kann wirklich gut spielen«, stimmte sie zu. »Sie wird bestimmt mal eine berühmte Geigerin.«

»Aber zu DSDS kann sie damit nicht«, merkte Emily an. »Das ist auch besser, da melde ich mich nämlich an, wenn ich alt genug bin. Wäre ja blöd, wenn wir gegeneinander kämpfen müssten.«

Erstaunt nahm Anja wahr, wie schnell die Mädchen zwischen den Themen hin und her wechselten. Fast sah es so aus, als wollte Emily gleich hier eine Kostprobe ihres Gesangstalentes geben. Doch das verhinderte Giulia, die sie auf den Boden der Tatsachen zurückbrachte. »Und wenn er sie umgebracht hat, damit sie nicht verrät, was er mit ihr gemacht hat?«

Emily sackte in sich zusammen und auch Anja spürte wieder dieses unangenehme Gefühl. Sie sah auf die Uhr. Ihre Tochter hatte in wenigen Minuten Schulschluss. Dann begann zwar die heiße Zeit hier im Laden, aber das musste Britta eben ausnahmsweise allein schaffen. Sie würde nur schnell zur Schule fahren und Ida abholen. Sonst hätte sie ohnehin keine Ruhe, das wusste sie. Sie verabschiedete die beiden Mädchen mit dem Versprechen, sich auf jeden Fall bei ihnen zu melden.

Im letzten Moment fiel ihr ein, dass sie den vollen Namen Hannas nicht wusste.

Giulia gab ihr nicht nur die Adresse der Eltern, sondern auch die des Geigenlehrers. »Den müssen Sie unbedingt überprüfen!«, sagte sie eindringlich, ehe sie mit Emily den Laden verließ.

KAPITEL 4

Grüßen verbindet und ist ausdrücklich erwünscht.

Als Anja ihre Tochter in der Schule abholen wollte, reagierte diese empört. »Ich will mit den anderen in die Betreuung«, sagte sie und sah betrübt den Kindern aus ihrer Klasse nach, die fröhlich hinter der bunten Tür verschwanden, die zur Ganztagsbetreuung führte.

Anja kämpfte mit sich. Sie war sonst froh, dass Ida gerne in die Schule ging und mit Freude über Mittag dort blieb. Aber heute hätte sie sie lieber in der Nähe gehabt. Das Bild der verschwundenen Hanna ging ihr nicht aus dem Kopf.

»Bitte!« Ida stand vor ihr und verzog den Mund zu der Bitt-Schnute, die sie sich als kleines Kind angewöhnt hatte. Der Blick wirkte immer bei ihrem großen Bruder und ihrem Vater und fast immer bei ihrer Mutter.

Anja ging in Gedanken den Nachmittag durch. Es war ihre erste Adventszeit als Buchhändlerin, aber sie konnte sich gut an die letzten Weihnachtsfeste erinnern. Die Innenstadt wurde voller, je näher Weihnachten rückte, und vielleicht kamen weitere Kunden wie das Paar vom Vormittag.

»Na gut«, ließ sie sich von Ida erweichen, die vor Freude hüpfte und ihr einen Kuss auf die Brust gab, weil sie nicht höher kam. Lachend beugte Anja sich zu ihr herunter, um sie zu umarmen. »Aber du musst mir versprechen, dass du nicht allein nach Hause gehst. Papa oder Toby holen dich ab.«

Ihre Tochter schaute leicht verwundert, weil sie sonst immer mit ihren Freundinnen den Heimweg antrat, nickte aber schnell. Sie drehte sich um, ehe sie die Tür zur Betreuung öffnete, und verschwand.

Anja seufzte. »Das waren Zeiten, als die Kinder das gemacht haben, was ich wollte.« Aber wenn sie ehrlich war, freute sie sich darüber, dass ihre Kinder selbstständig waren und selbstbewusst ihren Weg gingen. Sie hoffte nur, dass niemand ihren Weg kreuzte, der ihnen schadete.

»Wer hat Hannas Weg gekreuzt?«, fragte sie sich auf dem Weg zum Ausgang. Der Gedanke an das Mädchen hatte sie gefangen genommen. Sie wusste, er würde sie nicht loslassen, ehe sie Gewissheit hatte, was mit dem Mädchen passiert war. Wie ein Buch, dessen Figuren sie fesselten und mit denen sie mitfieberte. Als Teenager hatte sie sogar Verabredungen abgesagt, weil sie wissen musste, ob die Helden gerettet wurden. Bis zum heutigen Tag las sie weder Bücher noch schaute sie Filme an, die ein offenes Ende hatten.

Aber in Hannas Schicksal konnte sie nicht vorblättern und schauen, ob alles gut ausging. Sie konnte nur abwarten, aber Warten war nicht ihre Stärke. Sie holte den Zettel mit der Adresse von Hannas Eltern und der des Geigenlehrers hervor und stellte fest, dass sie auf dem Weg zur Buchhandlung fast am Haus des Lehrers vorbeikam.

»Zwei Kilometer Umweg sind doch nichts«, zerstreute sie ihre Bedenken und versuchte zu verdrängen, dass der Pavillon vermutlich voller Kunden war.

»Das ist ein gutes Omen«, fühlte sie sich bestätigt, als sie direkt vor dem Haus einen Parkplatz fand. Sie stieg aus, verschloss das Auto und ging auf das Gebäude zu. Ein altertümliches Haus, wie es ein Regisseur sich für einen schrulligen Geigenlehrer ausgedacht hätte. Anja lachte, sie hatte eindeutig zu viele Barnaby-Krimis gesehen.

»Hieronymus Doll«, las sie auf dem Schild neben der einzigen Klingel. »Ob der hier allein wohnt?«, fragte sie sich und schalt sich gleich für diese dumme Frage. Eine Klingel stand für einen Bewohner, es sei denn, er hatte eine Frau, deren Namen nicht auf der Klingel erschien. Aber warum sollte sie nicht auf dem Klingelschild stehen? Gab es das überhaupt noch, dass nur der Mann darauf stand? Das war das Erste, was Oliver getan hatte, nachdem sie und Tobias zu ihm gezogen waren. Er hatte die Klingelschilder um beide Namen ergänzt.

Das laute, altmodische Schrillen der Glocke klang unangenehm, fast bösartig in ihren Ohren. Wie gut, dass Hannas Freundinnen es nicht gehört haben, es hätte sie in ihrem Verdacht nur bestärkt, dachte Anja, ohne dass sie den Geigenlehrer gesehen hatte. Kaum öffnete dieser die Tür, fragte Anja sich, ob die Mädchen den Mann kannten. Er sah genauso aus, wie sie sich immer das personifizierte Böse vorgestellt hatte: groß und hager, mit einem schmalen weißen Haarkranz und einem stechenden Blick, der etwas milder wurde, nachdem der Mann seine Brille aufgesetzt hatte. Vermutlich konnte er einfach ohne Brille nicht gut sehen und fixierte sein Gegenüber deshalb so stark.

»Guten Tag!« Anja ärgerte sich, dass sie sich keinen Grund für ihren Besuch zurechtgelegt hatte. Sie konnte schlecht danach fragen, ob er Hanna bei sich eingesperrt hatte. Ein Lächeln glitt über ihr Gesicht, das bei dem Mann ebenfalls ein Lächeln hervorrief. »Mein Name ist Anja Henke«, stellte sie sich vor und trat auf die oberste der fünf Stufen der Eingangstreppe, um dem Mann zu zeigen, dass sie gewillt war, ins Haus zu kommen.

»Kuno, Besuch!«, rief der Mann in den Flur und Anja fragte sich, ob er homosexuell war. Dann hätte sich der Verdacht der Mädchen bereits erledigt. Ehe sie sich umwenden konnte, tauchte neben den Beinen des Mannes ein Schäferhund auf, der sie freundlich ankläffte.

»Ich hoffe, Sie haben keine Angst vor Hunden.« Der Mann sah Anja fragend an.

Statt einer Antwort streckte sie die Hand aus und streichelte den Hund. Der Weg zum Herzen der Menschen geht über ihre Tiere. Dieser Geheimtipp aus ihrer Zeit als Fotografin hatte ihr oft gute Dienste geleistet.

»Was kann ich denn für Sie tun?«, erkundigte sich der Mann.

»Ich suche einen Geigenlehrer für meine Tochter«, erklärte Anja. »Sie ist ein Fan von David Garrett und ich würde ihr zu Weihnachten gerne ein paar Probestunden schenken.« Sie staunte über sich, dass ihr diese Geschichte so spontan eingefallen und so flüssig über die Lippen gekommen war.

»Eine schöne Idee«, lobte der Geigenlehrer sie und knöpfte die Weste zu, die er über einem beigefarbenen Hemd trug, das er mit einer karierten Fliege kombiniert hatte. »Kommen Sie doch..« Er hielt Anja die Tür auf und stellte sich vor. »Hieronymus Doll!«

Anja folgte ihm durch den Flur. Vorsichtig setzte sie ihre Füße auf einen uralten Flurläufer, wie sie ihn aus dem Haus ihrer Großeltern kannte. Der Läufer war nicht das Einzige, das sie an die Einrichtung der Großeltern erinnerte. Auch der altmodische Schirmständer und die Wandgarderobe mit Hutablage, auf der sogar ein einzelnes Hütchen lag, ließen sie an eine frühere Zeit denken.

Anja nahm auf einem der altmodischen Stühle Platz und beobachtete den Mann. Er hatte eine widersprüchliche Ausstrahlung. Wenn er mit seinem Hund sprach, wirkte er freundlich und gütig. Sein Aussehen ließ einen jedoch zurückschrecken und die Kleidung schien aus einem anderen Jahrhundert zu stammen.

»Oh, Entschuldigung, ich habe Ihnen gar nichts angeboten.« Nun sprang er wieder auf und kam wenig später mit zwei Gläsern und einer Karaffe zurück.

»Das ist nur Wasser, aber ich lege großen Wert auf Etikette«, erklärte er. »Flaschen gehören einfach nicht auf den Tisch«, führte er aus.

Anja fühlte sich ertappt. Bei ihnen stand das eine oder andere Mal eine Wasserflasche auf dem Esstisch. Schnell beugte sie sich zu dem Hund hinunter, der neben ihrem Stuhl stand und sie abwartend anhechelte.

»Die Mutter von Hanna hat mir den Tipp gegeben«, sagte sie, während Hieronymus Doll das Wasser aus der Karaffe in die Gläser goss.

Die Hand mit der Karaffe zitterte, als sie Hanna erwähnte, da war sie sich ganz sicher, wie sie sich auch sicher war, dass Hannas Freundinnen recht hatten. Hundefreund hin oder her, der Mann war merkwürdig. Nun sprang er auf, um die Untersetzer für die Gläser zu holen, die er vergessen hatte.

Anja traute ihren Augen nicht, als er mit kleinen Glastellerchen zurückkam, die von gehäkelten Deckchen bedeckt waren. Es wirkte für sie so, als hätte jemand die Zeit zurückgedreht. Zuerst diese Lehrerin und nun dieser nicht weniger denkwürdige Geigenlehrer. Es wurde Zeit, dass sie aufwachte und sich wieder in den wahren Alltagstrubel stürzte. Doch vorher lauschte sie darauf, was Hieronymus Doll über Hanna zu sagen hatte.

»Das arme Mädchen. Eine echte Begabung, aber dieser Vater. Menschen sind keine Tiere, man kann sie nicht dressieren und keiner lernt ein Instrument, wenn ein Dompteur mit der Peitsche hinter ihm steht.«

»Was meinen Sie damit?« Der Vergleich machte Anja stutzig. Sie fragte sich, ob die Bemerkung, die Hanna im Chat gepostet hatte, vielleicht gar nicht auf den Geigenlehrer, sondern auf ihren Vater zutraf.

»Na, die Kleine hat eigentlich Spaß am Geigenspiel. Sie ist sogar sehr begabt. Aber ihr Vater setzt sie zu sehr unter Druck. Er zwingt sie, jede freie Minute zu üben. Das ist nichts für ein elfjähriges Mädchen.« Hieronymus Doll nahm einen Schluck aus seinem Glas.

Anja beobachtete, wie er das Glas zerstreut neben den Glasuntersetzer stellte und mit dem Spitzendeckchen spielte.

»Hanna hat mir erzählt, dass er oft stundenlang vor ihr sitzt, wenn sie Geige übt. Sobald sie sich verspielt, klopft er mit einer Reitgerte auf ihren Arm.« Er schüttelte den Kopf. »Das sind Methoden aus dem letzten Jahrhundert. Ach was, aus dem vorletzten. Die Kinder müssen mit Freude üben und nicht mit Angst.« Er sah auf. »Wie alt ist Ihre Tochter?«

Anja hatte ganz vergessen, dass sie unter einem Vorwand hergekommen war. Rasch nannte sie Idas Alter und erkundigte sich nach dem Preis für den Unterricht und ob für die ersten Stunden eine Geige zur Verfügung gestellt wurde. Dann verließ sie hastig das Haus.

Sie konnte sich nicht mehr vorstellen, dass dieser Mann Hanna etwas angetan hatte. Es war deutlich zu erkennen, dass er an ihr Talent glaubte. Und warum sollte er das Talent zerstören oder wegsperren? Auf den ersten Blick gab es keinen Grund.

Im Auto sah sie auf ihr Handy. Während ihres Besuches waren drei Nachrichten auf ihrer Mailbox eingegangen. Rasch hörte sie sie ab: Hannas Freundinnen hatten sie in ihren kleinen exklusiven Facebook-Chat eingeladen, damit sie sie aktuell informieren konnte. Der Laden platzte aus allen Nähten vor lauter Kunden und ein Mann hatte sich wegen des Suchplakats gemeldet.

Hastig wendete sie und fuhr in die Stadt, froh darüber, dass sie sich einen Stellplatz in der Nähe ihres Ladens geleistet hatte. Das ersparte ihr jetzt mehrere Minuten auf dem Weg zu der Information, die der Mann über Hannas Verbleib auf ihrer Mailbox hinterlassen hatte.

KAPITEL 5

Achte sorgfältig auf das Geld, denk immer daran, dass es nicht dir gehört.

»Wer mordet, statt zu toben, ist immer der Stärkere«, las Anja und schmunzelte, als sie das Beil sah, das auf dem Lesungsplakat abgebildet war.

»Wenn ich Krimifan wäre, würde ich auf jeden Fall zu der Lesung kommen«, kommentierte Britta Jansen das Plakat, das Anja mit Klebestreifen von innen im Schaufenster rechts neben der Eingangstür befestigte.

»Hey, ich habe dich eingestellt, weil du ein Krimifan bist«, flachste Anja, die ihre Mitarbeiterin wirklich zuallererst wegen ihrer Krimikenntnisse ausgewählt hatte. Bei ihrem Vorstellungsgespräch konnte sie aus dem Kopf mindestens 30, wenn nicht sogar 40 Ermittler, die man aus Buch und oder Fernsehen kannte, nennen. Und sie war in der Lage nahezu jedem Ermittler den Schauplatz zuordnen, an dem die Handlung angesiedelt war. So etwas war ihren Kunden wichtig, das war Anja bereits mehrmals aufgefallen, als sie nach Idas Geburt die Online-Krimibuchhandlung gestartet hatte.

Immer wieder mailten Kunden, dass sie einen Krimi suchten, der an dem Ort spielte, in dem sie ihren Urlaub verbringen wollten. Oder sie suchten ein Buch zu einem Thema, mit dem sie sich beruflich beschäftigen mussten. Das faszinierte Anja am meisten, dass manche Leute, häufig Studenten vor Prüfungen oder Journalisten während der Recherche, sich nicht nur von Sachbüchern inspirieren ließen, sondern sich auch aus Krimis informierten. Seitdem notierte sie sich zu jedem Krimi, den sie las, nicht nur den Ort, sondern auch das Thema und war erstaunt, wie viele Krimis es gab, die naturwissenschaftliche oder sozialpolitische Themen aufgriffen.

Der »Kriminaltango« signalisierte ihr, dass sie sich nicht zu ihrem Vergnügen in dem kleinen Lädchen aufhielt, sondern um Geld zu verdienen.

Anja grinste, als sich die Frau in den Vierzigern wie aufs Stichwort nach einem Krimi erkundigte, in dem andere Bücher eine Rolle spielen sollten.

»Das ist meine leichteste Übung«, antwortete sie lachend und zog ein schmales Bändchen von Amanda Cross hervor, mit dem sie selbst vor vielen Jahren ihr

Faible für Krimis entdeckt hatte. »In dem Krimi ermittelt eine Literaturprofessorin«, schilderte sie kurz die Figur. »Sie löst diesen Fall dank ihrer Literaturkenntnisse.«

»Genau das, was ich suche.« Die Kundin war begeistert. Sie setzte sich mit dem Buch auf den Sitzwürfel und las die ersten Seiten, während Anja den Laden verließ und das Lesungsplakat mit dem Beil von außen betrachtete, um zu sehen, ob die Ankündigung gut zu erkennen war

Akkordeonklänge erinnerten sie an den absurden Verdacht der Dame in Grün, wie sie insgeheim die pensionierte Lehrerin mit ihrem »Schneewalzer«-Tick nannte. Ein Straßenmusiker hatte sich neben dem Eingang zum »Mord & Ortschlag« aufgebaut.

»Sie spielen gut«, sprach Anja den Musiker an. Ein Blick auf den blauen Campinghocker, auf dem er das Geld der Passanten sammelte, zeigte ihr, dass auch andere so dachten.

Der Mann lächelte vorsichtig zurück, als sie ihn anschaute, allerdings entdeckte sie ein nervöses Flackern in seinen Augen. Vor wem hatte er Angst? Sie griff in die Hosentasche und holte einen Euro heraus.

»Einen schönen Tag noch«, sagte sie freundlich und warf die Münze auf den blauen Campinghocker, wo sie mit einem leisen Klirren zwischen den anderen Münzen liegen blieb.

»Haben Sie weitere Krimis von Amanda Cross?«, empfing die Kundin Anja, als sie wieder hineinging. Sie zog die Stirn kraus. Wo war Britta? Warum bediente sie die Kundin nicht, sondern ließ sie einfach stehen? Darum musste sie sich später kümmern. Erst einmal holte sie der Kundin die anderen Bücher von Amanda Cross aus dem Regal.

»Dürfen wir sie als Geschenk verpacken?«, fragte Anja, während sie die Bücher unter den Scanner hielt und die Kasse ausrechnen ließ, was die Frau zu bezahlen hatte.

Die Kundin lachte. »Nein, die schenke ich mir selbst zu Weihnachten.«

»Aber gerade deshalb sollten Sie sie verpacken lassen«, empfahl Anja. »Bis Weihnachten haben Sie vielleicht vergessen, was in den Päckchen ist, und dann ist die Freude umso größer.«

Die Frau sah sie erstaunt an. »Eigentlich haben Sie recht.«

Anja rief Britta, damit diese wenigstens die Bücher verpackte, wenn sie sie schon nichts verkaufte.

Britta kam die Wendeltreppe aus dem Lager in dem kleinen Kellerraum herauf. Sie kaute noch und Anja ärgerte sich, dass Britta ausgerechnet dann etwas essen musste, wenn eine Kundin im Laden war. Sie nahm sich vor, ein ernstes Wort mit ihr zu sprechen. So nett sie war, es reichte nicht aus, Geschenke gut zu verpacken und Ermittler auswendig zu wissen, um sie in dem Lädchen wirklich zu entlasten. Aber bis Weihnachten mussten sie sich zusammenraufen, so schnell würde sie keinen Ersatz finden.

»Kriminaltango, in der Taverne, dunkle Gestalten«, sang ein Mann im Trenchcoat, als er den Laden betrat, zu ihrer Türmelodie. »Das ist ja einladend«, sagte er und freute sich sichtlich, als er sich in dem kleinen engen Raum umsah. »Sie haben wirklich nur Krimis!«, stellte er fest, als hätte jemand etwas anderes behauptet.

Anja nickte stolz und war gespannt, was der braun gebrannte Mann, dessen Gesicht von unzähligen Falten übersät war, von ihr wollte. Rasch stellte sie ihre übliche Begrüßungsfrage: »Womit kann ich Ihnen helfen?«

Der Mann schwieg.

Anja beobachtete, wie er von Regal zu Regal ging. Er kam ihr bekannt vor. Irgendwo hatte sie das Gesicht bereits gesehen.

»Eine gute Auswahl«, stellte der Mann am Ende seines Rundgangs fest. Lächelnd wandte er sich ihr zu. »Ich habe schon viel von Ihnen gehört.«

Anja lächelte zurück. Was sollte sie auch sagen? Sie hatte ihm bereits ihre Hilfe angeboten, aber die wollte er anscheinend nicht. »Oh, von wem denn?«, fragte sie daher, damit das Gespräch nicht ins Stocken geriet. Sie hörte den Verkaufstrainer sagen: ›Lassen Sie ein Gespräch niemals abbrechen, dann verlieren Sie den Kunden.‹ Meist klappte das, aber bei diesem Mann schien sie an ihre Grenzen zu stoßen.

»Entschuldigung, ich habe mich nicht vorgestellt.«

Anja atmete fast erleichtert aus, als der Mann endlich aktiv wurde.

»Mein Name ist Gerd Neubert. Ich bin ein Kollege von Dorothee Herbst.«

Ein Polizist also. Darauf wäre sie nicht gekommen. Er wirkte so anders. Nicht beamtentauglich würde ihre Netzwerkfreundin Dorothee Herbst sagen. Sie war Kriminalbeamtin, nicht in Hagen, sondern beim Landeskriminalamt in Düsseldorf. Vor zwei Jahren hatten sie sich bei den Businessfrauen kennengelernt, einem Frauennetzwerk, in dem sich berufstätige Frauen aus Hagen und Umgebung austauschten und unterstützten.

Anja betrachtete den Mann unauffällig. Ob er auch im Dezernat Internetkriminalität tätig war wie Dorothee?

Als hätte er ihren Gedanken erraten, sagte der Mann: »Ich arbeite hier in Hagen und bin zuständig für das Verschwinden der kleinen Hanna.« Er deutete mit dem Kopf auf das Suchplakat, das links neben dem Eingang hing. »Vermutlich haben Hannas Freundinnen Ihnen das Plakat gebracht.«

Das war keine Frage, sondern eine Feststellung, fiel Anja auf. Eine Feststellung mit einem missbilligenden Unterton, der in ihr sogleich einen Widerstand hervorrief. Was war dagegen zu sagen, dass Kinder sich dafür engagierten, dass ihre Freundin gefunden wurde?

»Wir haben nichts dagegen, dass die Mädchen nach ihrer Freundin suchen.«

Der Mann wurde Anja unheimlich. Konnte er Gedanken lesen?

»Wir erleben es aber oft, dass Zeugen sich nicht bei der Polizei melden, weil sie Angst haben, in unsere Mühlen zu geraten oder selbst etwas getan haben, was nicht ganz koscher ist.«

Anja dachte an die illegal heruntergeladenen Videos ihres Sohnes, die sie vor drei Jahren in einer Nacht-und-Nebel-Aktion gelöscht hatten. Bis dahin hatte Tobias sich keine Gedanken darüber gemacht, dass es strafbar sein könnte, diese Videos auf dem Computer zu speichern und sie mit Freunden zu tauschen. Seit er Medienwissenschaft in Bochum studierte und gelegentlich nicht autorisierte Videos seiner Band »Die Hausschweine« im Internet kursierten, verstand er, warum sie und Oliver damals so sauer waren.

»Und was soll ich jetzt machen?«, fragte sie in einer Mischung aus Verständnis für den Mann und Sympathie für die beiden engagierten Mädchen.

Gerd Neubert lachte. »Erst einmal nichts. Ich möchte Sie nur bitten, sich mit uns in Verbindung zu setzen, wenn sich jemand bei Ihnen meldet.«

Er hatte das Plakat also genau gelesen, hatte sie doch selbst handschriftlich darunter geschrieben, dass man sich auch im Laden melden konnte, wenn einem etwas aufgefallen war.

Der Mann nahm einen Stift von der Theke und schrieb seine E-Mail-Adresse und Telefonnummer auf einen Handzettel, auf dem eine Lesung angekündigt wurde. Er wandte sich zum Ausgang und bemerkte beim Verlassen der Buchhandlung: »Übrigens, ein schöner Laden. Ich komme noch einmal wieder, um mich mit Weihnachtsgeschenken einzudecken. Dorothee hat jedenfalls nicht zu viel versprochen, und wenn Sie mal einen echten Kriminalbeamten für eine Veranstaltung benötigen, melden Sie sich.« Er winkte ihr zu und wäre fast in einen Mann mit einem alten Nato-Parka gelaufen, der am Pavillon vorbei auf den Straßenmusiker zuging, der unermüdlich seine Weihnachtslieder spielte.

Anja steckte den Zettel mit den Daten in ihre Hosentasche. Als sie wieder aufblickte, bemerkte sie, wie der Mann im Nato-Parka sich über den blauen Campinghocker beugte. Es sah aus, als nähme er Geld von dem Hocker, statt welches darauf zu legen. Der Musiker verzog jedoch keine Miene, sondern klimperte weiter auf seinem Akkordeon.

Wirklich verrückt, welche Streiche einem das Gehirn spielt, dachte Anja. Da fiel ihr auf, dass Britta weiterhin in aller Gemütsruhe mit dem Einpacken der Cross-Krimis beschäftigt war, während die Kundin auf die Uhr sah und es sichtlich bereute, dass Anja sie zum Verpacken der Geschenke überredet hatte.

KAPITEL 6

Vorsicht vor Menschen in Uniformen.

»Ich kann mir einfach nicht vorstellen, dass mitten auf dem Weihnachtsmarkt keiner mitgekriegt hat, was mit diesem Mädchen passiert ist.«

Anja saß mit ihrer Familie am Abendbrottisch, sie versuchte ihrem Sohn Tobias ein Zeichen zu geben, dass das Thema nicht gerade passend war, wenn Ida zuhörte. Doch es war zu spät.

»Was ist mit dem Mädchen passiert?«, wollte Anjas sechsjährige Tochter wissen und sah ihren älteren Bruder fragend an. Ihre Augen bohrten sich fast in sein Gesicht, wie immer, wenn sie eine Frage stellte.

Tobias gelang es, Ida das bedrückende Thema so nahezubringen, dass sie nicht verunsichert war, sondern darüber nachdachte, was Hanna geschehen war.

»Vielleicht hat sie jemand in die Welt der Zauberer geholt so wie Harry Potter«, sinnierte sie und stocherte in dem Kartoffelsalat, aus dem sie auf ihrem Teller ein Zauberschloss errichtet hatte.

Anja fragte sich, ob der erste Band von Harry Potter wirklich die passende Vorleselektüre für eine Erstklässlerin war. Aber Ida hatte ihn in Tobias' Zimmer entdeckt und war nicht davon abzubringen gewesen, dass ihre Eltern ihr das Buch abends vorlasen. Gerade war Harry Potter von der Muggle-Welt in die Zauber-Welt gelangt. Immerhin dachte Ida dadurch nicht an die Alternativen, was mit Hanna geschehen sein konnte, die Anja im Kopf herumspukten.

Tobias ließ das Thema ruhen, während Ida zuhörte, und verwickelte sie in ein Gespräch über Zauberer, ehe er sich zum Basketballtraining verabschiedete.

Ida blieb mit ihren Gedanken in der Zauberwelt und schlief umgehend ein, als Oliver ihr vorlas, wie Harry Potter sich in seiner neuen Welt zurechtfand.

»Wie war das Training?«, erkundigte sich Oliver zwei Stunden später bei Tobias, als dieser mit nassen Haaren vom Duschen das Wohnzimmer betrat. Obwohl er ein Zimmer in einer WG in Bochum hatte, blieb er oft über Nacht in Hagen, wenn er Basketballtraining hatte oder sich mit den anderen Mitgliedern seiner Band traf.

»Ganz okay«, antwortete Tobias, doch Anja sah, dass er in Gedanken war. »Ich verstehe einfach nicht, warum niemand das verschwundene Mädchen gesehen hat. Sie hat doch fast eine Woche jeden Tag in der Stadt musiziert.«

Das war neu für Anja. In der Zeitung hatte es so geklungen, als hätte Hanna nur ein einziges Mal auf dem Weihnachtsmarkt gespielt. »Woher weißt du das?«, erkundigte sie sich bei ihrem Sohn.

»Einer aus unserer Mannschaft hat dem Mädchen Nachhilfe gegeben«, berichtete Tobias. »Anscheinend hat sie sich, seit der Weihnachtsmarkt begonnen hat, fast immer entschuldigt und einmal hat er sie in der Stadt gesehen.«

»Hat er etwas bemerkt?« Tobias hatte Anjas Aufmerksamkeit geweckt. Wenn seinem Mitspieler Hanna aufgefallen war, mussten auch andere etwas mitbekommen haben.

»Das ist wohl etwas blöd gelaufen.« Tobias schüttelte den Kopf. »Er hat das Mädchen angemacht, wieso sie nicht im Unterricht wäre. Er hat ihr gedroht, ihrem Vater zu sagen, dass sie schwänzt, wenn sie ihm die Stunden nicht bezahlt. Da hat sie wohl losgeheult, dass er sein Geld bekommt, wenn er nur ihrem Vater nichts sagt.«

Gespannt sah Anja ihren Sohn an. »Und, hat er sich daran gehalten?«

Tobias brauste auf. »Was denkst du denn? Wir sind doch keine Kinderverräter!«

»Das habe ich doch gar nicht gesagt«, versuchte Anja Tobias zu beruhigen. »Es haben ja nicht alle so viel Erfahrung mit kleinen verrückten Mädchen wie du.« Dabei grinste sie ihn verschwörerisch an, bis er lachte.

»Okay, aber manchmal nervt es voll, wenn Erwachsene denken, wir wären link und hinterhältig.« Er rückte damit heraus, dass an dem Abend der Hausmeister der Sporthalle seinen Laptop vermisst hatte. Sein Verdacht war sofort auf die Spieler gefallen. Er hatte sie beschuldigt und erklärt, dass sich Jungs so eine Gelegenheit nicht entgehen lassen würden und doch immer scharf auf Technik wären.

»Es ist komisch, dass diese Auseinandersetzung niemand gesehen hat«, brachte Oliver sie zurück zu dem verschwundenen Mädchen. »Es laufen so viele Kids den ganzen Tag über den Weihnachtsmarkt, denen ist sicher etwas aufgefallen.«

Tobias nickte. »Immerhin sind viele etwa so alt wie das Mädchen«, stimmte er zu, während er sein Tablet aus der Sporttasche holte und den Browser öffnete.

»Alte Leute«, dabei grinste er seine Mutter und Oliver verschmitzt an, »fallen mir gar nicht auf. Aber wenn jemand rumsteht, der so alt ist wie ich.«

»Selektive Wahrnehmung«, ließ Oliver sich vernehmen und nahm einen Schluck aus seinem Weinglas. Er lehnte sich in dem Sofa zurück. »Das ist ganz normal, es fällt einem vor allem das auf, was einen interessiert und was einem bekannt vorkommt.« Er legte den Kopf in den Nacken und sah an die Decke, als stünde dort die Antwort auf eine Frage, die ihm im Kopf herumspukte. »Vielleicht sucht die Polizei einfach falsch«, sagte er schließlich und beugte sich nach vorn, um Anja anzusehen. »Wie sucht sie überhaupt?«

»Es gab einen Zeitungsaufruf«, antwortete Anja.

»Aber wer liest heute noch Zeitung«, warf Tobias ein und tippte weiter auf dem Touchscreen des Tablets herum.

»Ich«, antworteten Oliver und Anja gleichzeitig und lachten.

»Wir dürfen uns etwas wünschen«, meinte Oliver und lehnte sich über den Tisch, um Anja einen Kuss zu geben.

»So, jetzt hab ich's«, unterbrach Tobias sie. »Die Polizei hat eine Meldung herausgegeben, die in der

›Westfalenpost‹, im ›Stadtanzeiger‹ und im ›Wochenkurier‹ stand. Außerdem hat der ›WDR‹ die Suchmeldung gebracht und ›Radio Hagen‹. Immerhin, das hören manchmal auch die Kids. Aber«, er sah von dem Tablet auf und griff schnell nach dem letzten Dominostein, der in der Schale lag, als er bemerkte, wie Anja ihre Hand danach ausstreckte. Grinsend schob er sich den Dominostein in den Mund und erklärte unter dem tadelnden Blick seiner Mutter mit vollem Mund: »Aber nix bei Facebook und nix bei YouTube.«

»Hallo, soll die Polizei etwa einen Film über Hanna für YouTube drehen?« Diese Idee fand Anja nun wirklich abwegig. Sie war ein Fan der Möglichkeiten des Internets, sie surfte für ihr Leben gerne und war inzwischen begeisterte Facebook-Userin, aber das ging ihr doch zu weit.

»Mensch, Mama, das sind die Medien, über die sich die Kids heute informieren«, klärte ihr Sohn sie auf.

Sie schnaubte. »Facebook okay, aber YouTube?«

Doch Tobias ging nicht weiter darauf ein. Er stand auf und setzte sich neben sie. »Guck hier, ich habe jetzt ein Blog eingerichtet: www.woisthanna.de, das habe ich über Facebook und Twitter geteilt.«

Anja starrte die Seite an. »Das musst du dir angucken, Oliver«, forderte sie ihren Mann auf, der sich mit einem Seufzer von seinem Weinglas trennte.

»Wow! Das hast du jetzt eben gemacht?« Oliver schaute seinen Stiefsohn an.

»Wahnsinn!«, rief Anja. Der Bildschirm des Tablets

zeigte eine Seite, auf der die Informationen standen, die sie in der Polizeimeldung gelesen hatte, das Suchbild von Hanna, das auch die Polizei veröffentlicht hatte, und eine E-Mail-Adresse.

»Die Mail-Adresse habe ich auf deine normale E-Mail umgeleitet«, erklärte Tobias seiner Mutter, die beeindruckt von dem Werk ihres Sohnes da saß und auf das Tablet starrte.

Tobias rief die Facebook-Seite mit dem gleichen Namen auf und stellte erfreut fest, dass es bereits erste Likes gab und sogar einen Kommentar: »Hey, das ist ja Hanni«, schrieb ein Facebook-Nutzer namens Jan Ine.

»Er hat den Namen mit dem Profil verbunden«, erklärte Tobias Anja und Oliver, die sprachlos zusahen, wie er auf den Namen klickte und sich die Facebook-Seite der verschwundenen Hanna öffnete.

KAPITEL 7

Höflichkeitsformeln wie »bitte« und »danke« sind der Kern jedes Kontakts mit anderen Menschen.

Anja war mit ihrer Kamera in der Innenstadt unterwegs, ein Kunde hatte ihr eine Postkarte aus dem Jahr 1953 geschickt, auf der das große Kaufhaus an der Ecke Elberfelder Straße und Kampstraße abgebildet war. Das Gebäude war leicht zu finden. Es sah fast genauso aus wie vor über 60 Jahren. Aber wie sollte sie den Blickwinkel des Fotografen von damals einnehmen?

Ich spinne, dachte Anja. Ein Sisyphus-Projekt, mit dem ich niemals fertig werde. Trotzdem konnte sie nicht aufhören, alte Postkarten nachzufotografieren. Begonnen hatte sie damit in den ersten Monaten in Hagen, als sie niemanden gekannt und kein Mensch sie als Fotografin beauftragt hatte. Ihr war die Decke auf den Kopf gefallen, während Oliver in seiner Stiftung saß und Kunstprojekte förderte.

Damals hatte sie beschlossen, als Fotografin im Stadtbild aufzutauchen. Seitdem fotografierte sie alte Postkarten nach und kam mit vielen Menschen ins Gespräch, die ihr Postkarten oder alte Fotos schickten. Sogar einige Aufträge hatten sich daraus ergeben.

Anja verstaute die Kamera und sah auf die Uhr. Sie

war schneller fertig, als sie gedachte hatte, und es war noch ruhig in der Stadt. Britta hütete den Laden. Die Zeit würde reichen, um die Mutter des verschwundenen Mädchens zu besuchen. Sie ging direkt zu ihrem Auto, legte die Kamera samt Stativ auf die Rückbank und zog den Zettel mit den Adressen, den Giulia ihr gegeben hatte, aus ihrer Hosentasche.

»Fleyer Straße«, las sie und pfiff leise. So viel wusste sie nach rund sieben Jahren in Hagen, dass die Fleyer Straße kein schlechtes Wohngebiet war. Vor einigen Jahren hatte sie dort sogar eine Postkarte aus der Zeit vor dem Krieg nachfotografiert. Eine echte Herausforderung. Auf der Postkarte waren nur einige der alten Villen zu sehen, ein Teil war wohl zerstört oder abgerissen worden. Aber durch die Recherche kannte sie sich dort gut aus und nach wenigen Minuten hatte sie das Haus von Hannas Eltern erreicht.

Das Haus hätte ich auch gerne, dachte sie, aber dazu musste man wohl eine lange Vorfahrenreihe in Hagen besitzen. Umso neugieriger war sie auf Hannas Eltern. Ihr fiel auf, dass sie über die Mutter des Mädchens nichts wusste. Alle sprachen nur über den Vater.

Anja nahm die Kamera vom Rücksitz und grinste. Sie hatte eine Idee, wie sie völlig unauffällig mit den Eltern ins Gespräch kommen konnte. Forsch drückte sie den Klingelknopf und löste einen melodischen Ton aus, der ihr bekannt vorkam. »Bestimmt die ersten Töne eines klassischen Stückes«, murmelte sie, als die Tür geöffnet wurde.

Die Frau aus dem Fernsehbericht stand vor ihr mit strähnigen, fettigen Haaren, ungeschminkt und mit verquollenen Augen, denen Anja ansah, dass sie in den letzten Stunden und Tagen wenige tränenfreie Momente erlebt hatten.

Anjas schlechtes Gewissen meldete sich. Wie konnte sie einfach hier eindringen? Und was sollte sie sagen? »Guten Tag, mein Name ist Anja Henke, und ich suche Ihre Tochter«, war kaum angebracht. Aber die Frage, ob sie das Haus fotografieren durfte, weil es auf einer Postkarte zu sehen war, passte genauso wenig. Sie kam ihr so banal vor angesichts des Leids und der Verzweiflung, die die Mutter ausstrahlte.

»Entschuldigen Sie bitte.« Anja hatte sich entschieden, keine Ausreden zu benutzen, sondern die Wahrheit zu sagen. »Die Freundinnen Ihrer Tochter haben mich gebeten, sie bei ihrer Suche nach Hanna zu unterstützen.« Anja sah, wie Tränen in die Augen der Frau traten, und fuhr schnell fort. »Ich habe eine kleine Buchhandlung, in der Krimis verkauft werden, und da dachten Emily und Giulia, ich wäre eine Privatdetektivin.«

Die Frau schwieg weiterhin. Sie stand starr in der Tür und sah Anja nur an.

Anjas Blick fiel auf die Flecken an der Kleidung, sie registrierte die Laufmasche in der Strumpfhose dieser modern und nicht billig gekleideten Frau. Es war deutlich zu erkennen, dass sie ihr Äußeres vernachlässigte, seit ihre Tochter verschwunden war.

»Ich würde Sie gerne unterstützen.« Je genauer Anja die

Frau betrachtete, umso größer wurde ihr Bedürfnis, ihr zu helfen, ihre Tochter wiederzubekommen. Erleichtert nahm sie wahr, dass die Frau den Weg ins Haus freimachte.

»Kommen Sie doch herein.« Die Stimme klang so matt, wie die Frau wirkte, und Anja spürte, wie sich alles in ihr vor Mitleid zusammenzog.

Als sie den Flur betrat, wurde am anderen Ende eine der Zimmertüren geöffnet. Ein drahtiger, korrekt und teuer gekleideter Mann mit kurzen grauen Haaren sagte bestimmt: »Wer ist denn da?«

Anja erkannte den Mann aus dem Fernsehbericht an seinem Aussehen und seiner Stimme. Ein Schauer lief über ihren Rücken. Wie konnte er seine Frau in dieser Situation so anfahren? Warum war er nicht selbst an die Tür gegangen, sondern hatte die Frau in dem Aufzug der Verzweiflung die Tür öffnen lassen?

»Ich bin«, Anja überlegte, wie sie sich vorstellen sollte. Sie war sich sicher, dass der Mann sie gleich wieder wegschicken würde, wenn er die Wahrheit erfuhr. Er hatte bei seinem Fernsehauftritt sehr distanziert gewirkt, als es um die Suche nach seiner Tochter ging. Vermutlich würde er wenig begeistert sein, wenn er hörte, dass sich auch noch Privatpersonen mit dem Thema beschäftigten. Erleichtert fiel ihr Blick auf die Kamera. »Fotografin und wollte Ihr Haus fotografieren.«

Langatmig erklärte sie ihr Projekt und als der Mann hörte, dass sie auch sein Haus auf einer Postkarte entdeckt hatte, führte er sie ins Wohnzimmer.

»Das ist ja interessant«, sagte er und bot ihr einen

Platz auf der Couch an, die aussah, als hätte sie das Gleiche gekostet wie ihre komplette Wohnzimmereinrichtung samt Einbauküche, und die war nicht preiswert gewesen.

Anja ließ sich auf die Couch sinken und beobachtete, während sie für den Mann die angebliche Postkarte beschrieb, die Frau, die sich an den Esszimmertisch setzte und vor sich hin starrte.

Der Mann tat, als wenn nichts wäre.

Anja hatte das dringende Bedürfnis, ihm vor das Schienbein zu treten. Wenn schon nicht körperlich, dann wenigstens mit Worten. Sie hoffte, dass die Frau sich heraushielt, als sie scheinbar überrascht sagte: »Habe ich Sie nicht kürzlich im Regionalfernsehen gesehen?«

Die Antwort des Mannes machte sie fassungslos und nährte den Verdacht, den der Geigenlehrer gesät hatte. »Das kann sein; ich habe kürzlich einen Vortrag im ›Sparkassen-Karree‹ gehalten. Da war auch ein Fernsehteam anwesend.«

Am liebsten hätte Anja auf diese teure weiße Couch gekotzt. Die Frau tat ihr leid. Es war deutlich, dass sie sich nicht gegen ihren Mann durchsetzen konnte und dieser wenig Interesse daran hatte, wie es seiner Frau ging.

Nun drehte er sich zu ihr um. »Willst du unserem Gast nichts zu trinken anbieten?«, herrschte er seine Frau an.

Sie zuckte zusammen und sprang auf.

»Ich möchte nichts«, erklärte Anja rasch. »Ich bin

auch sofort wieder weg, ich wollte nur um Erlaubnis bitten, das Haus zu fotografieren.« Sie sah, wie die Frau sich erleichtert wieder hinsetzte.

Der Mann beugte sich zu Anja vor. »Entschuldigen Sie bitte, aber darf ich Ihnen einen kleinen Tipp geben?«

Anja sah den Mann verwundert an. Was kam denn nun?

»Wir legen hier sehr großen Wert auf gute Umgangsformen«, leitete er seinen Ratschlag ein.

Anja dachte an die Kleidung der Frau und hätte am liebsten gelacht.

»Es wirkt immer besser, Ablehnungen mit Danke zu beginnen.«

Anja starrte den Mann an. Das hatte er jetzt nicht gesagt, oder? Sie schüttelte den Kopf, um ihre Gedanken zurechtzurücken. So etwas war ihr noch nie widerfahren, und das von einem wildfremden Menschen. Aber sie sah ihm an, dass es ihm ernst war.

»Sie meinen, ich hätte sagen sollen: Danke, ich möchte nichts?«, fragte sie nach und konnte nicht vermeiden, dass sich ein ironischer Unterton in ihre Frage schlich.

»Genau!«, entgegnete der Mann.

Die Frau im Hintergrund putzte sich geräuschvoll die Nase und fing sich dafür einen Tadel ihres Mannes ein. »Du weißt doch, dass Nase putzen leise und unauffällig erfolgen muss.«

Da reichte es Anja. Böse sagte sie: »Jetzt weiß ich wieder, woher ich Sie kenne. Sie sind doch der Vater der verschwundenen Hanna, oder?« Sie sah, wie er den Mund öffnete, doch sie ließ ihn nicht zu Wort kommen. »Ist Ihnen völlig gleichgültig, dass Ihre Tochter seit Tagen verschwunden ist und Ihre Frau darunter leidet?« Anja konnte sich nur mit Mühe beherrschen, sonst hätte sie ihn mit all den Schimpfworten bedacht, die sie im Laufe von Tobias' Kindheit und Jugend gesammelt hatte.

Zufrieden bemerkte sie, dass die Frau ihren Kopf zu ihr drehte und sie dankbar ansah. Und was tat der Mann?

Er stand auf und sagte: »Ich bitte Sie, unser Haus zu verlassen. Bei uns stehen gute Manieren sehr hoch im Kurs und die entdecke ich bei Ihnen leider nicht. Sonst wüssten Sie, dass man niemals seine Gefühle vor anderen Menschen ausbreitet.« Er warf einen Blick auf seine Frau. »Niemals, hören Sie! Im Übrigen heißt meine Tochter Johanna wie meine Urgroßmutter und meine Großmutter und nicht Hanna!«

Anja beachtete ihn nicht weiter. Sie ging zu der Frau und legte ihr die Hand auf die Schulter. »Ich melde mich bei Ihnen.« Sie verzichtete darauf, hinzuzufügen: Wenn Ihr Mann nicht zu Hause ist. Das war allen in dem Raum klar.

Ohne ein Wort des Abschieds verließ sie das Wohnzimmer und Hannas Vater ließ sie entgegen der Benimmgrundsätze, die er gepredigt hatte, allein zur Haustür gehen. Sie genoss es, die Haustür laut ins Schloss fallen zu lassen, und machte sich noch immer fassungslos auf den Weg zu ihrer Buchhandlung. Das arme Mädchen! Hatte die Polizei eigentlich geprüft, ob sie von zu Hause weggelaufen war? Vor diesem Vater, besser gesagt.

KAPITEL 8

Immer schön im Takt bleiben.

Trotz der Kälte stand die Tür der Buchhandlung offen. So konnten die Kunden beim Stöbern in den Regalen den Klängen der Posaunenchöre aus Haspe und Kabel lauschen, die von der Konzertmuschel herüberschallten.

Auch Anja genoss die Musik, die ein wenig Weihnachtsstimmung in ihre gelegentlich trüben Gedanken brachte. Seit sie vor zwei Tagen Hannas Eltern kennengelernt hatte, stockte die Suche nach dem Mädchen. Ihre Suche zumindest. Was die Polizei unternahm und herausgefunden hatte, wusste sie nicht.

Der sympathische Kriminalbeamte war bisher nicht wieder aufgetaucht. Auf ihre E-Mail-Anfrage, ob die Polizei auch in Betracht zog, dass das Mädchen von zu Hause weggelaufen war, hatte sie bisher keine Antwort erhalten. Dafür standen aber jeden Nachmittag Emily und Giulia bei ihr im Laden. Gerade teilten sie sich eine Portion Pizzabrötchen vom Stand gegenüber.

»Die Facebook-Seite hat schon 120 Likes«, schwärmte Emily, doch Giulia beschied ihr, dass es mindestens 1.000 Likes werden mussten, damit die Suche wirklich etwas brachte. »Guck dir die Gruppen an, die haben zum Teil über 20.000 Likes. Das bringt was, wenn du so viele Freunde hast.«

»Habt ihr die Suche denn in die Gruppen eingestellt?«, mischte sich Anja in das Gespräch ein, nachdem sich ihre Kundin mit zwei Krimis über den Dortmunder Rechtsanwalt Stephan Knobel für ihren Freund, einen Rechtsanwalt in Dortmund, zufrieden verabschiedet hatte.

Giulia zog bedauernd die Schultern hoch. »Das bringt doch nichts, wenn wir das da posten. Kinder nimmt sowieso keiner ernst.«

Anja konnte sie verstehen. Selbst ihre sechsjährige Tochter beklagte sich gelegentlich, dass sie gerne mitbestimmen wollte. Zuletzt, als sie die Stände auf dem Weihnachtsmarkt sah und einen Stand mit Sammelkarten aller Art vermisste. Sie war regelrecht empört, dass es nur Angebote für Erwachsene gab, und hatte angekündigt, einen Brief an den Bürgermeister zu schicken, sobald sie richtig schreiben konnte.

»Wie heißen die Gruppen?«, erkundigte sich Anja und rief ihre Facebook-Seite auf. »Ach, in denen bin ich Mitglied«, stellte sie fest. Wieso war sie nicht auf die Idee gekommen, die Suche dort zu posten? Aber es war auch ohne die Suche nach Hanna viel zu tun vor Weihnachten.

Für das kommende Wochenende war eine Plätzchenparty mit ihren Businessfrauen geplant. Alle Mitglieder samt Kindern, Partnern und wer sonst kommen wollte, würden zusammen backen. Daran durfte sie gar nicht denken, obwohl der Vorschlag von ihr stammte. Sie hatte ihn allerdings gerade deshalb gemacht, weil sie Backen hasste, es ihrer Tochter jedoch nicht vorenthalten wollte. Dass eine solche Aktion daraus werden würde, hatte sie nicht ahnen können.

»Sie müssen den Link zu der Facebook-Seite einstellen«, fand Emily, die sich links neben sie gestellt hatte und ihr kaum Platz zum Tippen ließ.

»Nein, den zu der Internetseite.« Rechts drängte sich Giulia an sie in dem gut besuchten Lädchen, in dem viele Menschen Zuflucht vor den dicken Schneeflocken suchten, um im Trockenen die Posaunenmusik anzuhören.

Rasch stellte Anja den Link zur Such-Webseite in die Gruppe und in den Kommentar darunter den Link zur Facebook-Seite.

»So und jetzt muss ich mich um die Kunden kümmern«, erklärte sie den beiden Mädchen bestimmt und scheuchte sie nach draußen, damit sie den nächsten Besucher mit ihrem »Wie kann ich Ihnen helfen?« ansprechen konnte.

Dass das ein Fehler war, bemerkte sie in dem Moment, als ein jüngerer Mann, dessen Krawatte unter dem Wollmantel hervorblitzte, erklärte: »Ich bin jetzt dran!«

Wo war eigentlich Britta? Sie konnte es kaum glauben, aber in all dem Chaos stand ihre Mitarbeiterin seelenruhig an der Theke und steckte hier ein Sternchen und da einen Mond an ein längst wunderbar verpacktes Buch.

»Britta, übernimmst du den Kunden!«, rief Anja so laut, dass sie selbst über den Ton ihrer Stimme erschrak. Sobald sie Zeit hatte, musste sie mit ihr über ihre Arbeitsauffassung sprechen.

Aus dem Augenwinkel registrierte sie, dass ihr Mann den Laden betrat und sogleich einen der Kunden in ein Gespräch über Krimis verwickelte. Wie gut, dass sie ihm eine E-Book-Krimi-Collection für seinen Reader geschenkt hatte. Das, was sie hörte, stimmte sie zufrieden.

Britta konnte viel von ihm lernen. Sie hatte allerdings inzwischen den jungen Krawattenmann bedient und sprach von sich aus einen Kunden an, sodass Anja sich auf die Menschen im Eingang zuarbeiten konnte.

Noch immer klangen weihnachtliche Posaunentöne von der Konzertmuschel über den Adolf-Nassau-Platz. Allerdings mischten sich nun Akkordeontöne darunter und erzeugten ein nicht gerade harmonisches Klangbild. Die ersten Leute, die vor dem Pavillon standen, murrten und hielten Ausschau nach dem Störenfried.

Anja sah den Akkordeonspieler an der Rückseite des Wartehäuschens der Bushaltestelle. Ein Mann im Nato-Parka redete auf ihn ein und zeigte auf den blauen Campinghocker, der neben dem Akkordeonkasten stand.

Komisch, dachte Anja, das wirkt so, als würde sich der Mann im Nato-Parka beschweren, dass nicht genug Geld auf dem Campinghocker ist. Sie schüttelte den Kopf und hatte keine Zeit, weiter darüber nachdenken, denn aus den Menschenmassen, die sich trotz der dicken Schneeflocken über den Weihnachtsmarkt wälzten, schälte sich eine dunkelhaarige Frau in einem schicken Ledermantel mit zwei Glühweinbechern.

»Hallo, Anja, ich habe dir eine Stärkung mitgebracht.«

Anja hatte ganz vergessen, dass sie sich mit ihrer Netzwerkfreundin Dorothee Herbst verabredet hatte. Nach Ladenschluss wollten sie in Ruhe über den Weihnachtsmarkt bummeln.

»Ich habe früher Feierabend gemacht«, erklärte Dorothee und drückte Anja beide Tassen in die Hand, um ihren blauen Schal wieder um den Hals zu wickeln. »Brr, das ist echt kalt. Ich bin etwas früher nach Hause gefahren. Wenn das so weiter schneit, gibt es bestimmt wieder Probleme mit den Zügen. Und ich hatte keine Lust, die Nacht im LKA zu verbringen.«

Anja nahm einen Schluck aus der Tasse, die nicht Glühwein, sondern köstlichen Eierpunsch mit einer gar nicht figurfreundlichen Sahnehaube enthielt, und lachte. Ihre Freundin arbeitete im Landeskriminalamt. Jeden Tag fuhr sie mit Auto oder Bahn nach Düsseldorf. Im Winter war das kein Vergnügen. Vor allem in diesem Winter nicht, in dem kein Tag verging, an dem nicht Züge ausfielen und stundenlange Staus wegen Schnee und Glätte auf den Straßen drohten.

»Ich kann aber noch nicht weg.« Anja wies mit einem leichten Bedauern auf die Menschen, die im Laden darauf warteten, Bücher zu bezahlen oder beraten zu werden.

»Ich muss rein und mich um meine Kunden kümmern«, entschuldigte sie sich und verschwand mit ihrer Tasse, froh, dass eine weitere Businessfrau auftauchte und Dorothee mit zum Backfischstand zog.

Anja wollte gerade kassieren, da bemerkte sie, dass der Junge, der vor der Theke stand, kein Buch in der Hand hielt. »Was möchtest du?«, fragte sie und ärgerte sich, dass sie ihre übliche Begrüßungsfloskel einfach so abwandelte. Nur weil der Junge mit seinen ungefähr 13 Jahren nicht wie ein Käufer aussah.

Dem Jungen schien das nichts auszumachen. Er fragte zurück: »Sie sind doch die Frau, die Hanna sucht?«

Anja lachte. »Sagen wir es so, ich halte die Augen auf, aber ich suche sie nicht.«

Dieser feine Unterschied war dem Jungen anscheinend egal, er hielt fest: »Sie sind die mit der Facebook-Seite.«

Anja erinnerte sich an das, was Tobias ihr erklärt hatte. Man konnte mit ein bisschen Erfahrung herausfinden, wer die Facebook-Seite eingestellt hatte. Dieser Junge hatte dies wohl herausgefunden.

Sie seufzte. »Okay, worum geht es denn?« Die Schlange hinter dem Jungen wuchs von Minute zu Minute.

»Ich habe Hanna gesehen«, erklärte der Junge. »Ich spiele nämlich Klarinette.«

Na toll, dachte Anja. Ihr Interesse an dem Hobby dieses fremden Jungen hielt sich in Grenzen. Sie horchte erst auf, als er sagte: »Da war ein Mann, der hat sie am Arm gefasst.«

»Wann war das?«, fragte sie hastig und kassierte nebenher einige Einkäufe ab, um die Schlange zu verkürzen.

Während der Junge berichtete, was er gesehen hatte, schenkte sie jedem, der sein Buch selbst einpackte, eine der Lupen, die ihr ein Verlag als Werbegeschenk für ausgewählte Leser geschickt hatte, damit sich der Laden weiter leerte.

So bekam sie zwar nicht alles mit, was der Junge ihr erzählte, aber doch so viel, dass er in der ersten Weihnachtsmarktwoche auf dem Friedrich-Ebert-Platz Klarinette gespielt hatte, um sein Taschengeld aufzubessern. Dabei war ihm Hanna begegnet und sie hatten gemeinsam einen Kakao getrunken. Danach hatte er eine Weile zugehört, wie sie Geige spielte, bis ein Mann erschienen war und sie angeschrien hatte.

»An dem Tag hat es so geschneit«, sagte der Junge. »Alle hatten Kapuzen, Hüte oder Mützen auf dem Kopf. Und dicke Jacken an. Ich kann echt nicht sagen, wie der Typ aussah.«

Anja beruhigte ihn. Der Basketball-Freund ihres Sohnes fiel ihr ein. »War der Mann so alt wie du oder«, sie sah sich in der Buchhandlung um und zeigte auf einen Mann um die 60, der vor einem Regal stand und in einem Buch las, »eher älter?«

Der Junge schüttelte den Kopf. »Der war älter. Kein Plan wie alt, aber die Klamotten. Nee, so was ziehen nur Alte an.«

Mit einem Schmunzeln nahm Anja zur Kenntnis, dass er sie nicht beleidigen wollte. Immer wieder herrlich, wie umgänglich und sensibel Jungs plötzlich sein konnten, wenn man sie allein traf. Ohne ihre coolen Kumpel.

»Danke, das ist bestimmt wichtig«, lobte sie den Jungen. In jedem Fall war das endlich wieder ein Hinweis, auch wenn er vielleicht nichts mit Hannas Verschwinden zu tun hatte. Sie nahm sich vor, ihn an Gerd Neubert weiterzugeben, wenn dieser sich endlich melden würde.

Mein Liebes,

ich habe dich so lange nicht mehr gesehen.

Wie geht es dir? Hier ist alles so trist ohne dich.

Die Menschen kommen und gehen und niemand beachtet mich.

Ganz allein spiele ich meine Weisen und wenn ich an dich denke, werden sie langsam und traurig.

Schick mir dein Herz, damit es mein Herz mit sich in die Höhe zieht.

Immer dein und alles.

KAPITEL 9

Finger gehören aufs Instrument und nicht in die Nase und andere Körperöffnungen.

»Jazzmusik am Freitag, das ist ja eine tolle Einstimmung ins Wochenende«, hatte Anja geschwärmt, als sie das Programm des Weihnachtsmarktes durchgesehen hatte. Aber jetzt kam keine richtige Freude auf, obwohl die Band die Weihnachtsmarktbesucher mitriss und für eine gelöste Stimmung sorgte.

Gerd Neubert stand im »Mord & Ortschlag«. Anja packte die Bücher, die er als Geschenke für Kollegen vom Niederrhein und aus der Eifel gekauft hatte, selbst ein, um herauszufinden, ob es Neuigkeiten über Hanna gab.

»Wir tappen weiter im Dunkeln«, sagte der Kriminalbeamte leise und sah sich um, ob keiner der zahlreichen anderen Kunden lauschte. »Nach außen halten wir uns mit Informationen zurück, aber es ist so. Die Spur des Mädchens verliert sich weiterhin am 24. November gegen 18.30 Uhr. Zu dem Zeitpunkt hat eine Passantin Hanna noch gehört. Sie behauptet das zumindest steif und fest. Sonst hat sich niemand gemeldet.«

Gerd Neubert beugte sich so weit zu Anja vor, dass sie seine Falten zählen konnte. Ein herber Duft umgab ihn, der gut zu seinem Wesen passte, das gar nicht mit ihrem Bild eines Beamten übereinstimmte.

»Wenn das richtig ist, dann hat jemand kurz danach höchstwahrscheinlich das Mädchen entführt.« Er stockte und schob seinen Kopf dicht an Anja heran. »Oder anderweitig beseitigt.«

Anja schüttelte sich. Sie spürte, wie sich ein Schauer vom Rücken über die Schultern und die Arme ausbreitete. »Kann es denn nicht sein, dass das Mädchen von zu Hause weggelaufen ist?«

Sie sah, wie die Kunden in der Schlange an der Kasse, die Britta bediente, zu ihr hinübersahen, und schwieg. »Sind Sie noch länger auf dem Weihnachtsmarkt?«, erkundigte sie sich. »Dann packe ich Ihnen die restlichen Bücher später in Ruhe ein und wir können vielleicht ein paar Worte wechseln. Oder wartet ihre Familie?«

Gerd Neubert blickte auf die Uhr. Anja sah, wie ein unerklärlicher Hauch von Wehmut über sein Gesicht zog und er murmelte: »Das ist vorbei.« Ehe sie nachfragen konnte, was er damit meinte, sagte er laut, aber mit leicht zitternder Stimme zu ihr. »Ich muss noch einen Gutschein im ›Theater an der Volme‹ abholen und könnte um 19 Uhr wieder hier sein. Passt das?«

Anja nickte, sie hätte zu gerne gewusst, woran der Kommissar dachte, aber sie wagte nicht zu fragen, sondern wandte sich mit einem letzten nachdenklichen Blick auf Gerd Neubert der Kasse zu, an der Britta mit der Bonrolle kämpfte.

»Ach, hier arbeiten Sie!«

Anja hatte anders als sonst nicht auf die Kunden geachtet, sondern einfach nur ein Buch nach dem anderen entgegengenommen und abkassiert, während Britta die Bücher in Geschenktüten schob und zuklebte. Eine Neuerung, mit der Anja Brittas Hang zum Geschenkeverpacken eindämmte. Statt des Geschenkpapiers gab es im Weihnachtsgeschäft Papiertüten, die leicht und schnell verschlossen werden konnten. Solange Anja neben Britta stand, schien ihr Plan aufzugehen. Aber kaum drehte sie ihrer Mitarbeiterin den Rücken zu, begann diese doch wieder allerlei Kleinkram an und auf die Tüte zu kleben oder zu binden.

Vor Anja stand Hannas Vater und hob graziös das kleine Hütchen mit der Feder, das er auf dem Kopf trug, um sie zu grüßen. Gleichzeitig starrte er sie empört an.

Anja musste sich zusammenreißen, weil diese Geste und sein Blick so widersprüchlich waren. Sie konnte sich nicht erinnern, dass sie ihm einen Grund für seinen Zorn gegeben hatte.

Anklagend zeigte er auf das Suchplakat neben der Tür. »Wer hat Ihnen das erlaubt?«, herrschte er sie an.

Ehe Anja antworten konnte, stand Gerd Neubert vor ihr und neben Hannas Vater. »Oh, guten Tag, Herr Becker«, sagte er freundlich und hielt dem großen drahtigen Mann die Hand zur Begrüßung hin.

Anja musste sich zusammenreißen, um nicht laut zu lachen. Dem so kniggeverliebten Vater blieb nichts anderes übrig, als auf den Kommissar einzugehen und sie in Ruhe zu lassen, wollte er seinen Prinzipien nicht untreu werden.

Mit verkniffenem Gesicht ergriff er Gerd Neuberts Hand. Dabei warf er Anja einen Blick zu, als wollte er sagen: »Zu dir komme ich auch noch.« Unglaublich dieser Mann. Wäre Hanna bei ihr aufgetaucht, hätte Anja ihr vermutlich sogar geholfen, sich vor ihrem Vater zu verstecken. Das Leben in dieser Familie musste die Hölle sein. Wenn sie daran dachte, wie fröhlich und unkompliziert es bei ihr zu Hause zuging.

Die nächsten Kunden drängten bereits nach vorn, während Gerd Neubert Hannas Vater in ein Gespräch verwickelte und nach draußen bugsierte.

So froh Anja auch war, dass der unangenehme Mann die Stimmung in dem kleinen Laden nicht mehr trübte, so sehr bedauerte sie, dass sie von dem Gespräch nichts mitbekam. Sie beobachtete allerdings, als sie von der Kasse aufblickte, wie sich Emily und Giulia hinter Hannas Vater vorbeidrückten, um nicht von ihm gesehen zu werden.

»Was will der denn hier?«, schimpfte Giulia, die von den beiden deutlich die Vorlautere und Selbstbewusstere war. Ob das mit ihrer Körpergröße zu tun hatte? Dann konnte Anja nur hoffen, dass Ida nach ihrem groß gewachsenen Vater kam. So sehr sie sich auch maß, immer fehlte ein Zentimeter zur 1,70-Meter-Marke. Wenigstens hatte sie nicht das Pummelgen ihrer Großmutter geerbt.

»Wenn ihr mögt, könnt ihr im Lager unten ein paar Spekulatius essen«, schlug Anja vor, um die beiden Mädchen aus dem Verkaufsraum zu schaffen, der so kurz vor Ladenschluss am Beginn des Wochenendes aus allen Nähten platzte.

Emily schob Giulia zur Wendeltreppe und Anja atmete erleichtert auf. Da ertönte eine Frauenstimme, die sich wie eine Kreissäge anhörte. Eine alte Kreissäge. Eine Kreissäge in einem grünen Mantel mit einer Pelzmütze auf dem Kopf, die aussah wie aus einem alten russischen Märchenfilm.

»Gibt es bereits etwas Neues?«, fragte Frau Grünmantel, deren Namen Anja immer noch nicht kannte. Sie stellte sich die Frau in einer Schulklasse vor, wie sie fragte: »Habt ihr eure Hausaufgaben gemacht?« Hundertprozentig hatte sie dabei den gleichen Tonfall samt Stimmlage und Tonhöhe gezeigt. Die armen Schüler.

»Entschuldigung, aber ich stehe hier schon länger!«

Anja war froh, dass eine Kundin in der Warteschlange Frau Grünmantel in ihre Schranken verwies. Und nicht nur eine einzelne Kundin. Als würden alle Anwesenden Stille Post spielen, setzte sich der Satz bis zum Ausgang fort. Jeder beschied Frau Grünmantel, dass sie eine ganze Weile warten müsse, ehe Anja sich um sie kümmern könnte. Daran hatte die alte Frau anscheinend kein Interesse.

Anja sah, wie sie ihren Hut ins Gesicht zog und mit wutverzerrtem Gesicht den Laden verließ. Sie nahm es gelassen. Sie hatte schließlich nichts gesagt und konnte die Schmach an einem ruhigen Vormittag wiedergutmachen.

Endlich verließ auch der letzte Kunde den Laden, es hatte wieder zu schneien begonnen und die Jazzband spielte weiterhin zum Tanz auf. Anja hätte zu gerne gewusst, ob auf dem Platz vor der Konzertmuschel Weihnachtsmarktbesucher das Tanzbein schwangen. Aber Gerd Neubert stellte sich ein und im Keller warteten die beiden Mädchen darauf, dass sie sie erlöste. Oder die Treppe hinaufrollte, wenn sie alle Spekulatius-Vorräte geplündert hatten.

»Zu Ihrer Frage, ob wir auch daran denken, dass die Kleine freiwillig weggelaufen ist, muss ich wohl nichts mehr sagen«, knüpfte der Kommissar an ihr Gespräch am frühen Abend an.

Anja nickte. »Das arme Mädchen.«

»Die arme Frau«, fügte Gerd Neubert hinzu. »Die heult sich die Augen aus dem Kopf und ihr Mann tut, als wenn nichts wäre.« Er sah sich um. Nur Britta war außer ihnen im Laden und räumte die Bücher wieder ein, die Kunden aus den Regalen genommen und nicht gekauft hatten. »Unter uns, grundsätzlich sind wir froh, wenn die Eltern halbwegs gefasst bleiben, aber so etwas habe ich nicht oft erlebt.« Er stockte, ehe er weitersprach.

Anja hatte den Eindruck, als hätte er sich selbst mit dieser Bemerkung überrascht. Irgendetwas stimmte mit ihm nicht.

»Eigentlich nur bei Menschen, die wir später als Täter überführt haben.«

Anja riss die Augen auf.

»Damit will ich nicht sagen, dass er der Täter ist«, nahm Gerd Neubert seine Verdachtsäußerung schnell wieder zurück. »Irgendwie glaube ich am ehesten, dass die Kleine weggelaufen ist. Wie mir der Geigenlehrer erzählt hat, ist sie ja wohl sehr begabt. In einer Großstadt kann sie sich in ihrem Alter als Straßengeigerin um diese Zeit locker das Geld für ein Luxushotel verdienen.«

»Ehrlich?« Das konnte Anja kaum glauben. Sie gab Straßenmusikern selten Geld, nur dann, wenn sie wirklich begeistert war oder ihre Tochter sie drängte. Was in dieser Zeit vor Weihnachten oft vorkam. »Mama, guck doch, die müssen Geld für den Weihnachtsbaum verdienen«, sagte Ida und bat darum, ein Geldstück geben zu dürfen.

Gerd Neubert nickte. »In der Weihnachtszeit verdienen die Leute auf der Straße am meisten. Da sitzt den Leuten das Geld locker in der Tasche und die von Frieden säuselnde Weihnachtsmusik überall tut ein Übriges, um selbst Grantler gnädig zu stimmen.«

Anja bemerkte ein wehmütiges Lächeln in seinen Augen. Ob er selbst einmal Straßenmusik gemacht hatte? Aber er hatte recht. Wenn sie an die unzähligen Benefiz-Shows im Fernsehen dachte, die um diese Jahreszeit hohe Millionenbeträge sammelten. Warum sollte das im Kleinen nicht ebenso sein?

»Aber Hanna ist erst elf Jahre alt!«, wandte sie ein.

»Wer es elf Jahre mit einem solchen Vater aushält, der ist geistig auf jeden Fall älter«, gab Gerd Neubert zurück und seufzte.

»Was ist mit Hanna?« Emily und Giulia schnauften die Wendeltreppe hinauf.

Anja schmunzelte, als sie die Spekulatius-Krümel an Emilys Kinn sah. Vermutlich hatte ihre Mutter ihr ebenfalls eingeschärft, sich einzucremen, um bei dem kalten Wetter die Haut zu schützen, wie sie es jeden Morgen bei Ida machte. Aber vielleicht waren es auch die ersten Make-up-Versuche, an denen die Krümel klebten.

»Nichts«, beruhigte Gerd Neubert die Mädchen. Er stellte sich vor und lobte ihr Engagement, was die beiden sogleich entspannte.

»Frau Henke hilft uns«, berichteten sie stolz und schwärmten von der Suchseite im Internet und der Facebook-Seite.

»Wir haben fast 500 Likes!« Emily reckte sich stolz.

Der Kommissar würdigte ihre Bemühungen. »Da muss ich auch endlich liken, was?«, scherzte er. »Vielleicht bin ich ja der 500ste.«

Emilys Gesicht verdüsterte sich. »Aber Hanna ist noch immer weg. Über eine Woche bereits. Wo kann sie nur sein?«

Anja nutzte die Gelegenheit, um sich zu erkundigen, ob Hanna jemals davon gesprochen hatte, von zu Hause wegzulaufen. Emily und Giulia schüttelten so überzeugend den Kopf, dass sie diesen Gedanken unverzüglich verwarf. Aber etwas anderes fiel ihr ein. Etwas, wovon Tobias ihr erzählt hatte.

»Hat sie vielleicht Freundschaften über das Internet geschlossen?«, fragte sie vorsichtig.

»Sie meinen, ob sie mit Fremden gechattet hat oder so?«

Anja sah, wie sich Gerd Neubert ebenso wie sie selbst das Lachen verkneifen musste. Sie hoffte, dass Ida einmal so selbstbewusst und direkt wie Giulia wurde. »Genau, das meine ich«, antwortete sie und erntete empörte Blicke.

»Hanna doch nicht. Die war nur mit ihrer Geige beschäftigt. Und mit uns. Okay.« Giulia machte eine kurze Pause und grinste, als sie fortfuhr: »Wenn David Garrett sich bei ihr gemeldet hätte, mit dem hätte sie sich sicher getroffen.«

»Na, das ist ja eher unwahrscheinlich«, mischte Gerd Neubert sich ein, aber Anja sah, dass er diese Information abspeicherte. Immerhin konnte es durchaus sein, dass sich jemand anders als der angesagte Geiger ausgegeben hatte. Im Internet war alles möglich. Und trotzdem schien Anja das wenig wahrscheinlich. Sie konnte sich nicht vorstellen, dass eine Elfjährige ein solches Date vor ihren Freundinnen geheim hielt. Ihre Freundinnen ebenso wenig, das beteuerten sie ausdrücklich und überzeugend, ehe sie sich verabschiedeten.

KAPITEL 10

Mit vollem Munde spricht und musiziert man nicht!

Nachdem Anja Ida in der Schule abgesetzt hatte, fuhr sie in die Fleyer Straße, um ein weiteres Mal mit Hannas Mutter zu sprechen. Allein! Durch einen Telefonanruf hatte sie abgeklärt, dass Hannas Vater nicht zu Hause war. Sie wollte unbedingt hören, was die Mutter über das Verschwinden dachte. Die Polizei hatte zwischenzeitlich den zugefrorenen Teich im Stadtgarten und die Volme abgesucht. Die Kleine blieb samt ihrem Geigenkasten verschwunden, obwohl sich mittlerweile die überregionalen Nachrichtensender an der Suche beteiligten.

An die Telefonnummer war Anja auf nicht ganz legalem Weg gelangt, denn Hannas Vater war, das hatte sie inzwischen erfahren, Wirtschaftsprofessor. Damit ihn Studenten nicht zu Hause anriefen, hatte er vor Jahren seine Nummer aus dem Telefonbuch löschen lassen. Aber Dorothee hatte ihr den Gefallen getan und ihr die Nummer weitergeleitet. Als Spezialistin für Internetkriminalität im LKA hatte sie Zugang zu so ziemlich allen Datenbanken samt der gesperrten Datensätze.

Im ersten Moment war Frau Becker überrascht, als Anja kurz nach dem Telefonat vor der Tür stand. Dann bat sie sie in das Wohnzimmer mit der weißen Couch, auf der Anja bereits beim ersten Mal gesessen hatte. Ehe Anja etwas sagen konnte, begann Hannas Mutter zu reden, als hätte sie nur auf einen Gesprächspartner gewartet. »Hanna war immer ein braves Kind.« Die Mutter unterbrach sich mit einem lauten Schluchzen, das sie durch geräuschvolles Naseputzen zu überdecken suchte.

Anja legte ihre Hand auf den Arm der Frau. »Sie dürfen traurig sein!«, sagte sie bestimmt und sah der Frau fest in die Augen, ehe sie den Blick wieder abwandte. »Ihr Mann mag trauern, wie er will, aber wenn Sie weinen müssen, dann dürfen Sie das!«

Als hätte Anja damit den Knopf gefunden, mit dem der Tränenfluss zu stoppen war, beruhigte sich Hannas Mutter. Sie erzählte, wie sie Hannas Vater kennengelernt hatte und dass er damals nett und umgänglich gewesen war. Er war zwölf Jahre älter als sie. Sie hatte als Hilfskraft an der Uni gearbeitet und war ihm beim Uni-Fest begegnet.

»Diesen Benimm-Tick hat er erst, seit ihm bei irgendeinem Geschäftsessen eine Frau erklärt hat, dass er zur Vorspeise die falsche Gabel verwendet hat«, nahm die Frau ihren pedantischen Mann in Schutz. »Seitdem gerät er schon in Rage, wenn wir die Wasserflasche auf den Tisch stellen statt einer Karaffe.«

Anja konnte nur den Kopf schütteln. Wer machte denn so etwas? Und wer ließ sich von einer solchen Bemerkung, die meist aus einer spontanen Laune heraus gesagt wurde, derart beeinflussen?

»Mein Mann kommt aus einfachen Verhältnissen und hatte in dem Moment das Gefühl, dass ihn die Frau eines reichen Bankers entlarvt.«

Anja war froh, dass sich niemand außer Hannas Vater für ihr Benehmen interessierte und dessen Meinung spielte für sie überhaupt keine Rolle.

»Wie hat sich Hanna mit ihrem Vater verstanden?« Das interessierte Anja brennend. Sie dachte an die Töchter ihrer Freundinnen, die an einem Tag süß, am nächsten launisch, einmal Kind und dann wieder kleine Lolitas waren, und die Nerven ihrer Eltern strapazierten. Mit Tobias hatte sie solche Pubertätsflausen niemals erlebt, vermutlich, weil sie allein waren und genau in die Zeit ihre Bekanntschaft mit Oliver fiel. Da war Tobias mit anderen Dingen beschäftigt, nicht zuletzt mit dem Umzug von Oldenburg nach Hagen, der ihm lange Zeit zu schaffen machte. Dank der Kontaktmöglichkeiten, die das Internet bot, hatte er den Wechsel gut verkraftet. Und vor allem dank ›Phoenix Hagen‹. In Oldenburg hatte Tobias Basketball gespielt, in Hagen fand er viele Gleichgesinnte, die Basketballspiele besuchten, mitfieberten oder selbst in einer Mannschaft spielten.

Ihre Gedanken waren davongaloppiert, während Hannas Mutter weitersprach.

»Es gab selten Probleme«, sagte diese gerade. »Ich habe immer versucht, sie aufzufangen.« Sie warf Anja ein vorsichtiges Lächeln zu. »Wissen Sie, ich bin nicht immer so, wie ich jetzt vielleicht wirke.« Sie sah an sich herunter. Auch wenn ihre Kleidung weder Flecken noch

Laufmasche verunstalteten, machte sie auf Anja nicht den Eindruck einer toughen Businessfrau wie ihre Kolleginnen aus dem Netzwerk.

»Ich bin freie Grafikerin«, erklärte Hannas Mutter und versetzte Anja in Staunen. »Ich arbeite nicht viel, aber das, was ich verdiene, lasse ich Hanna zukommen. Ihr Vater hat ja keine Ahnung davon, was junge Mädchen heute brauchen.«

»Warum wollte Hanna dann auf dem Weihnachtsmarkt Geld verdienen?« Das konnte Anja sich nach dieser Information gar nicht mehr erklären.

Hannas Mutter Blick trübte sich. »Offiziell weiß ich das nicht, Hanna hat nichts verraten. Aber ihre Freundin Emily hat sich verplappert. Sie wollte für uns Weihnachtslieder aufnehmen und dafür brauchte sie unbedingt ein richtig gutes Aufnahmegerät. Sie hat uns bedrängt, es noch vor Weihnachten zu bekommen. Doch ihr Vater ist hart geblieben und ich konnte ihn nicht umstimmen.«

»Wie tragisch!« Anja schüttelte den Kopf. Weil sie ihren Eltern ein Geschenk machen wollte, war Hanna verschwunden. Das sprach nicht dafür, dass sie von zu Hause weggelaufen war. Oder hatte ihr Vater mitgekriegt, dass sie auf dem Weihnachtsmarkt musizierte? Der Mann fiel ihr ein, der sie weggezerrt hatte. Ob das ihr Vater gewesen war?

Den ganzen Weg über dachte Anja darüber nach, dass Hanna verschwunden war, weil sie ihren Eltern eine Freude machen wollte. Der Gedanke ließ sie nicht los.

Wann immer sie nichts denken, sondern nur Geschenke verpacken musste, war er wieder da.

»Erde an Anja, bitte kommen!« Die Stimme klang ganz anders als die Stimme von Hannas Mutter, viel kraftvoller und fröhlicher. Anja sah auf und blickte direkt in Dorothees Augen.

»Wo kommst du denn her?«, begrüßte Anja ihre Freundin überrascht.

»Wo warst du denn mit deinen Gedanken?«, wollte die Freundin wissen.

»Wieder bei geheimnisvollen Ermittlungen?«, mischte sich auch Gerd Neubert ein, der mit Dorothee mitten im Laden stand.

Anja erzählte den beiden von ihrem Besuch bei Hannas Mutter. Gerd Neubert nickte wissend und zog zugleich die Stirn kraus. »Hat Frau Becker Ihnen etwas über die Vergangenheit ihres Mannes erzählt?«, fragte er vorsichtig.

Gerade diese Zurückhaltung weckte Anjas Neugier. »Wieso?«, fragte sie zurück.

Der Polizist fühlte sich deutlich unwohl. »Ich dachte nur«, versuchte er Anja abzuwimmeln.

Allerdings hatte er nicht mit ihrer Beharrlichkeit gerechnet. »Nun sagen Sie schon!«, drängte sie ihn. »Das bleibt auch unter uns!« Sie sah auf die Uhr. Die Ladenschlusszeit war längst überschritten, es war kein Kunde mehr da, also konnte sie Britta nach Hause schicken, die ohnehin neben der Eingangstür stand und sich räusperte, um auf sich aufmerksam zu machen.

»Ich wollte Ihr Gespräch nicht unterbrechen, aber mein Mann wartet. Wir wollen zu dem Konzert im ›Emil-Schumacher-Museum‹«, erklärte sie.

Anja lächelte. Immerhin hatte Britta sich gemerkt, dass sie nicht einfach eine Unterhaltung unterbrach, nachdem sie in der vergangenen Woche zweimal in Gespräche mit möglichen Zeugen geplatzt war, um nach Klebeband oder einem Kugelschreiber zu fragen, die sie selbst nicht an ihren angestammten Platz gelegt hatte.

Schmunzelnd beobachtete Anja, wie Britta beim Hinausgehen vor Freude über den Feierabend die kleine Stufe übersah und in den Mann im Nato-Parka stolperte, der auf ihr »Verzeihung!« in einer fremden Sprache antwortete. Anja wandte sich wieder ihren Freunden zu.

»Wir haben den Vater in den Akten«, erklärte Gerd Neubert leise, als sie allein waren, als könnte er den Verstoß gegen das Dienstgeheimnis durch Flüstern ungeschehen machen. »Vor 20 Jahren gab es eine Anzeige wegen eines Missbrauchs, die nicht weiter verfolgt wurde, weil das Mädchen, an dem er sich vergriffen haben soll, geistig behindert war.« Er schüttelte den Kopf. »Vergessen Sie das gleich wieder, das hätte ich Ihnen gar nicht erzählen dürfen. Aber ich bin noch nicht wieder richtig drin in dem Alltagstrott. Sorry, Dorothee.«

Dorothee Herbst winkte ab. »Keine Sorge. Anja behält das für sich. Auf sie kannst du dich verlassen.«

Anja hätte gerne nachgefragt, worum es ging, doch sie versuchte sich aufzuwärmen, weil sie fror, obwohl es in dem Laden warm war von der Heizung und den vielen Menschen, die bis vor wenigen Minuten hier gestanden hatten. Wie konnte jemand sich an einem geistig behinderten Mädchen vergehen, das gar nicht verstand, was mit ihm geschah? Sie sah Dorothee an, dass sie das Gleiche dachte.

»Und was ist mit dem Geigenlehrer?«, fragte sie schnell, um ihre Gedanken in eine andere Richtung zu lenken.

Gerd Neubert schnaufte. »Ein Kauz, der für die Musik lebt. Ich kann mir nicht vorstellen, dass er die Kleine entführt hat. Warum auch? Sie war eine Einnahmequelle und wir konnten trotz aller Recherche kein Motiv finden.« Er sah auf seine Schuhe, als bemerkte er erst jetzt, dass sie für das Wetter völlig ungeeignet waren. »Ich bin fast sicher, dass die Kleine von zu Hause weggelaufen ist, nachdem ihr Vater sie beim Musizieren auf der Straße erwischt und ihr eine saftige Strafe angedroht hat.«

Als der Kommissar das so sagte, klang die Erklärung auch in Anjas Ohren plausibel. Irgendwann würde sich Hanna melden oder jemand, der Hanna gesehen hatte. Vielleicht hatte sie sich bei anderen Freunden versteckt, auch wenn Emily und Giulia steif und fest behaupteten, sie hätten alle gefragt. Oder sie war wirklich in eine andere Stadt gefahren, um dort etwas Geld zu verdienen. Eine unwahrscheinliche Wendung, aber sie bedeutete Hoffnung, dass Hanna noch am Leben war. Mit dem Gedanken tröstete Anja sich in den folgenden Tagen, während sie Kunden um Kunden betreute und ihre Weihnachtsvorbereitungen erledigte.

Wenn in den wenigen freien Minuten immer wieder der Zweifel an ihr nagte, sah sie die Kommentare der Facebook-User auf der Seite für Hanna durch und las die wenigen E-Mails der Leute, die glaubten, sie hätten Hanna gesehen. Sie dachte daran, was Hannas Mutter über das Weihnachtsgeschenk gesagt und was Emily ihr bestätigt hatte. Wer so etwas plante, lief doch nicht einfach von zu Hause fort. Ohne eine Nachricht zu hinterlassen. Nicht hier! Nicht mit Freundinnen wie Emily und Giulia, die ihr mit einem Chat über den Hausarrest hinweghalfen. In diesen Momenten ahnte sie, dass ihre Geschichte mit Hanna nicht zu Ende war.

TEIL II

KAPITEL 11

Sei freundlich zu jedermann.

»Das ist wirklich ein Skandal!«

Anja seufzte, als sie die Stimme hörte. Sie bereute es, dass sie am letzten Abend des Weihnachtsmarktes ihren Laden länger geöffnet hatte. Das war ihr Beitrag zur Aktion »Blau unterm Baum«. Am 23. Dezember um 19.30 Uhr wollte sie keine pensionierte Lehrerin mehr um sich haben, die sich aufführte, als wären alle Menschen um sie herum ihre Schüler.

Den Gästen ihrer kleinen Ausstellung schien es genauso zu gehen. Ob das alles ehemalige Schüler von Frau Grünmantel waren, deren wahren Namen Anja bereits dreimal erfragt und immer gleich wieder vergessen hatte? Lehmann, Laumann, Graumann.

Graumann hätte sie sich ganz sicher gemerkt, das klang wie Grünmantel und passte gut zu der Frau, die in den letzten Wochen jeden zweiten Tag bei ihr hereingeschneit war. Nur um zu verkünden, dass dieser Klarinettenspieler, der nun auf Hannas Platz stand, keine Ahnung von Musik hatte. Mit ihrer Klage lag sie durchaus richtig. Gelegentlich stand der Straßenmusiker mit der Klarinette vor Anjas Eingang, wo heute wieder der Akkordeonspieler musizierte. Anja bat ihre Kunden dann jedes Mal, direkt nach dem Eintreten die Tür zu schließen. Dabei hatte sie die Lautstärke der Melodie ihrer Eingangstür, »Kriminaltango«, bereits auf die höchste Stufe geregelt, um die unangenehmen Klänge des Klarinettisten zu übertönen.

Als der Akkordeonspieler wieder aufgetaucht war, hatte sie ihm vor lauter Erleichterung einen Fünfeuroschein auf den blauen Campinghocker gelegt. Dazu bat sie ausdrücklich darum, dass er bitte morgens früh kommen sollte, damit sein Platz nicht von diesem unmusikalischen Klarinettisten besetzt wurde.

So sehr Anja sich bemühte, die alte Frau in dem grünen Mantel, die heute auch noch eine hellblaue Pudelmütze trug, zu ignorieren, die Frau wich nicht von der Stelle. Diese Stelle war leider die Eingangstür, sodass sich sowohl drinnen als auch draußen kleine Staus bildeten, die Anja nur auflösen konnte, indem sie Frau Grünmantel herauswarf oder sie in ein Gespräch verwickelte.

Anja wusste, dass ein Rauswurf die Situation kurzfristig entspannte, aber langfristig nur Probleme bringen würde. Also schaltete sie ihre Stimme in den Säuselkanal und fragte: »Was ist denn passiert?«

»Das ist wirklich nicht zu fassen. Pietätlos! Unglaublich!« Die Frau rief über die Köpfe der Kunden hinweg, die dem Ausgang zustrebten. Anja hoffte, dass sie deshalb gingen, weil sie bereits all ihre Fotografien angesehen hatten und irgendwo anders »Blau unterm Baum« weiterfeiern wollten. Nicht dass ihr die alte Frau das Publikum vergraulte. Sie hatte sich solche Mühe gegeben, ihre aktuellen Fotos über das heutige Hagen und die alten Postkarten zwischen die Krimis zu drapieren, damit die Blicke der Kunden gelegentlich auch auf die Bücher fielen.

Besorgt schaute sie den Menschen nach, die den Laden verließen. Nicht jeder trug eine der hübschen kleinen Tragetaschen mit einer Collage ihrer Fotos, die sie extra für den Weihnachtsmarkt bestellt hatte.

»Wovon reden Sie denn?«, fragte Anja und sah mit Erleichterung, dass viele neue Besucher kamen, die sofort auf die Bilder zugingen und sich gegenseitig auf Dinge aufmerksam machten, die sie wiedererkannten. So sollte es sein.

»Na, an der Stelle, an der die kleine Hanna immer diesen wunderbaren ›Schneewalzer‹ gespielt hat, steht nun ein Mann und spielt Geige.«

Im ersten Moment begriff Anja nicht, wovon die Frau sprach, dann erinnerte sie sich wieder an Hanna. Schon rührte sich das schlechte Gewissen, weil sie in den letzten Tagen nicht an sie gedacht hatte. Es hatte lange gedauert, bis sie alle Päckchen für ihre Eltern und Geschwister, Freunde und ehemaligen Kollegen in Oldenburg verpackt und auf die Reise geschickt hatte. Und dann die Bestellungen über die Online-Krimibuchhandlung, die neben dem Geschäft in Hagen weiterhin eintrafen. Es kam ihr vor, als hätte die Netz-Community sie erst durch ihre Aktivitäten für Hanna wahrgenommen. So schrecklich das war, aber sie musste zugeben, dass sie bis dahin nicht sonderlich aktiv in den sozialen Netzwerken gewesen war, allerdings trotz der Arbeit im Dezember immer wieder zwischendurch die Suchmeldung für Hanna gepostet hatte. Okay, meist dann, wenn Tobias sie daran erinnerte, das musste sie sich eingestehen.

»Hören Sie nicht zu?«

Wieder dieser Tonfall. Anja fühlte sich augenblicklich zurückversetzt in die zweite Klasse, als sie sich mit ihrer Freundin unterhalten hatte, statt dem Unterricht zu folgen.

»Entschuldigung, aber hier ist einfach so viel los!« Anja gelang es, ein freundliches Lächeln speziell für die Lehrerin aufzusetzen, und sah erleichtert, dass sie Anstalten machte, von dem Sitzwürfel, den sie mit Beschlag belegt hatte, aufzustehen.

»Hanna ist noch immer verschwunden«, zwang Anja sich zu sagen. »Der Platz ist leer, da kann sich jeder hinstellen und musizieren. Im Rahmen dessen, was das Ordnungsamt vorschreibt.«

»Papperlapapp!«, schnitt die Frau ihr das Wort ab. »Das gehört sich nicht. Und überhaupt, er spielt den ›Schneewalzer‹ so schlecht, dass er den Leuten Geld zahlen müsste, nicht umgekehrt.«

Die Vorstellung gefiel Anja. Wann immer jemand sich von einer Straßendarbietung gestört fühlte, durfte er sich von dem Campinghocker Geld nehmen.

Völlig unvermittelt tauchte das Bild des Mannes im Nato-Parka vor ihr auf, von dem sie am Anfang der Adventszeit gedacht hatte, dass er Geld von dem Campinghocker genommen hatte. Hatte er vielleicht dieselbe Idee wie Frau Grünmantel gehabt?

Verrückt, was das Gehirn alles abspeichert, dachte Anja und folgte der alten Frau langsam bis zur Ladentür, um sicher zu sein, dass sie das »Mord & Ortschlag« wirklich verließ. Einige Gäste drehten sich bereits um und tuschelten. Sie hielt der alten Frau die Tür auf, da bemerkte sie den Mann im Nato-Parka. Er stieg aus einem Kleinbus und ging auf den Akkordeonspieler zu, der langsam sein Instrument verpackte.

Anja konnte nicht verstehen, was der Mann im Parka sagte. Seine Gesten ließen vermuten, dass er zur Eile mahnte. Nun griff er nach dem blauen Campinghocker und schüttete das Geld in eine Umhängetasche. Sie dachte an ihren Fünfeuroschein und fragte sich, ob der Akkordeonspieler diesen tatsächlich behalten durfte.

Seit dem Tag, als sie ihm den Fünfeuroschein hingelegt hatte, war er morgens früh erschienen und hatte den Platz neben dem Pavillon eingenommen. Sie hatte sich an ihn gewöhnt. Er sprach anfangs nicht, lächelte sie jedoch immer freundlich an und sagte morgens und abends etwas, das wie ein Gruß in einer fremden Sprache klang.

Hastig griff Anja nach einer Tragetasche, sie steckte eine der Krimischokoladen hinein und einen Sherlock Holmes als Weihnachtsmann und rannte hinaus.

»Warten Sie«, rief sie dem Straßenmusiker nach.

Er blieb stehen und blickte zwischen dem Mann im Parka, der neben der geöffneten Schiebetür des Kleinbusses stand, und ihr hin und her. Der Mann am Kleinbus rief etwas, mit einer Handbewegung, die eindeutig so etwas wie »hierher sofort« bedeutete.

Anja machte einige große Schritte und holte den Akkordeonspieler kurz vor dem Kleinbus ein. Sie überreichte ihm die Tüte und wünschte ihm »frohe Weihnachten«.

Statt des Musikers antwortete der Mann im Nato-Parka in einer fremden Sprache, doch sein Tonfall ließ keinen Zweifel daran, dass er zornig war.

Anjas Blick folgte dem Akkordeonspieler, der mit der einen Hand ihre Tüte an sich drückte und mit der anderen Hand das Akkordeon trug. Als er einstieg sah sie, dass bereits mehrere Männer in dem Bus saßen. Einer sah aus wie der unmusikalische Klarinettist und auf dem Schoß eines anderen meinte sie einen Geigenkoffer zu erkennen. Sie fragte sich, ob Straßenmusiker in Gruppen arbeiteten, und nahm sich vor, das im Internet zu recherchieren. Oder gab es Straßenmusik als Franchise?

Sie konnte nicht weiter darüber nachdenken, denn in dem Augenblick kamen ihre Kollegen von der »Marching Steeldrum Band« die Elberfelder Straße herunter. Sie konnte sie von Weitem hören und bedauerte, dass sie keine Zeit hatte, mitzuspielen.

Das hieß, nun folgten die letzten Minuten, in denen die Stände des Weihnachtsmarkts geöffnet hatten. Es dauerte nicht mehr lange, dann wurden sie abgebaut, während die Hagener an den Bierständen in der Einkaufsstraße und in den Elbershallen den Advent ausklingen ließen und sich oftmals im wahrsten Sinne des Wortes »Blau unterm Baum« auf Heiligabend einstellten.

Anja scheuchte ihre Gäste vor den Pavillon, damit sie den Auftritt ihrer Steeldrum-Kollegen nicht verpassten, und gönnte sich den Eierpunsch, den Oliver ihr brachte. Im Schlepptau hatte er Tobias und Ida, die sich an ihren Simpson-Luftballon klammerte, als hätte sie seit ihrer Geburt keinen größeren Wunsch gehabt als diesen Ballon. Die halbe Adventszeit hatte Ida darauf hingewiesen, dass genau dieser Ballon ein sehr schönes Weihnachtsgeschenk für eine Tochter, eine Schwester oder die Tochter einer Freundin wäre. Bis zum letzten Abend des Weihnachtsmarktes hatten alle den Hinweis ignoriert. Doch nun hatte sich Oliver erbarmt und Ida die gelbe Ballonfigur gekauft. Seitdem tauchte sie alle paar Minuten in der Nähe ihrer Mutter auf, um mit ihrem Schatz zu wedeln.

»Wer weiß, wie lange sie sich noch über eine solche Kleinigkeit freut«, flüsterte Anja ihrem Mann zu und kuschelte sich kurz an ihn. Noch war der Abend nicht zu Ende und für sie war auch noch nicht Weihnachten. Ihre Ausstellung ging bis 21 Uhr, so lange, bis die letzten Glühweinstände schlossen, und morgen, an Heiligabend, hatte sie bis Mittag geöffnet. Erst dann konnte sie die Stille der Weihnacht genießen. Davon war sie in dem Moment fest überzeugt. Warum auch nicht? Ein fürsorglicher Ehemann, hilfsbereite Kinder, tolle Freunde und ein exorbitantes Weihnachtsgeschäft. Was wollte sie mehr?

Warum schweigst du, mein Kleines?

Grämst du dich, weil ich so lange nicht geschrieben habe?

Kein Tag vergeht, an dem ich nicht an dich denke und für dich spiele. Meine Finger streicheln die Tasten, als wären sie deine Hände.

Schreib mir, gib meinem Herzen Hoffnung. Es braucht sie heute mehr denn je. Mehr denn jemals zuvor.

In Sehnsucht nach dir.

KAPITEL 12

Neugier ist eine gute Geschäftsgrundlage.

»Schöne Feiertage«, rief Anja den letzten Gästen hinterher, die kurz vor 22 Uhr den Laden verließen. Die meisten Kunden waren um 21 Uhr gegangen, als die ersten kleinen Weihnachtsmarktstände von Autos vorbeigezogen wurden. Nur ein paar ihrer Steeldrum-Kollegen, ihre engsten Netzwerkfreundinnen und zwei von Olivers Kollegen harrten aus, bis der große Glühweintopf leer war, für den Tobias die Verantwortung übernommen hatte.

Zufrieden betrachtete Anja ihren Sohn, wie er den Topf ausspülte und alle Gläser sorgfältig abtrocknete, ehe er sie in Kartons verpackte.

Ida lag bereits auf der Ladefläche ihres Kombis, eingewickelt in einen Schlafsack mit ihrem Lieblingsteddy in der Hand und schlief.

Anja freute sich, dass Ida in dieser Hinsicht genauso unkompliziert war wie Tobias in ihrem Alter. Gerade, als sie daran dachte, wie sie sich, als ihr Sohn so klein war, allein um ihn hatte kümmern müssen, schien es ihr, als wanderten die Besucher, die am Glühweinstand gefeiert hatten, wie von einem Magneten gezogen in Richtung Friedrich-Ebert-Platz.

Sie stand da und rieb sich verwundert die Augen. Die Menschen fädelten sich zwischen den Fahrzeugen hindurch, bis zu den Ständen, in denen eifrig Utensilien in Kisten verstaut wurden. Merkwürdig schweigsam zogen die Passanten am Eiscafé vorbei zu dem Platz, auf dem das Riesenrad für den nächsten Einsatz am Brandenburger Tor zerlegt wurde.

»Gibt es heute eine Vorführung auf dem Friedrich-Ebert-Platz?«, fragte sie ihren Mann. Dieser zog wie Tobias auch ratlos die Schultern nach oben. Ihr Sohn allerdings zerrte unverzüglich sein Smartphone aus der Tasche.

Anja sah, wie er blass wurde. »Was ist?«, fragte sie und schaute durch das Schaufenster auf den Parkplatz. Ihr Auto, in dem Ida schlief, stand an der alten Stelle und machte nicht den Eindruck, als wäre es bewegt worden. Es kam ihr so vor, als sähe sie über den Spielplatz hinweg die Spiegelung von Blaulichtern. Da vernahm sie bereits die ersten Signaltöne von Einsatzwagen. Sie konnte am

Klang nicht erkennen, ob sie von Rettungswagen, Feuerwehrfahrzeugen oder Polizeiautos herrührten.

»Ist was mit dem Riesenrad?«, erkundigte sie sich. Im Jahr zuvor war sie mit Oliver am 23. Dezember unterwegs gewesen. Sie hatten lange im »Bar Celona« am Fenster gesessen und beobachtet, wie das Riesenrad auseinandergebaut wurde. Wie eine große Bastelpackung war ihr das Riesenrad vorgekommen. Seither hatte niemand, nicht einmal Ida, sie überreden können, mit dem Riesenrad zu fahren. Sie konnte sich einfach nicht vorstellen, dass dieser monumentale Bausatz wirklich sicher war. Es würde sie nicht wundern, wenn beim Abbau ein Unglück geschehen war.

Tobias schüttelte den Kopf. Sie sah ihm an, dass ihn bedrückte, was er auf seinem Smartphone gelesen hatte. Dann platzte er heraus. »Sie haben auf dem Ebertplatz ein totes Mädchen gefunden!«

Anja spürte, wie sie trotz des dicken Pullovers fröstelte.

»Hanna?«, stieß sie hervor und in ihrem Kopf entzündete sich ein Feuerwerk der Gedanken. Die Mutter des Mädchens fiel ihr ein und Frau Grünmantel, Hannas Vater und der Hund des Geigenlehrers, Emily, Giulia und dann auch noch diese Straßenmusiker, die sich in ihrer Fantasie allesamt in kleine leblose Mädchen verwandelten, die Geige, Akkordeon und Klarinette spielten.

»Anja!«

Erst der bestimmte Ton in Olivers Stimme riss sie aus ihrer Erstarrung.

»Komm!«, rief sie statt einer Antwort und wollte in ihrem Pullover aus dem Laden laufen.

Oliver hielt sie zurück. »Zieh deine Jacke an«, befahl er ihr, als wäre sie ein kleines Kind.

Zu gerne wäre sie wieder ein kleines Kind, das sich keine Gedanken darüber macht, wie böse die Welt sein kann. Das keine Tochter hat, die an Hannas Stelle liegen könnte. Das nicht mit den Freundinnen der Toten gegrübelt hatte, wo Hanna sein könnte.

»Vielleicht ist es gar nicht Hanna!« Tobias versuchte mit seinen langen Beinen mit ihr Schritt zu halten. Doch sie war in einen leichten Laufschritt verfallen und sprang mit einer Leichtigkeit über die Kisten, die ihr im Weg standen, was sie selbst überraschte. Sie blickte noch einmal zurück.

Oliver stand vor dem »Mord & Ortschlag«. »Ich schließe ab«, rief er ihr nach.

Beim Eiscafé blieb Anja stehen und schnaufte.

Tobias lief mit großen Schritten an ihr vorbei und kam ihr entgegen, als sie schwer atmend den Platz erreichte. »Die Polizei sagt nichts. Der Platz ist komplett abgesperrt. Das Mädchen war unter diesem Wagen, der mitten auf dem Platz stand. Ich kümmere mich um Ida.«

Anja nickte nur und versuchte, einen Blick auf den Platz zu erhaschen. Sie ging um die Absperrung herum, konnte aber niemanden erkennen. Sie hatte gehofft, Gerd Neubert unter den Uniformierten zu sehen.

Auf der Bank neben dem Mataré-Brunnen, der im Winter eher ein Denkmal als ein Brunnen war, entdeckte sie einen bärtigen Mann in einer abgewetzten Wolljacke, der vor sich hin starrte.

»Die arme Kleine«, hörte sie ihn sagen und ging auf ihn zu.

»Kann ich Ihnen helfen?«, fragte sie und versuchte gleichzeitig zwischen Polizeiwagen und Lastwagen einen Blick auf das Geschehen zu erhaschen.

Die Polizei hatte nur einen Teil des Platzes abgesperrt. Das Riesenrad stand außerhalb des rot-weißen Bandes, für die Mitarbeiter wohl das Signal, dass sie mit dem Abbau fortfahren durften. Neben dem Sattelschlepper, der vor dem Riesenrad hielt, erkannte Anja Oliver. »Hier bin ich!« Anja rief leise, aber deutlich und winkte ihm zu, als es wieder eine Lücke zwischen den Fahrzeugen gab.

»Ich heiße Anja Henke und das ist mein Mann, Oliver Henke!«, stellte sich Anja und ihren Mann vor, nachdem dieser sich einen Weg durch die Menschen und Fahrzeuge gebahnt hatte.

»Karl Romberg«, sagte der Bärtige, mit dem sie auf der Plattform aus Holzpanelen zwischen Volme-Galerie und Stadtfenster saß, die eher einem Laufsteg als einer Bank glich.

»Herr Romberg hat das Mädchen gefunden.«

»Na, gefunden is der falsche Ausdruck«, mischte der Mann sich ein und seine Stimme klang rau. »Ich habe hier den ganzen Abend mit meinen Freunden gesessen und zugeschaut, wie der Markt abgebaut wurde.« Er blickte sich um. Um sie herum standen nur wenige Menschen. »Ich fürchte, meine Kollegen haben dat Weite gesucht, als die Einsatzwagen vorfuhren«, entschuldigte er seine Begleiter. »Nich alle haben gute Erfahrungen mit de Polizei gemacht. Aber dat ist ja jetz nich wichtig.« Er klopfte auf den Platz neben sich. »Wollen Se sich nich setzen? Et spricht sich so schlecht mit den Kopf in'n Nacken.«

Anja nickte ihrem Mann zu, als sie sah, dass er die Stirn kraus zog und den Mund öffnete. Die Situation schmeckte ihm nicht, das war deutlich zu erkennen, aber sie musste die Gelegenheit nutzen, aus erster Hand mehr zu erfahren.

»Wir saßen also hier«, begann der Mann erneut, »und guckten uns den Abbau an. Dat is besser als Fernsehen.« Als er lachte, sah Anja die Zahnlücken, die zwischen dem ungepflegten Bart zum Vorschein kamen. Sie gab sich Mühe, sie nicht zu beachten und Interesse zu signalisieren, auch als der Mann sich mit einer Alkoholfahne zu ihr vorbeugte und erklärte: »Da fällt manchmal wat für uns ab, weiße? Die Würstkes müssen ja wo hin.«

Anja wusste nicht, wie sie reagieren sollte. Sie beschloss, einfach zu schweigen und einen interessierten Blick aufzusetzen. Das wirkte.

Karl Romberg redete weiter: »Da fiel mir doch auf, dat wat auf dem Platz lag, als der Wagen aus de Mitte wegfuhr. Erst dachte ich ja, dat wär 'n Ölfleck. Von Weitem konnte man dat ja nich so genau erkennen.« Obwohl der Mann Oliver gebeten hatte, sich zu setzen, sprach er nur mit Anja. »Ich bin dann hin«, fuhr er fort. »Ich war mal Rettungssanitäter, müssen Se wissen. Ehe ich auf der Straße gelandet bin.«

»Wie sah das Mädchen aus?«, fragte Anja.

Da sagte der Mann bereits: »Dat war die Kleine, die seit vier Wochen verschwunden is.«

Anja sackte in sich zusammen. »Sind Sie sicher?«

»Hör mal, ich leb zwar auf de Straße«, empörte sich Karl Romberg, »aber meinen Verstand hab ich noch beisammen, dat kann ich Ihnen sagen. Die Kleine kenn ich schon lange.«

Das ließ Anja aufhorchen. Hatte dieser Romberg der Kleinen womöglich etwas getan? »Ach?«, fragte sie daher so boshaft, sodass Oliver ihr einen verwunderten Blick zuwarf, als hätte sie ihn mit ihrer stechenden Stimme gemeint.

Der Bärtige mit den Zahnlücken ging nicht auf den scharfen Tonfall ein. »Am ersten Tag nach de Eröffnung von den Weihnachtsmarkt tauchte die Kleine hier auf«, berichtete Karl Romberg und sah immer wieder auf den Platz, um zu prüfen, was dort vor sich ging. »Erst stand se an de Tür neben den Kaufhof, ich hab ihr oft von den kleinen Gärtchen dort aus zugehört. Die hatte wirklich wat drauf.« Er schluckte. »Ich hab ihr geraten, sich auf den Weihnachtsmarkt ze stellen.« Er wischte sich mit dem Handrücken über die Augen. »Ich bin schuld, dat dat passiert is«, klagte er und schwieg eine Weile. »Ich war dann ein paar Tage im Krankenhaus.« Er schüttelte sich, als wollte er seine Gedanken vertreiben. »Als ich zurück war, hab ich gehört, dat die Kleine verschwunden is.« Er sah Anja geradeheraus an. »Sie haben doch auch nach ihr gesucht«, sagte er dann. »Ich hab dat Plakat gesehen.«

Anja war sich ganz sicher, dass Sie dem Mann zuvor niemals begegnet war. Aber es kamen oft Menschen auf sie zu, die sie kannten, weil sie in den Laden geschaut hatten. Anscheinend auch dieser seltsame Mann, der seine Tage und Nächte auf Parkbänken verbrachte. Letztlich war das unwichtig. Er hatte ihr die Gewissheit verschafft, dass es Hanna war, die dort unter dem Kühlwagen gefunden wurde. Nicht weit weg von der Stelle, an der sie zuletzt gesehen worden war.

Was konnte passiert sein? Ob sie seit dem Tag ihres Verschwindens dort lag? Anja mochte nicht darüber nachdenken. Sie bedankte sich bei dem Mann und schmiegte sich auf dem Weg zu ihrem Auto an Oliver. Keiner von ihnen sagte etwas bis Oliver anmerkte: »Du kannst nichts dafür!«

Anja nickte. »Ich weiß, aber trotzdem.«

KAPITEL 13

Hüte und andere Kopfbedeckungen sind nur bei Temperaturen unter zehn Grad erlaubt.

Am nächsten Morgen fühlte Anja sich, als hätte sie 20 Stunden Steine geschleppt. Sie hatte schlecht geschlafen und sich ständig von einer Seite auf die andere gewälzt. Immer wieder musste sie an Hannas Mutter denken. Sie stellte sich vor, wie die Polizei spätabends oder nachts bei ihr klingelte, um ihr zu sagen, dass man ihre Tochter tot aufgefunden hatte. Was hatte dieser unsympathische Vater gemacht? Die Nachricht aufgenommen und den Polizisten einen Platz angeboten, weil gutes Benehmen sein oberstes Prinzip war? Und wie bereitete sich eine Mutter auf Weihnachten vor, deren Kind verschwunden war?

»Lass nur, Liebling, ich kümmere mich um den Laden«, hörte sie Olivers Stimme.

Der Laden! Am Heiligabend war er bis zum Mittag geöffnet und Anja wusste, heute würde viel los sein. Gerade Buchkäufer deckten sich am letzten Tag vor Weihnachten mit Geschenken ein. Nein, das war nicht richtig, diejenigen, die in der letzten Minute Geschenke besorgten, griffen zu Büchern, und Krimis waren da immer gefragt. Vorsichtig öffnete sie die Augen.

Oliver war bereits fertig angezogen. Mit einer dampfenden Kaffeetasse stand er vor ihr. »Möchtest du?«, fragte er und stellte die Tasse auf Anjas Nachttisch. Er gab ihr einen Kuss und sagte: »Tobias fährt zum Laden. Ich habe gestern Frau Jansens Schlüssel mitgenommen.«

Anja nickte verschlafen und schob sich hoch, um einen Schluck Kaffee zu trinken. »Was ist mit Ida?«

Oliver lachte, als ihr die Augen immer wieder zufielen. »Willst du nicht noch eine Runde schlafen?«, schlug er vor. »Ich fahre mit Tobias und nehme Ida mit. Die ist seit einer Stunde wach und fragt alle fünf Minuten, wann denn nun das Christkind kommt.« Er lachte erneut. »Für sie wird es gut sein, wenn sie sieht, dass das Christkind wie alle Leute viel zu tun hat. Zumindest, solange die Geschäfte geöffnet sind.«

Seine letzten Worte hörte Anja nicht mehr, nach der Anstrengung des Kaffeetrinkens war sie auf ihr Kopfkissen zurückgefallen. Sie bekam gerade noch mit, dass ihr Mann sie bis zum Kinn zudeckte.

»Ich stelle den Wecker, dann wirst du in einer halben Stunde geweckt, sonst bist du ja doch den ganzen Tag unleidlich.«

»Danke«, nuschelte Anja und dachte, dass sie unbedingt ins Geschäft musste.

Der Wecker holte sie 30 Minuten später aus dem Schlaf. Sie rappelte sich aus dem Bett und duschte kalt, was wenig half. Ihre Augen waren klein und sie sah trotz Make-up und knallrotem Lippenstift müde aus, als sie um 10 Uhr das »Mord & Ortschlag« betrat.

»Hast du gehört, dass die Leiche der kleinen Hanna aufgetaucht ist?«, wurde sie von ihrer Freundin Dorothee empfangen, noch ehe sie sich zur Begrüßung umarmt hatten.

Dankbar sah sie Oliver an, der ihnen Kaffee aus der schicken Kaffeemaschine brachte, die er ihr zur Eröffnung geschenkt hatte.

»Danke«, nuschelte Anja. Sie riss sich aber sofort zusammen, als die Tür aufging und die ersten Kunden den Laden betraten.

Dorothee verzog sich in eine Ecke und suchte in einem Regal nach den letzten Geschenken, während Anja, Britta und Oliver die Kunden berieten, die sich die Klinke in die Hand gaben.

Eine Stunde später konnte Anja kurz durchschnaufen, stellte allerdings fest, dass der Kaffee in ihrer Tasse inzwischen kalt, sie aber dennoch wach geworden war.

»Kunden sind ein guter Wachmacher«, scherzte sie und Oliver nutzte die Gelegenheit, um sie mit in das Lager im Keller zu ziehen und sie zu umarmen.

»Genug geknutscht«, ertönte da Tobias' Stimme aus der Ecke, in der die leeren Kartons des Großhändlers lagerten.

Anja lachte. Ida hatte dort einen kleinen Verkaufstisch aufgebaut, auf dem diese winzigen Krimi-Büchlein lagen, die ein Verlag als Pendant zu den Minibüchern für Kinder anbot, und spielte Buchhandlung. Ihr Kunde war mit mittelmäßiger Begeisterung im Gesicht: Tobias.

Anja gab beiden den sonst frühmorgens und zu Hause üblichen Kuss und scheuchte sie nach oben. »Ihr könnt Blumen kaufen und Brot und Käse und …«

»Halt«, stoppte Tobias ihren Redefluss. »Wir müssen das genauer wissen, vor allem, was für uns dabei herausspringt.« Dabei zwinkerte er seiner Schwester zu.

»Genau«, rief Ida und sprang wie ein Flummi hinter ihrer Verkaufstheke hervor.

»Wie wäre es mit einem Weihnachtseis, heute Mittag, ehe wir nach Hause fahren?«, schlug Anja vor.

Tobias und Ida nickten begeistert und versprachen, auf dem Weg die Öffnungszeiten der »Öse« zu prüfen. Anja war skeptisch, ob ihre Stamm-Eisdiele an Heiligabend geöffnet hatte, und riet, auch die Eiscafés in den Einkaufszentren auszukundschaften.

Wieder ein paar Minuten, in denen sie beschäftigt sind, dachte sie und ging rasch nach oben, als sie den »Kriminaltango« der Eingangstür gleich mehrmals hintereinander hörte.

Inzwischen hatte sich Dorothee zur Buchverkäuferin befördert, sie beriet zwei junge Mädchen, die für ihre Eltern einen Krimi haben wollten, der in Israel spielte. Anja fiel sofort Shulamit Lapid und ihre ermittelnde Lokalreporterin Lisa Badichi ein, aber sie ließ Dorothee machen, deren Krimikenntnisse sich mit ihren messen konnten.

»Entschuldigung.« Eine junge Frau in der Uniform einer Stewardess sprach Anja an. »Ich habe gerade das Plakat da im Fenster gesehen.«

»Oh, habe ich das nicht abgehängt?«, fragte Anja. »Die Lesung ist bereits vorbei.« Merkwürdig, dachte sie, ich bin sicher, dass ich die Ankündigung selbst aus dem Fenster genommen habe.

»Ich meine das andere«, sagte die Frau und zeigte auf das Suchplakat neben der Eingangstür.

Anja wurde blass. Daran hatte sie überhaupt nicht gedacht und auch sonst niemand, weil gleich nach ihrem Eintreffen die ersten Kunden den Laden betreten hatten. Sie ging zu dem Fenster und löste die Klebestreifen.

»Ist das Mädchen wiederaufgetaucht?«, erkundigte sich die junge Stewardess.

Anja seufzte und nickte. Ja, Hanna war aufgetaucht, wenn auch anders, als die Frau vermuten würde.

»Gestern!«, antwortete Anja nur knapp. Mehr mochte sie nicht erzählen.

»Ach, da bin ich aber froh.«

Die junge Frau wandte sich zur Tür und wollte gehen, als die Antwort endlich Anjas müde Gehirnzellen erreichte. »Wieso fragen Sie überhaupt?«

Die Stewardess blieb stehen und sah Anja an. »Ich war jetzt mehrere Wochen weg«, erklärte sie. »Mein Freund arbeitet im Moment in Shanghai und da habe ich die Zeit zwischen den Flügen dort verbracht.« Sie machte eine kurze Pause und betrachtete das Bild auf dem Suchplakat, das Anja in der Hand hielt. »Am Tag, bevor ich geflogen bin, habe ich das Mädchen gesehen«, fuhr die Frau fort. »Es stritt mit einem Mann, der sich über seinen Geigenkasten beugte. Es sah aus, als hätte er Geld aus dem Koffer genommen.«

Anja horchte auf, das passte zu der Aussage des Jungen, der vor einigen Wochen hier war. »Konnten Sie den Mann erkennen?«, fragte sie aufgeregt.

Die Frau schüttelte bedauernd den Kopf. »Sie wissen doch, im Winter laufen alle halb vermummt herum. An dem Tag schneite es ziemlich heftig. Aber, ich glaube, er trug einen Hut. So einen kleinen. Es war kein Schlapphut, sondern einer mit kleiner Krempe, wie ihn manche Künstler tragen.« Sie sah sich im Laden um. »Ich weiß nicht, wie ich ihn beschreiben soll, aber das ist ja nicht mehr wichtig, wenn das Mädchen wiederaufgetaucht ist.«

Anja nickte. »Ja«, sagte sie und spürte wieder großes Mitleid mit der Mutter, was sich bis auf ihre Stimme durchschlug, die brüchig klang. »Aber sie ist tot. Gestern wurde sie unter dem Kühlwagen eines Glühweinstandes gefunden.«

»Nein!« Die Frau starrte Anja an. »Das gibt's doch nicht. Meinen Sie, der Mann mit dem Hut könnte etwas damit zu tun haben?«

Anja zog ratlos die Schultern hoch und schaute nachdenklich an der jungen Frau vorbei auf den Vorplatz. »Es wäre auf jeden Fall gut, wenn Sie der Polizei berichten würden, was sie beobachtet haben.«

Vor dem Laden lief ein Mann vorbei, der Anja vage bekannt vorkam. Ich lese echt zu viele Krimis, dachte sie. »Es gibt viele Menschen, die Nato-Parka tragen«, schalt sie sich und zeigte auf den Mann, der einen kleinen Hut trug. »So einer?«

Die Stewardess sah sich um. »Genau«, rief sie. »Genau so sah der aus.«

Anja zog rasch die kleine Kamera aus der Hosentasche, die sie immer bei sich trug, um Schnappschüsse zu machen. Sie schaffte es gerade noch, den Passanten so von hinten zu fotografieren, dass der Hut erkennbar war, während der Mann sich durch die Leute vor dem Pavillon drängte.

»Ich maile das Foto nachher gleich der Polizei und stelle es auf die Such-Seite im Internet, vielleicht erinnert sich jemand, einen Mann mit einem solchen Hut bei Hanna gesehen zu haben«, versprach sie und nahm der jungen Frau das Versprechen ab, sich unbedingt am gleichen Tag, Heiligabend hin oder her, mit Gerd Neubert in Verbindung zu setzen.

Die Stewardess nickte und sagte dann: »Wenn ich schon da bin, kann ich gleich zwei Geschenke kaufen.«

Anja beeilte sich, ihr Krimis zu empfehlen, als sie bemerkte, dass sich hinter der Frau eine kleine Schlange gebildet hatte. Es gab wirklich viele Leute, die ihre Weihnachtsgeschenke erst im letzten Moment kauften. Das hätte sie niemals gedacht. Aber sie hätte auch nie erwartet, dass sie plötzlich mitten in einer Ermittlung stecken und Informationen darüber sammeln würde, warum ein kleines Mädchen, das nur Geld für ein Geschenk für die Eltern verdienen wollte, getötet wurde.

KAPITEL 14

Behalte deine Gedanken im Griff, sie spiegeln sich in deinem Gesicht!

Anja hatte versucht, während der Feiertage nicht an Hanna und ihre Mutter zu denken. Sie war froh, dass das Mädchen erst gefunden wurde, als bereits Schulferien waren. Sie wusste genau, dass sie das Thema sonst niemals von Ida hätte fernhalten können. Irgendeine Mitschülerin wäre mit der Nachricht herausgeplatzt. In wahrscheinlich jeder anderen Stadt hätte am Tag vor Heiligabend kaum jemand mitbekommen, dass Hanna gefunden worden war. Nicht so in Hagen. Als Anja nach Hagen gezogen war und kurz vor Weihnachten in der Zeitung gelesen hatte, dass zum traditionellen »Blau unterm Baum« wieder Bierstände in der Elberfelder Straße stehen würden, hatte sie das für einen Scherz gehalten.

»Betrinken sich die Hagener, damit sie Weihnachten überstehen, oder was ist das?«, hatte sie Oliver gefragt, der ihr ausführlich die verschiedenen Bedeutungen und Geschichten rund um diesen Brauch erklärte.

Sie hatte nicht genau zugehört, sondern das Ganze als Brauch abgespeichert, der irgendetwas mit »Phoenix Hagen« und Trinken zu tun hatte. Allerdings war sie jedes Jahr aufs Neue verblüfft, wie viele Menschen am Abend vor Heiligabend durch die Stadt zogen, gelegentlich beim Abbau der Weihnachtsmarktstände zusahen und einen letzten Glühwein oder ein Bier tranken.

Der Kühlwagen, unter dem Hanna gefunden worden war, hatte seinen Platz auf dem Friedrich-Ebert-Platz hinter einem der angesagten Glühweinstände, die bis zur letzten Minute Getränke ausgeschenkt hatten, während im hinteren Teil bereits das Mobiliar abgebaut wurde. Das hieß, dass viele Menschen das Eintreffen der Polizei und der Rettungswagen gesehen hatten. Obwohl der Fund nach Redaktionsschluss der »Westfalenpost« erfolgt war, war die Information bis zum Ladenschluss an Heiligabend wie Novembernebel durch die Stadt gewabert.

Dank ihrer kleinen Tochter gelang es Anja, den Gedanken an das tote fremde Mädchen über die Feiertage zurückzudrängen.

Am ersten Tag nach Weihnachten holte sie Hannas Schicksal wieder ein. Kaum hatte sie den Laden geöffnet, standen Emily und Giulia in der Tür.

»Wir haben ein neues Plakat gebastelt.« Grußlos hielten die Mädchen ihr ein DIN-A4-Blatt hin, auf dem nach Hinweisen gesucht wurde, die helfen sollten, den Mörder von Hanna zu finden.

Anja wusste nicht, wie sie reagieren sollte, als sie las, dass die beiden als Belohnung einen Monat Hund ausführen, Autowaschen oder Vorlesen anboten. Das Plakat strahlte ihre Trauer so sehr aus, dass sie ein schlechtes Gewissen bekam, über die Feiertage so glücklich gewesen zu sein.

»Wann habt ihr das denn erstellt?«, erkundigte sie sich und war froh, als sie hörte, dass die beiden erst am Morgen von Hannas Tod erfahren hatten. Wenigstens war ihr Weihnachtsfest nicht vollends getrübt von der Gewissheit, dass ihre Freundin tot war.

»Meinen Sie, die Belohnung reicht?« Emily sah Anja traurig an.

Was sollte sie darauf antworten? Diese Belohnung würde sicher nicht dazu beitragen, dass Hannas Tod aufgeklärt wurde. Aber schaden würde sie auch nicht, höchstens den Mädchen helfen, ihre Trauer und Wut zu verarbeiten.

»Ich weiß nicht«, antwortete Anja ehrlich, »aber wenn jemand das Plakat sieht, wird er auf jeden Fall an Hanna erinnert.«

Giulia nickte. Sie zog eine Grabkerze aus der Tasche. »Wir wollen eine Kerze für Hanna anzünden«, sagte sie mit erstickter Stimme.

Anja fragte sich, wieso die Eltern der Mädchen ihre Kinder am Tag nach Weihnachten allein mit diesem Schmerz in die Stadt gehen ließen.

»Mama kommt nachher auch, sie muss arbeiten«, beantwortete Giulia ihre Frage.

Emily nickte. »Meine Eltern sind beide auf der Arbeit.«

Anja bedauerte, dass sie keine Zeit hatte, sich um die Mädchen zu kümmern. Aus dem Augenwinkel sah sie, dass bereits die erste Kundin mit dem Kassenbon winkte, um etwas umzutauschen. Gleich dahinter zückte ein Jugendlicher eine Geschenkkarte, um seinen Gutschein einzulösen.

»Ihr dürft gerne wiederkommen«, wies Anja die Mädchen vorsichtig darauf hin, dass sie keine Zeit mehr hatte. Sie nahm das Plakat und legte es auf die Theke, bis sie Zeit fand, es neben der Eingangstür anzubringen.

»Das ist doch das Mädchen, das Freitag gefunden wurde, oder?«

Anja sah den Jugendlichen überrascht an, der sich an der Kundin mit dem Rückgabewunsch vorbeigedrängt hatte.

»Die ist beim gleichen Geigenlehrer wie ich«, erklärte er.

Während sie seinen Gutschein gegen das ausgewählte Buch tauschte, erkundigte sich Anja, was er sonst noch über Hanna und den Geigenlehrer mit dem sympathischen Hund wusste. »Ach, Herr Doll ist halt alt«, meinte der Jugendliche. »Ziemlich streng und dann diese Macke mit dem guten Benehmen.«

Anja sah den Jungen an und grinste innerlich. Sie konnte sich gut vorstellen, dass Hieronymus Doll an dem Ohrtunnel und der tief hängenden Jeans, die mehr als den Steiß sehen ließ, etwas auszusetzen hatte. Auch das Nasenpiercing war nicht gerade geeignet, bei einem Geigenlehrer der alten Schule Begeisterungsstürme hervorzurufen.

»Aber man lernt voll viel bei dem«, schränkte der Junge seine Kritik überraschend ein. »Er lässt einen so lange spielen, bis das Stück sitzt. Dabei starrt er einen an, als wollte er einen hypnotisieren.«

»Wie das?«, fragte Anja nach. Das passte nicht zu dem Verdacht, dass der Lehrer nur Hanna so angesehen hatte. Anscheinend war das eine Eigenart von ihm.

»Er fixiert einen und macht die Augen ganz klein«, beschrieb der Junge, während er seine Hose hochzog, wie Anja schmunzelnd bemerkte. Sie scannte die Geschenkkarte ein und fragte: »Darf ich mir deine Handynummer aufschreiben?«

Der Junge nestelte sein Handy aus der Tasche. »Was wollen Sie damit?«, nuschelte er und suchte im Speicher nach seiner eigenen Nummer.

»Ich sammle Informationen über Hanna«, erklärte Anja und wunderte sich selbst darüber, denn eigentlich war ihre Mission mit dem Fund des toten Mädchens abgeschlossen. Ihr ließ jedoch keine Ruhe, warum jemand einfach so ein Mädchen tötete, das nichts getan hatte, außer gegen den Willen des Vaters auf dem Weihnachtsmarkt zu musizieren.

Der Junge diktierte ihr seine Nummer.

»Äh, wie heißt du?«, wollte Anja hinterherschieben, da ratterte ein Metal-Song los, den er mit einem. »Ja, Leo hier«, beendete, als er das Telefongespräch annahm.

Schnell notierte sie den Namen neben der Nummer und kümmerte sich um die nächsten Kunden, die von ihr wissen wollten, ob das Krimi-Arrangement zu Silvester, das das Reisebüro ihnen empfohlen hatte, etwas tauge oder nicht.

Anja warf einen Blick auf die Unterlagen, obwohl sie eigentlich keine Zeit dafür hatte. Der Kunde war eben König, und sie wusste, dass das Paar gelegentlich vorbeikam, um sich über die Neuerscheinungen zu informieren. Sie überschlug das Programm, entdeckte den Namen Adler-Olsen und holte rasch dessen neuesten Krimi aus dem Regal.

»Das hört sich prima an«, sagte sie und empfahl, den passenden Krimi für die Reise mitzunehmen. Die beiden waren begeistert von dem Vorschlag. Anja war stolz darauf, dass sie endlich einmal eine der Regeln ihrer Netzwerkkollegin umsetzen konnte. Bei einem Vortrag hatte sie ihnen eingeschärft, dass ein Kunde niemals mit leeren Händen den Laden verlassen durfte.

Sie sah auf die Uhr. Der Vormittag zog sich, und sie bereute es, dass sie sich nicht einen freien Tag gegönnt hatte.

Oliver, Tobias und Ida waren heute in Duisburg, wo es auch nach den Feiertagen noch einen Weihnachtsmarkt gab. Ehe sie das »Mord & Ortschlag« eröffnet hatte und zwischen den Jahren nicht hatte arbeiten müssen, hatte sie gerne in der Zeit zwischen Weihnachten und Silvester in Ruhe zum Jahresausklang einen Eierpunsch oder Glühwein getrunken.

»Na, bist du schon wieder am Ermitteln?« Dorothee Herbst stand mit prall gefüllten Tragetaschen vor ihr.

»Na, bist du schon wieder am Shoppen?«, antwortete Anja lachend und erntete lauten Protest.

»Hör mal, vor Weihnachten habe ich nur Geschenke kaufen können. Für mich hatte ich keine Zeit. Bis ich immer aus Düsseldorf zu Hause bin, haben die Läden längst geschlossen. Und dann diese große Ermittlung wegen der Kinderpornografie!«

Anja versuchte die Bilder zurückzudrängen, die sich ihr bei diesem Thema gleich in den Kopf schoben. Da kam ihr ein Gedanke. »Sag mal, weißt du, ob im Zusammenhang mit Hanna auch in die Richtung ermittelt wird?«

Dorothee schüttelte den Kopf. »Keine Ahnung, aber …« Ehe sie weitersprechen konnte, wurde sie von einer Kundin unterbrochen, die hinter Anja stand, und bei deren schriller Stimme Anja sofort einen grünen Mantel vor sich sah. Sie drehte sich langsam um und da stand tatsächlich Frau Grünmantel.

»Ich möchte ein paar Miss-Marple-Krimis«, verkündete sie, um gleich hinterherzuschieben. »Haben Sie gehört, die kleine ›Schneewalzer‹-Spielerin ist tot. Ich bin ja sicher, dass das dieser unmusikalische Geiger war. Diese Musiker können es doch nicht haben, dass jemand besser ist als sie.« Je länger die Frau sprach, umso lauter wurde ihre Stimme, als müsste sie erst warmlaufen, bis sie richtig auf Touren kam.

Darauf wollte Anja nicht warten, zumal sich einige Kunden bereits nach ihnen umschauten. Hastig suchte sie einige Krimis zusammen, in denen Miss Marple ermittelte, zog sie über den Scanner und nannte Frau Grünmantel den Preis. Erleichtert sah sie, wie die Frau ihre Geldbörse aus der Tasche hervorkramte.

Über den Kopf der Kundin hinweg winkte Dorothee ihr zu. Sie bewegte den Mund, sodass Anja mit Mühe lesen konnte: »Ich muss weg!«

Anja ärgerte sich. Dorothee hatte ihren Satz nicht beendet, sie musste sie unbedingt nachher anrufen, aber im Moment war nicht daran zu denken. Als hätten sich alle Kunden abgesprochen, fielen sie in den kleinen Laden ein und kauften Krimis, als wäre *der* Geschenktag des Jahres nicht gerade vorbei. Anja konnte es nur recht sein.

KAPITEL 15

Löse deine Probleme selbst und schütze dich vor klugen Ratschlägen.

Am liebsten hätte Anja den Kommissar aufgesucht, der für die Aufklärung von Hannas Tod zuständig war, um mehr zu erfahren, als in der Zeitung stand. Dort las sie immerhin, dass Gerd Neubert die SOKO Hanna leitete. Doch auf ihre E-Mail mit dem Bild des Hutes hatte er sich nicht gemeldet.

Sie drehte den Zettel mit der E-Mail-Adresse und der Telefonnummer, den er ihr gegeben hatte. Sie hatte keine Ahnung, wo sich sein Büro befand.

Dorothee war seit ihrem kurzen Besuch im »Mord & Ortschlag« am 27. Dezember verschollen und ging nicht ans Handy. Anja erinnerte sich dunkel, dass sie über Silvester auf eine Berghütte wollte. Aber musste sie vorher ausgerechnet diesen halben Satz in der Luft stehen lassen, der sich nun in ihrem Kopf drehte wie eine einzelne kleine Erdbeere im Mixer.

Immer wieder beschäftigte sie die Frage, ob Hannas Tod etwas mit Kinderpornografie zu tun hatte. Aber sie glaubte nicht, dass jemand Hanna erst aus der Stadt verschleppt hatte, um sie dann wieder in die Stadt zu schaffen. Das ergab überhaupt keinen Sinn. Sie war sich sicher, dass Hanna hier in der Stadt zu Tode kam. Aber wie? Und warum?

»Hey, Anja!«, begrüßte Britta ihre Chefin. Sie hatte darum gebeten, am Tag vor Silvester später kommen zu dürfen. Nun erschien sie mit zwei Berliner Ballen und einigen Zeitungen unter dem Arm kurz vor Mittag. »Ich habe uns Nervennahrung mitgebracht«, erklärte sie und hielt Anja die Tüte mit den Kuchen hin. »Und hier sind die Zeitungen, die du haben wolltest.«

Anja hatte nur die »Westfalenpost« abonniert und Britta gebeten, am Bahnhof vorbeizufahren, um die Zeitungen aus den Nachbarstädten mitzubringen. Sie warf einen Blick nach draußen. Es schneite wieder so stark, dass sie kaum mit Kunden rechnen musste und sich Zeit für die Berichte über Hannas Tod nehmen konnte. Sie schlug die erste Zeitung auf und biss in Gedanken in den Krapfen.

»Endlich schreiben die etwas darüber, woran Hanna gestorben ist«, murmelte sie und aß den Kuchen auf, während sie den Artikel las. Ohne nachzudenken, weil sie in den Bericht vertieft war, griff sie erneut in die Tüte und verspeiste auch den zweiten Berliner.

»Ups!«, riss Britta sie aus der Lektüre, als sie mit zwei Tassen Kaffee aus dem Lager kam.

Anja sah auf und starrte ihre zuckerigen Finger und die leere Tüte an. »Oh Gott, Entschuldigung«, rief sie und sprang auf. »Ich hole sofort neue.«

»Lass mal«, wehrte Britta ab. »Ich geh schon, lies du deine Zeitungen zu Ende.« Sie nahm die Wendeltreppe nach unten, um ihre Jacke zu holen, und verschwand durch die Tür in der dichten Schneewand.

»Genau das passende Wetter für eine Mord-Ermittlung!«

Anja schrak zusammen, als sie dic Männerstimme hörte, und sah auf.

Gerd Neubert stand vor ihr. Wieso hatte sie ihn nicht gehört? Konnte er durch geschlossene Türen gehen?

»Ihre Mitarbeiterin hat mir die Tür aufgehalten«, erklärte der Kommissar.

Anja beschlich erneut der Verdacht, dass er Gedanken lesen konnte. Es war direkt unheimlich, wie er immer genau jene Fragen beantwortete, die sie sich gestellt hatte. Das war ihr bei seinem letzten Besuch bereits aufgefallen. Rasch legte sie die Zeitung zur Seite. »Wissen Sie inzwischen, wer Hanna umgebracht hat?«

»Ist der Kaffee für mich?«, antwortete der Kommissar und zeigte auf die zweite Tasse, die Britta für sich gekocht hatte. Aber die wusste ja, wo die schicke Kaffeemaschine stand.

Anja deutete an, dass Gerd Neubert sich die Tasse nehmen könne. Er setzte sich damit auf den Sitzwürfel und sagte: »Noch, wissen wir nicht, ob es sich um Mord oder Totschlag handelt.« Der Kommissar verzog das Gesicht, nachdem er einen Schluck aus der Tasse getrunken hatte. »Sehr süß.« Er schüttelte sich und schob die Tasse auf die Theke.

»Ich koche Ihnen gerne einen neuen«, bot Anja an, doch er lehnte ab. »Lassen Sie nur, ich habe nicht viel Zeit. Ich dachte, ich schaue kurz vorbei.«

»Wie ist sie denn gestorben?«, führte Anja das Gespräch auf Hanna zurück.

»Sie hat eine merkwürdige Verletzung am Hinterkopf.« Gerd Neubert griff nach der Tasse und trank daraus. »Wird nicht besser«, meinte er und stellte die Tasse weg. »Wir wissen nicht, woher diese Verletzung kommt«, fuhr er fort. »Sie kann von einem Baseballschläger stammen, aber auch von einem anderen Gegenstand, der rund und schwer ist.«

Anja glaubte nicht, dass jemand unerkannt mit einem Baseballschläger durch Hagen ziehen konnte. Sie waren hier nicht in Amerika. Einen Basketball, na gut, den sah sie gelegentlich unter dem Arm eines Jungen, der mit seinem Waveboard durch die Stadt kurvte, aber einen Baseballschläger … Sie teilte Gerd Neubert ihre Skepsis mit.

»Das war nur ein Beispiel. Die Tatwaffe muss rund und so fest sein, dass sie ernsthafte Verletzungen hervorrufen kann.« Er sah sich um und entdeckte die Jonglierbälle mit dem Gesicht von Mrs Murphy, der Katze, die in 20 Krimis ermittelte. »Solche Dinger sind zwar rund, aber die bringen keinen um. Es sei denn, jemand versucht sie zu essen.« Er lachte über seinen Scherz und stand auf. »Übrigens, danke für das Hut-Bild«, sagte er, als er ihr die Hand zum Abschied reichte. »Vielleicht hilft es uns weiter, aber einen solchen Hut hat im Alter bis 25 und ab 65 fast jeder Junge oder Mann zu Hause.« Er lachte. »Wirklich interessant, welche Dinge wiederkommen. In meiner Jugend, die leider gut 30 Jahre zurückliegt, wäre man mit einem solchen Ding völlig untendurch gewesen. Das war das klassische Symbol eines Spießers oder eines Alten.«

»Und heute laufen selbst die jungen Mädchen damit herum oder mit diesen hässlichen Mützen, die ich als Jugendliche nicht für ein zehnfaches Taschengeld in die Hand genommen hätte«, setzte Anja hinzu. Sie hatte lange mit Tobias darüber diskutiert, ob es wirklich cool war, wenn er mit einer Mütze in die Uni fuhr. Er hatte sich durchgesetzt und ihre Argumente mit den gleichen Worten abgewehrt, mit denen sie in ihrer Jugend ihren Eltern erklärt hatte, dass ein Parka das Non-Plus-Ultra der Jugendmode war: »Davon habt ihr keine Ahnung.«

Gerd Neubert hielt bereits den Griff der Eingangstür in der Hand, da fiel ihr bei dem Gedanken an ihre Parka-Zeit ein, was sie schon lange wissen wollte. »Sagen Sie mal, diese Straßenmusiker, arbeiten die eigentlich in Gruppen oder allein?«

Der Kommissar ließ den Griff los und kam zurück an die Theke. »Da kenne ich mich nicht aus, ich meine, es gibt sowohl Musiker, die einzeln auftreten, als auch Gruppen.« Er nickte. »Ja, klar, denken Sie nur an diese Typen mit der lateinamerikanischen Musik. Da treten doch immer mehrere zusammen auf.«

Anja schüttelte den Kopf. »Die meine ich nicht. Ich meine, diese Akkordeon- und Klarinettenspieler, die hier im Advent herumstanden. Kann es sein, dass das so eine Art Bande ist?« Sie überlegte. »Das ist vielleicht das falsche Wort, ein Team, das trifft es besser. So wie …«, ihr fiel einfach kein Vergleich ein.

»Sie meinen wie die Kellner in einem Restaurant, die das Trinkgeld in einen Topf werfen?«

Anja wiegte den Kopf hin und her. Das Beispiel passte nicht genau, aber die Richtung stimmte. »So etwa.«

»Da bin ich echt überfragt«, gab Gerd Neubert zu. »Wie kommen Sie darauf?«

»Durch die Campinghocker«, sagte Anja und fand selbst, dass das albern klang, dennoch fuhr sie fort: »Mir ist aufgefallen, dass manche Musiker die gleichen Campinghocker nutzen, um das Geld einzusammeln. Andere stellen einfach ihren Geigenkoffer oder Hut hin. Aber mehrere haben einen blauen Campinghocker.« Sie sah, dass Gerd Neubert sie verständnislos anblickte und versuchte ihre Beobachtung zu verteidigen. »Warum sammelt man Geld auf einem Campinghocker? Und warum kommen mehrere Musiker auf die Idee?«

»Damit diejenigen, die Geld geben wollen, sich nicht so tief bücken müssen?«, schlug Gerd Neubert vor.

Wie aufs Stichwort hetzte der Akkordeonspieler am »Mord & Ortschlag« vorbei und baute sich an dem Platz auf, den er auch in den Tagen vor Weihnachten besetzt hatte.

»Da, sehen Sie doch!« Anja wies auf den blauen Campinghocker, der direkt vor dem Musiker stand. »Und außerdem kommt immer dieser Mann im Parka und nimmt Geld vom Hocker«, fügte sie trotzig hinzu.

»Das ist allerdings interessant.« Plötzlich hatte sie die volle Aufmerksamkeit des Kommissars. »Das klingt tatsächlich danach, als gäbe es eine Art Chef, der das Geld abkassiert. Ich werde sehen, was ich herausfinden kann.« Er drehte sich um und öffnete die Tür. »Grüßen Sie Dorothee von mir«, verabschiedete er sich und hatte bereits einen Fuß vor der Tür.

Da fiel Anja ein, worüber sie mit ihrer Freundin zuletzt gesprochen hatte. »Hat Hannas Tod etwas mit Kinderpornografie zu tun?«, fragte sie schnell.

»Das wenigstens nicht«, antwortete Gerd Neubert so rasch, dass Anja klar wurde, dass dieser Verdacht inzwischen restlos ausgeräumt war. »Kein Missbrauch«, sagte er, »viele blaue Flecke, das ja.« Er kam zurück in den Laden. »An den Oberarmen hatte sie tiefe blaue Flecken, die wir uns nicht erklären können.« Er wandte den Kopf, als wollte er prüfen, ob niemand hörte, was er sagte: »Das vergessen Sie bitte gleich wieder, ja? Ich habe mich noch nicht daran gewöhnt, dass Ermittlungsergebnisse kein Straßenklatsch sind, den ich jedem auf die Nase binden muss, weil er für andere lebensnotwendig werden könnte.«

Anja fragte nicht weiter, sie nahm sich vor, bei nächster Gelegenheit mehr über den seltsamen Ermittler aus Dorothee oder zur Not auch aus ihm selbst herauszubringen. Jetzt ging es erst einmal um das Mädchen. An irgendetwas erinnerte sie dieser Hinweis. Wenn sie nur wüsste, woran.

Nachdenklich verabschiedete sie sich von Gerd Neubert und bekam nicht mit, dass er Britta die Tür aufhielt, weshalb diese ohne »Kriminaltango« unvermittelt mit einem ganzen Tablett voller Berliner vor ihr stand.

Mein Ein und Alles, mein Halt und Leben,

ich vermisse dich so sehr, wie der Regen die Sonne vermisst. Immer auf der Suche. In jedem Engel, der an mir vorbeigeht, sehe ich dich. Vergebens. Und dann diese große Schuld. Sie lastet auf mir und ich warte, dass du mein Herz erwärmst und die Last zerfließt in der Wärme.

Ein kaltes Herz.

KAPITEL 16

Gefühle und Probleme haben in der Öffentlichkeit nichts zu suchen.

Anja saß vor ihrem Laptop und klickte sich durch die Bilder, die sie von den Ständen auf dem Weihnachtsmarkt gemacht hatte. Gelegentlich nahm sie einen Schluck aus dem Rotweinglas, das neben dem Computer stand.

»Wenn auf all diesen Bildern wenigstens ein brauchbarer Hinweis wäre«, murmelte sie und trank den letzten Rest Rotwein. Ihr Blick fiel auf die Uhr. 4:35 stand unten rechts auf dem Bildschirm. Ida schlief schon lange. Kurz nachdem das Hallen der letzten Silvesterraketen verklungen war, waren ihr die Augen zugefallen.

Anja lachte still vor sich hin, als sie daran dachte, wie Ida sie bedrängt hatte, dass sie auf jeden Fall bis Mitternacht aufbleiben durfte. »Alle dürfen wach bleiben. Alle, alle und alle.« Mit grimmigem Gesicht hatte sie vor ihr gestanden. Dabei hatte Anja nichts dagegen gehabt, dass sie mit ihnen ins neue Jahr feierte. Tobias hatte den Jahreswechsel mit seinen Freunden bei einer Party im »Feuervogel« verbracht.

Gerade fragte sie sich, wann er wohl nach Hause kommen würde, da hörte sie, wie vorsichtig die Haustür aufgeschlossen wurde.

»Mama? Oliver?«, rief Tobias leise, als er das Licht im Wohnzimmer bemerkte. »Wartest du etwa auf mich?«, fragte er entsetzt seine Mutter, die sich in eine Decke auf das Sofa gekuschelt hatte und von ihrem Laptop aufsah.

»Ein gutes neues Jahr, Toby«, begrüßte Anja ihren Sohn und beruhigte ihn gleichzeitig. »Ich konnte nicht schlafen und habe mir die Fotos vom Weihnachtsmarkt genau angesehen.« Sie seufzte. »Ich habe gehofft, dass ich einen Hinweis finde, was mit der kleinen Hanna passiert ist.«

Tobias setzte sich neben sie auf das Sofa. »Denk nicht mehr daran«, sagte er und griff hinter sich, um sein Tablet hervorzuholen und im Internet nach Neuigkeiten zu suchen. »Guck mal hier, das ist ja seltsam.« Er hielt Anja das Tablet vor das Gesicht. Sie zog den Kopf zurück, damit sie besser lesen konnte, was er meinte.

»Wieso muss diese Schrift auf dem Tablet auch so klein sein«, jammerte sie.

Tobias grinste. »Du hättest auch auf dem Laptop nachsehen können.«

Anja nickte. Ihr Sohn hatte recht. Die Facebook-Seite für Hanna hatte sie völlig vergessen. Anfangs war dort einiges los gewesen. Manche Hinweise hatte Gerd Neubert aufgegriffen, aber nichts hatte ihn weitergebracht. Hanna war vollständig bekleidet, als sie gefunden wurde. Nur der Geigenkoffer mit der Geige fehlte. Das hatte Anjas Verdacht gleich wieder auf Hieronymus Doll gelenkt.

»Er war's!«, las Tobias nun laut vor. »Er kann es nicht haben, dass jemand besser ist als er, und hat Hanni erwürgt.«

»Sag mal, halten die das Ganze für einen Rätselkrimi«, entfuhr es Anja. Sie starrte auf den Beitrag und bat ihren Sohn, das Profil dieses Jan Ine anzuklicken, der diesen Verdacht gepostet hatte. Sie sah Tobias ratlos an. Es war das eine, einen solchen Verdacht ihr gegenüber auszusprechen, wie es Emily und Giulia getan hatten, aber ihn auf eine öffentliche Website zu stellen, das grenzte an Verleumdung.

»Jan Ine, kein Geburtstag, Wohnort Schwerte, ein Bild von einem Gartenzwerg und viele merkwürdige Kommentare«, fasste Tobias zusammen, nachdem er die ersten Postings in der Chronik angeschaut hatte.

Anja verfolgte die Bilder und kurzen Texte an Jan Ines Internetpinnwand. »Der scheint sich für kleine Mädchen zu interessieren«, stellte sie fest, als Tobias die Fotoauswahl der Facebook-Seite öffnete. Tatsächlich waren dort etwa zehn Mädchen abgebildet. Alle im Alter von Hanna, Emily und Giulia.

»Da, das ist ja Giulia!« Anja bat ihren Sohn, das Foto größer anzuzeigen. »Klar, das ist sie. Das heißt aber doch, dass sie Jan Ine kennt.«

Tobias schüttelte den Kopf. »Das muss nun gar nichts bedeuten, bei Facebook kennen sich viele, ohne sich zu kennen.«

Das wusste Anja natürlich, aber dieses verschwundene Mädchen hatte sich derartig in ihren Kopf gebrannt, dass sie sich an jeden Strohhalm klammerte. Sie wollte, dass Hanna aus ihren Gedanken verschwand. Sie konnte sie ohnehin nicht wieder lebendig machen. Von Dorothee wusste sie, dass die Mutter inzwischen in einer Klinik war, weil sie es zu Hause bei ihrem Mann nicht mehr ausgehalten hatte. Der kämpfte mit den Medien darum, dass sie seine Tochter endlich aus ihrer Berichterstattung strichen, als wollte er dieses Kapitel schnell abschließen. Wie konnte er nur, wo selbst ihr das nicht gelang? Und sie hatte das Mädchen nicht einmal gekannt.

»Komisch, dass dieser Jan Hanna immer ›Hanni‹ nennt!« Tobias unterbrach Anjas Gedanken.

Sie sah auf die Beiträge, die ihr Sohn gerade betrachtete. Tatsächlich standen auf der Seite dieses Jan zwischen den Bildern von Hochhausklettereien und Bauchpiercings, Hosen von Freeclimbern die Kommentare, die er auf Hannas Facebook-Seite hinterlassen hatte. Immer war von »Hanni« die Rede.

»Ob es auch eine Nanni gibt?«, fragte Tobias seine Mutter.

Anja zog die Schultern hoch. »Wieso? Waren Hanni und Nanni nicht Zwillingsschwestern?«

Tobias verdrehte die Augen. »Da darfst du mich nicht fragen. Diese Bücher habe ich niemals gelesen.«

Anja lachte. Ida hatte die alten Bücher im Bücherregal ihrer Mutter entdeckt und Tobias wiederholt gebeten, sie ihr vorzulesen. Bis heute hatte er sich standhaft geweigert, diese »Gänsebücher« zu lesen, wie er Mädchenromane seit seinem achten Lebensjahr nannte.

»Ich frage den jetzt einfach«, entschied Tobias.

»Frag ihn auch, woher er Hanna kennt«, bat Anja und Tobias erkundigte sich, warum Jan das Mädchen immer Hanni nannte. Er schickte die Nachricht ab und stellte das Tablet aus.

»Ich bin müde«, erklärte er.

»Schlaf schön«, murmelte Anja und widmete sich wieder den Bildern auf ihrem Computer. Ein Bild nach dem anderen vergrößerte sie und betrachtete es in allen Einzelheiten.

»An den Stand kann ich mich gar nicht erinnern.« Plötzlich war Anja wieder hellwach. Auf dem Friedrich-Ebert-Platz befand sich neben dem Stand mit den Käsespießen ein Verkäufer von Kerzenleuchtern aus Holz. Aus Holzkugeln, um genau zu sein. Aus runden Kugeln, die etwa die Größe von Mrs Murphys Kopf hatten. Vielleicht war einer der Kerzenleuchter die Tatwaffe.

»Aber warum sollte ein Kerzenleuchterverkäufer ein kleines Mädchen umbringen, das ihm womöglich sogar Kunden herbeischafft?«, schalt Anja sich. Nach dem, was sie bisher erfahren hatte, musste die kleine Hanna ziemlich gut verdient haben. Emily und Giulia waren erst nach und nach damit herausgerückt, dass ihre Freundin sie jeden Tag zu einer Waffel oder Zuckerwatte und einer Fahrt im Riesenrad eingeladen hatte. Einmal waren sie sogar den ganzen Nachmittag von dieser Riesenrutsche gesaust, die ihren Platz in der Fußgängerzone hatte und dafür sorgte, dass auch dort täglich Kindergeschrei ertönte. Anja hörte in ihrem Kopf noch das Johlen der Kinder, eines davon war Hanna, das wusste sie jetzt. Sie schüttelte sich und sandte rasch das Bild des Kerzenleuchterstandes an Gerd Neubert.

Sie wollte gerade den Laptop zuklappen, da sah sie, dass eine neue Nachricht bei Facebook eingetroffen war.

»Ich bin Hannis Schwester!«, las sie und starrte diese Antwort von Jan Ine verblüfft an. Damit hatte sie am wenigsten gerechnet. Sie war immer davon ausgegangen, dass Hanna ein Einzelkind war, von einer Schwester war niemals die Rede gewesen.

»Hanna ist doch Einzelkind. Wieso gibst du dich als ihre Schwester aus?«, tippte Anja schnell. Erst jetzt fiel ihr auf, dass Tobias die Nachricht von ihrem Account geschrieben hatte. So ein Schlitzohr, dachte sie, da blinkte am oberen Bildrand das Zeichen für eine neue Nachricht auf.

Gespannt las Anja, was Jan Ine schrieb. Am liebsten hätte sie Oliver geweckt. Kurz überlegte sie, nachzusehen, ob Tobias noch wach war, dann entschloss sie sich, stattdessen auf die Nachricht zu antworten.

»Wie alt bist du denn, Janine?«, fragte sie und schüttelte den Kopf. Dass sie nicht eher darauf gekommen war, dass Jan Ine ein Mädchenname war. Sie hatte schließlich oft genug gesehen, dass sich ein Martin bei Facebook Mar Tin nannte oder eine Christine Chris Tine. Nicht einmal Tobias war das aufgefallen, dabei war er sonst so gewieft in solchen Sachen.

Janine war zehn Jahre älter als Hanna. Wenn Anja ihre Nachricht richtig verstand, dann stammte sie aus der ersten Ehe von Hannas Vater. Offiziell wussten die beiden Schwestern nichts voneinander. Janine hatte zufällig von ihrer Schwester erfahren, als sie im Internet ihren Vater googelte. Er hatte nach der Trennung wegen Hannas Mutter jeden Kontakt zu seiner ersten Frau und der gemeinsamen Tochter abgebrochen.

Janine und Hanna hatten sich heimlich getroffen, bis ihr gemeinsamer Vater sie wenige Tage vor Hannas Tod zufällig zusammen in der Stadt gesehen hatte.

»Wieso hast du dich nicht gemeldet, als wir nach Hanna gesucht haben?«, erkundigte sich Anja. Wenn die Mädchen sich so gut verstanden hatten, wäre das doch logisch gewesen.

Janine antwortete lange nicht.

Anja wollte den Laptop gerade zuklappen, da kam eine weitere Nachricht.

»Mein Vater hat mich gezwungen, nichts zu sagen«, schrieb Janine nur. Anja klickte erneut auf das Profil der jungen Frau, die ungefähr in Tobias' Alter sein musste. Vielleicht kannte er sie sogar. Sie musste ihn unbedingt fragen. Sie schrieb ihm eine E-Mail, damit ihre Frage in wenigen Stunden beim Neujahrsfrühstück nicht unterging. Danach sandte sie eine Nachricht an Dorothee Herbst und Gerd Neubert und hoffte, dass einer von den beiden, seine E-Mails abrief und auch am Feiertag Zugriff auf die Datenbanken der Polizei hatte. Obwohl sie kaum glauben konnte, dass der Polizei nicht bekannt war, dass es eine Halbschwester gab.

»Über Facebook hat sich ein Mädchen gemeldet, das

behauptet, Hannas Schwester zu sein«, tippte Anja, obwohl sie sich vor Müdigkeit kaum aufrecht halten konnte. »Sie heißt Janine. Ich habe keine Ahnung, wo sie wohnt. Nur dass ihr Vater sie gezwungen hat, sich nicht zu melden. Obwohl sie sich erst wenige Tage vor Hannas Tod mit ihr getroffen hat.« Anja kam es wie Kauderwelsch vor, was sie da eingab. »Wussten Sie das?«, schrieb sie und vergaß völlig, dass sie froh sein konnte, dass der Polizeibeamte ihr überhaupt etwas von seinen Ermittlungserkenntnissen verriet.

»Kannst du mir die Adresse besorgen?«, fragte sie in der E-Mail, ohne daran zu denken, dass sie nicht nur an ihre Freundin, sondern auch an den Kriminalbeamten gerichtet war. Sie konnte gerade noch auf den »Senden«-Button drücken, da fiel sie bereits vornüber und schlief über dem geöffneten Laptop gebeugt ein. Sie bekam nicht mehr mit, was um sie herum geschah. Nicht dass Tobias erneut herunterkam und ihr den Computer aus der Hand nahm und auch nicht, dass der Computer mit einem leisen Ping eine Nachricht ankündigte.

KAPITEL 17

Persönliche Bedürfnisse sind kein Gesprächsthema.

Obwohl Ida mindestens fünf Mal zum Frühstück rief, das sie mit ein wenig Hilfe ihres Vaters für die Familie zubereitet hatte, wurde Anja nicht wach. Erst als Ida ihr die Bettdecke wegzog, regte sie sich.

»Frühstück ist fertig!«, schallte es an Anjas Ohr, während sie das Gefühl hatte, ein dicker Fels läge auf ihrem Bauch. Als sie die Augen öffnete, erkannte sie ihre Tochter und schälte sich mit halb geschlossenen Augen aus dem Bett. »Ich komme schon«, murmelte sie und war froh, als Ida sich ins Parterre trollte und sie in Ruhe ihren Morgenmantel suchen konnte.

»Na, du Nachteule«, begrüßte Oliver sie lachend, als sie endlich im Wohnzimmer erschien.

»Rührei konnte ich nicht«, erklärte Ida ihrer Mutter, kaum dass sie am Tisch Platz genommen hatte.

»Ihr seid aber früh auf«, stellte sie fest und rieb sich die Augen, um die Zeiger der alten Kuckucksuhr zu lesen. »Es ist 11 Uhr.« Entsetzt sah sie an sich herunter und auf Ida und Oliver, die bereits vollständig angezogen am Tisch saßen.

»Aber heute ist frei«, beruhigte Oliver sie und rief Tobias zu: »Einen großen Kaffee, stark und schwarz bitte, Herr Ober.«

Ida sprang von ihrem Stuhl. »Das mache ich.«

Anja ging langsam auf den Tisch zu.

»Wann bist du denn ins Bett gegangen«, erkundigte sich Oliver. »Du wolltest doch nur kurz die E-Mails abrufen, als ich ins Schlafzimmer gegangen bin.«

Die E-Mails! Mit einem Mal war Anja hellwach. Sie erinnerte sich daran, was sie in der Nacht bei Facebook gelesen hatte. Ein Blick auf Ida sagte ihr jedoch, dass das Neujahrsfrühstück nicht der geeignete Moment war, um Oliver die Neuigkeiten zu schildern.

»Mama, guck mal, ich habe das Frühstück gemacht!«

Anja zog Ida an sich und drückte sie so fest, dass ihre Tochter sich schließlich wehrte. »Ich bin doch kein Teddybär.« Eine Bemerkung, die die ganze Familie zum Lachen brachte.

Anja beschloss, die schöne Stimmung nicht zu zerstören, sie konnte nichts mehr für Hanna tun. Das Mädchen war tot und nun kam es nicht mehr darauf an, ob eine Stunde früher oder später klar war, wer sie auf dem Gewissen hatte. Sie nahm einen großen Schluck aus der Kaffeetasse und lobte den schwarzen Toast, den ihr Ida reichte, in den höchsten Tönen, nachdem sie ihn mit dem frisch zubereiteten Rührei bedeckt hatte.

»Was machen wir denn heute?«, fragte sie tatendurstig, als das Rührei aufgegessen war und Ida sich zu ihrem Stapel mit Weihnachtsgeschenken zurückgezogen hatte.

»Nichts!«, antwortete Tobias und streckte sich, »allerhöchstens schlafen, schlafen und dann vielleicht noch ein bisschen schlafen.«

Oliver lachte. »Na, bei dir ist es wohl auch spät geworden.«

Tobias grinste. »Ja, aber als ich zurückkehrte, saß Mama hier mit ihrem Laptop.«

Anja prüfte, ob Ida spielte und nichts von ihrem Gespräch mitbekam. Dann erzählte sie, was sie in der Nacht herausgefunden hatte.

»Genau«, erinnerte sich Tobias. »Du bist über dem Laptop eingeschlafen, und dann kam noch eine neue Nachricht.« Er sprang auf und hätte fast die Tischdecke mit dem Frühstücksgeschirr mit sich gezogen, als er zum Sofa stürzte, um den Laptop und sein Tablet zu holen.

»Ich bin wirklich gespannt, wie ihr zu dritt zurechtkommen werdet«, lästerte Oliver geheimnisvoll.

Tobias und Anja sahen ihn entgeistert an. »Was meinst du? Willst du uns verlassen?«, scherzte Anja.

Oliver schmunzelte. »Na ja, du würdest mich ja nicht vermissen, wenn du schon ohne mich auf der Couch einschläfst.«

Anja schickte ihm einen Luftkuss. »Jetzt weiß ich auch, warum ich so schlecht geschlafen habe. Ich dachte doch die ganze Zeit, da fehlte etwas.«

Oliver lachte. »Ich hatte eher Tobias, sein Tablet und seine Freundin im Sinn. Tobias macht keinen Schritt ohne sein Tablet, mich wundert, dass er es nicht mit ins Bett nimmt.«

»Ich war gestern zu müde«, konterte Tobias und öffnete den Browser seines Tablets, ohne sich von Anjas und Olivers Albereien stören zu lassen. »Hier!«, rief er und klappte auch Anjas Laptop auf. »Du kannst den Beitrag auch auf deinem Laptop lesen, wenn dir die Schrift zu klein ist.« Er zwinkerte Oliver zu. »Ich habe kürzlich gelesen, dass Frauen im Alter eitler werden. Sie schieben so weit wie möglich hinaus, sich eine Lesebrille zu beschaffen.«

Anja ging um den Tisch herum und schüttelte ihren Sohn. »Hey, etwas mehr Respekt gegenüber dem Alter!«, forderte sie mit einem fröhlichen Lachen, das erstarb, als ihr Blick auf die Suchseite für Hanna fiel.

»Der Typ war's!« stand dort. Mehr nicht und es war diesmal nicht Janine, die das gepostet hatte, sondern ein Mann, der sich Ansgar P. nannte.

»Was soll das denn heißen?« Anja war sauer über diese geheimnisvolle Anschuldigung. Sie war sich inzwischen nicht mehr sicher, ob diese Facebook-Seite eine gute Idee war. Ständig tauchten irgendwelche Verdächtigungen auf, die wenig weiterhalfen. Komisch nur, dass dieser Hinweis jetzt erschien, nachdem es ein paar Tage auf der Seite ruhig war und erst gestern Janine dort etwas gepostet hatte.

»Ich habe mit diesem Ansgar heute Nacht gechattet.« Tobias berichtete, was er von dem Mann erfahren hatte, der Schausteller war und auf dem Weihnachtsmarkt die Verantwortung für die Gondeln des Riesenrads trug. Er war bereits am vierten Advent abgereist, weil er sich die Hand verstaucht und der Arzt ihm Schonung verordnet hatte. Daher war ihm die Aufregung am 23. Dezember entgangen. Am zweiten Feiertag war er nach Berlin gefahren, um beim Aufbau des Riesenrads am Brandenburger Tor zu helfen und dort zu arbeiten.

»Hanna ist ihm aufgefallen, weil sie so gut gespielt hat«, erklärte Tobias. »Sein Kollege hat manchmal extra die Musik am Riesenrad leiser gestellt, damit Hanna besser zu hören war. Außerdem hat er sie und ihre Freundinnen gelegentlich kostenlos mitfahren lassen.«

»Aber wieso ist er ausgerechnet jetzt auf der Seite gelandet?«

Tobias lachte. »Es dauert manchmal ewig, bis sich eine Seite im Netz verbreitet. Irgendjemand hat anscheinend das Foto von Hannas Facebook-Seite geteilt. Du weißt, das, wo sie mit ihren beiden Freundinnen im Riesenrad sitzt.«

Anja erinnerte sich. Sie war mehrmals auf Hannas Facebook-Seite gewesen, hatte sie aber jedes Mal schnell weggeklickt, weil es sie erschreckte, wie lebendig und fröhlich das Mädchen wirkte.

An die Beerdigung mochte sie nicht denken. Obwohl sie das Mädchen nicht gekannt hatte, war sie zwischen den Jahren zu der Trauerfeier gegangen. Ein Begräbnis im Schnee war das Schrecklichste, was sie sich vorstellen konnte. Der Schnee schien alles zuzudecken und die ganze Trauerfeier verging wie in Zeitlupe. Der Wagen mit dem kleinen Sarg hatte sich einen Weg durch die Schneemassen bahnen müssen, die sich in diesem Winter überall sammelten. Dadurch kam der Trauerzug, der fast nur aus Kindern bestand, nur langsam voran. Es waren Hannas Mitschüler, die mit Rosen in den Händen hinter

Hannas Eltern gingen. Freunde oder Verwandte hatte das Ehepaar anscheinend nicht. Anja hatte Hieronymus Doll erkannt und sich gewundert, dass Frau Grünmantel neben ihr aufgetaucht war. Eine junge Frau in Tobias' Alter war ihr aufgefallen, die mit einer Frau um die 50 hinter den Kindern her ging. Sie hatte gedacht, dass das die Lehrerin gewesen war, aber nun fragte sie sich, ob das womöglich Janine mit ihrer Mutter war.

»Mama?« Tobias' Stimme riss Anja aus den Gedanken. Verwirrt sah sie auf das Bild auf dem Tablet, mit dem ihr Sohn vor ihrer Nase wedelte.

»Wer ist das?«, fragte sie und war völlig irritiert, weil auf dem Bild genau jene junge Frau zu sehen war, an die sie gerade gedacht hatte.

»Das ist Janine, Hannas Halbschwester«, erklärte Tobias. »Ihr Vater hat ihr gedroht, keinen Unterhalt mehr zu zahlen, wenn sie zur Polizei geht«, fasste er zusammen, was in der Nachricht stand, die nachts gekommen war.

Anja zog ihren Laptop zu sich heran. Rasch rief sie die Mails auf. Sie hoffte, dass Gerd Neubert oder Dorothee früher auf waren als sie selbst und bereits geantwortet hatten.

»Ein gutes neues Jahr«, las sie im Betreff einer Mail des Kriminalkommissars. »Für mich fängt das Jahr im Präsidium an, da kann ich Ihnen gleich antworten. Ich gehe davon aus, dass Sie die Informationen wie immer für sich behalten.«

Anja sah Tobias und Oliver an. Beide schworen, niemandem etwas von dem zu sagen, was in der E-Mail stand. Doch ehe sie weiterlesen konnten, tauchte Ida neben ihnen auf und forderte: »Ihr könntet auch mal mit mir spielen und nicht immer nur mit dem Computer!«

Oliver sah Anja an und zog die Augenbrauen hoch. »Irgendwie hat sie recht!«, sollte das heißen und Anja stimmte ihm zu, auch wenn sie zu gerne gelesen hätte, was der Kommissar geschrieben hatte. Rasch klappte sie den Laptop zu. Wenn sie warten musste, sollten ihre Männer ebenfalls warten. Sie sah Tobias enttäuschtes Gesicht und sagte nur: »Gleiche Neugier für alle!«, ehe sie sich Ida zuwandte und ihr erklärte, dass sie den Frühstückstisch abdecken mussten, um Platz für das neue Spiel zu schaffen.

Ida begann, die Teller und Tassen in die Küche zu bringen. Anja juckte es in den Fingern, schnell den Laptop aufzuklappen, doch Oliver und Tobias achteten genau darauf, dass sie nicht ohne sie weiterlas.

KAPITEL 18

Schreien in der Öffentlichkeit ist verboten und zieht Strafen nach sich.

Die Neugier ließ Anja nicht los. Während sie zu viert Idas neues Spiel einweihten, zappelte sie auf ihrem Stuhl hin und her wie ein Erstklässler, der sich nicht traut zu fragen, ob er zur Toilette gehen darf. Schließlich schickten Oliver und Tobias sie an ihren Computer.

»Das geht ja gar nicht!«, erklärte Tobias. »Du machst einen voll fertig mit deiner Zappelei.« Seiner kleinen Schwester brachte er geschickt bei, dass das Wetter viel zu schade war, im Haus zu sitzen, und es doch besser wäre, mit dem Schlitten nach draußen zu gehen. Ida war sofort Feuer und Flamme und packte ihr Spiel ein, obwohl nicht alle das Ziel erreicht hatten.

Anja beobachtete aus den Augenwinkeln, wie Tobias Ida in ihren Schneeanzug half und seine Mütze aufsetzte, während sie den Laptop aufklappte und die Nachrichten erneut in Ruhe durchging.

Nachdem sie alles gelesen hatte, schlang sie von hinten ihre Arme um Oliver, der sich mit dem Kunstband über den Hohenhof, den sie ihm zu Weihnachten geschenkt hatte, in seinen Lesesessel zurückgezogen hatte. »Ist es okay, wenn ich noch eben in die Stadt fahre?«

Ihr Mann zuckte zusammen und sagte: »Du Schleicherin.«

Anja grinste, spielte er doch auf ihre Stoppsocken an, die sie zu Hause am liebsten trug, um nicht auszurutschen und sich ihren Lieben auf leisen Sohlen zu nähern. Dann löste sie sich von ihm.

»Was willst du denn heute in der Stadt? Im Laden gibt es heute nichts zu tun, oder?«

Anja druckste kurz herum, dann rückte sie mit ihrem Plan heraus. »Dieser Kriminalkommissar, der die SOKO Hanna leitet, ist heute in seinem Büro.«

Oliver lachte. »Und da dachtest du, du könntest ihm einen Besuch abstatten, weil er sowieso nichts zu arbeiten hat?«

Anja hob die Schultern und versenkte den Kopf zwischen ihnen wie eine Schildkröte, die ihren Kopf in den Panzer zurückzieht. »Vielleicht hat er ja Zeit«, sagte sie gedehnt und schob die Schultern abwechselnd nach vorn.

»Du bist echt eine. Verschwinde schon, ich halte hier die Stellung, dann stört mich wenigstens niemand beim Lesen.«

»Okay, danach kochen wir zusammen«, versprach Anja und ging in Gedanken die Reste vom Silvester-Raclette durch, aus denen sie sicher irgendetwas zaubern konnten.

»Mhm!«, brummte Oliver, als wollte er sie loswerden. Rasch gab sie ihm einen Kuss und verschwand im Flur, um sich mit ihrer Winterjacke gegen den Schnee zu wappnen.

»Viel Spaß«, wünschte sie ihren beiden Kindern, die gerade den Schlitten aus der Garage holten, als sie ihr Auto mit einem Handfeger vom Schnee befreite. Sie sah, dass Ida fragen wollte, wohin sie fuhr. Tobias zwinkerte ihr noch zu und lenkte Ida sofort mit der Frage ab, ob sie nicht doch lieber Plastiktüten zum Rutschen mitnehmen sollten. Hatte er also wieder einmal gelauscht. Dieses Schlitzohr. Sie wusste genau, dass er sich beeilen würde, damit Ida schnell müde wurde und er zu Hause war, wenn sie von ihrem Gespräch bei der Polizei zurückkehrte.

Während der Fahrt war Anja froh, dass sie Dorothee kurz vor Weihnachten entlockt hatte, wo Gerd Neubert sein Büro hatte. So konnte sie zielsicher zum Polizeipräsidium fahren, ohne sich vorher bei dem Kommissar anzukünden und abgewimmelt zu werden.

Der Polizeibeamte an der Pforte schien erfreut, dass an dem Feiertag ein freundlicher Mensch in das Präsidium kam. Nach einem kurzen Plausch über den Schnee und den echten Winter vermittelte er sie weiter an Gerd Neubert, der sie am Aufzug in Empfang nahm.

»Welch Glanz in meiner Hütte«, scherzte er, wurde aber gleich ernst und erkundigte sich, ob sie seine E-Mail gelesen habe.

»Meinen Sie wirklich, dass der Vater etwas mit dem Tod des Mädchens zu tun hat?« Anja konnte sich nicht vorstellen, dass ein Vater seiner Tochter so etwas antat. Auch wenn sie diesen Vater zutiefst unsympathisch fand und die Art, wie er mit dem Tod seines Kindes umging, äußerst befremdlich.

»Es gibt einige Hinweise«, seufzte Gerd Neubert, während er ihr eine Tasse Kaffee aus der Thermoskanne einschenkte. »Der ist nicht mehr frisch, macht aber wach«, meinte er. »Sie waren ja heute Nacht noch ziemlich aktiv.«

Anja mochte nicht an diese schlaftrunkene E-Mail denken, die sie an ihn und Dorothee geschickt hatte. Sie war ihm dankbar, dass er sie nicht erwähnte und auch in seiner E-Mail nur auf ihre Frage nach Janine eingegangen war.

»Es ist doch sehr merkwürdig, dass er seiner ältesten Tochter verboten hat, sich bei uns zu melden.« Gerd Neubert setzte sich wieder in seinen Drehstuhl und bot ihr einen Platz neben seinem Schreibtisch an. »Wir haben bei unserer Prüfung der Familie natürlich erfahren, dass er bereits einmal verheiratet war und eine ältere Tochter hat. Aber das schien uns nicht wichtig zu sein. Schließlich ist er bereits seit 13 Jahren mit Hannas Mutter verheiratet.«

»Wie geht es ihr denn?« Diese Frage beschäftigte Anja immer mal wieder. Sie hatte überlegt, ob sie Hannas Mutter in der Klinik besuchen sollte, aber dann von Emily und Giulia erfahren, dass sie keinen Besuch bekommen durfte.

»Sie kam direkt nach der Beerdigung in die Klinik und darf dort erst einmal keinen Kontakt mit der Außenwelt haben, um sich zu beruhigen«, erklärte Gerd Neubert. »Wir dürfen auch nicht mit ihr sprechen. Das ist ein großes Problem, weil sich der Vater total abschottet. Wir wüssten gerne, woher diese merkwürdigen blauen Flecken stammen, die die Kleine an den Oberarmen hatte. Es waren keine Griffspuren, sie sahen eher wie Spuren eines Stocks aus.«

Anja überlegte. Irgendwo war ihr das bereits begegnet. Kein Stock, sondern etwas anderes. Die Reitgerte fiel ihr ein. »Hat Herr Doll Ihnen nichts von der Reitgerte erzählt?«, erkundigte sie sich verblüfft. Schließlich war er im Gespräch mit ihr sehr offen gewesen und hatte mit dem Verdacht dem Vater gegenüber nicht hinter dem Berg gehalten.

Gerd Neubert starrte in seine Kaffeetasse und schwieg eine Weile, ehe er antwortete. »Die Befragung ist wohl nicht optimal verlaufen«, begann er. »Die Kollegin, die ihn aufgesucht hat, hat Angst vor Hunden.« Er sah Anjas Gesicht und fügte schnell hinzu: »Auch Polizisten sind nur Menschen. Jedenfalls gab es eine kleine Diskussion zwischen der Kollegin und dem Geigenlehrer, der für uns durchaus zum Kreis der Verdächtigen gehörte.«

Anja konnte sich vorstellen, wie das Gespräch verlaufen war. Der alte Mann hatte sich stur gestellt und nur das Nötigste geantwortet.

»Dann wissen Sie nichts von der Reitgerte«, stellte sie fest und erklärte, was ihr der Geigenlehrer berichtet hatte.

Gerd Neubert nickte. »Wenn ich den Gerichtsmediziner richtig verstanden habe, könnten die blauen Flecken durchaus daher stammen, dass jemand mit einer

Reitgerte immer wieder auf die gleiche Stelle geschlagen hat. Das arme Mädchen. Kein Wunder, dass sich der Vater verleugnen lässt. Angeblich ist er nach dem Begräbnis direkt nach Österreich zum Skilaufen gefahren. Wer macht denn so etwas, nachdem die Tochter getötet wurde?«

Anja seufzte. Was sollte sie darauf auch antworten? Sie sah sich in dem Büro um und musste lachen, als sie die Polizeimütze auf der Fensterbank entdeckte. Das Bild des Hutes fiel ihr ein, das sie dem Kommissar geschickt hatte. »Haben Sie eigentlich erfahren, wer der Mann mit dem Hut war, der mit Hanna gestritten hat?«

Gerd Neubert schüttelte den Kopf. »Hannas Vater war zu der Zeit, die sich dank der Zeugin gut eingrenzen ließ, in seinem Büro an der Fern-Uni.«

»Und der Geigenlehrer?«, fragte Anja und ärgerte sich gleich darauf, dass sie den alten Mann wieder ins Spiel gebracht hatte. Der Vater war doch ein brauchbarer Täter, unsympathisch und gemein zu seiner Frau. Da musste man doch wahrlich nicht weitergraben.

»Den haben wir nicht gefragt!«, gab Gerd Neubert zu. »Ich fürchte wegen der Feiertage und der Hinweise auf den Vater als Täter haben wir die anderen Verdächtigen vernachlässigt.«

»Er hat auf jeden Fall einen solchen Hut.« Anja erinnerte sich gut an das einsame Hütchen auf der altmodischen Hutablage. »Aber ich glaube nicht, dass er etwas mit Hannas Tod zu tun hat. Irgendwie wirkte er traurig.«

Gerd Neubert nickte. »Als ich bei ihm war, hatte ich auch den Eindruck, er wäre voller Trauer, mehr noch als der Vater. Und sein Geigenspiel bei dem Begräbnis hat alle zu Tränen gerührt.«

Anja spürte die Gänsehaut erneut, die sich auch auf ihren Armen ausgebreitet hatte, als Hieronymus Doll das Requiem bei Hannas Beerdigung gespielt hatte. Es war so still in der Einsegnungshalle gewesen, dass man außer der Geige nur das Schluchzen der Mutter gehört hatte, in das einige Trauergäste eingestimmt hatten, je länger die Geigenmelodie erklungen war.

»Ich habe übrigens ein wenig über Straßenmusik recherchiert«, lenkte Gerd Neubert das Gespräch in eine andere Richtung. »Es gibt in einigen Großstädten wirklich so etwas wie organisierte Straßenmusik. Hier in Hagen war davon bisher nichts bekannt. Die Kollegen achten ab sofort stärker darauf. Sie können zwar nichts dagegen tun, aber so etwas sollte man wissen. Wer weiß, was sich daraus ergibt.«

Anja lächelte vorsichtig. Sie war froh, dass er sie auf andere Gedanken brachte. »Dann hatte ich vielleicht recht. Merkwürdig, dass so wenig darüber bekannt ist. Ich werde versuchen, meinen Freund, den Akkordeonspieler, auszuhorchen.« Sie lachte, als sie an die Weihnachtstüte dachte, die sie ihm aufgedrängt hatte. Ob er die Schokolade behalten durfte? Sie war sich nun sicher, dass dieser Mann im Nato-Parka der Chef der Gruppe war. Er spielte anscheinend kein Instrument, sondern sammelte nur das Geld ein. Wie konnten sich die Männer das gefallen lassen?

»Es ist wirklich unglaublich, was sich Menschen heute gefallen lassen«, bemerkte Gerd Neubert, und Anja fragte sich zum wiederholten Mal, ob er Gedanken lesen konnte. Sie musste unbedingt Dorothee treffen, um mehr über diesen Mann zu erfahren, der von einer geheimnisvollen Aura umgeben war. Immer wieder verdunkelte sich sein Blick, wenn er von Hanna sprach. Ob er sie gekannt hatte?

KAPITEL 19

Ein Dieb ist ein Dieb, behalte ihn im Auge, bis du jemanden findest, der ihn festhält.

Die Gelegenheit, den Akkordeonspieler auszuhorchen, kam schneller, als Anja erwartet hatte. Als sie am Tag nach Neujahr die Tür zu ihrem Laden aufschloss, bemerkte sie den Mann. Er schlurfte mit herunterhängenden Schultern von der Bushaltestelle zu dem Platz, an dem er in den letzten Tagen stets musiziert hatte. Ihr fiel auf, dass er weder seinen Koffer noch den Campinghocker bei sich hatte.

Anja konnte nicht verstehen, was der Mann des Kleinbusses neben dem Wartehäuschen rief. Es klang nicht wie eine Aufmunterung, eher nach einer Drohung, das war deutlich zu erkennen.

»Möchten Sie einen Kaffee?« Sie ging drei Schritte auf den Mann zu und sah, dass er zusammenzuckte. Anja wollte gerade umkehren und eine Tasse aus dem Lager holen, da wisperte er: »Lieber nicht.« Dabei sah er sich um, als hätte er Angst, bei etwas ertappt zu werden.

»Ihr, äh Chef, ist weg«, sagte Anja rasch und überlegte, ob »Chef« das richtige Wort für den Fahrer des Kleinbusses war. Sie zeigte in die Richtung, in der der Bus gestanden hatte. »Nix Cheffe!«, versuchte sie sich verständlich zu machen und war entsetzt über sich selbst, dass sie in diese Sprache verfiel.

»Das ist nicht Chef, das ist Boss«, entgegnete der Mann leise und langsam mit heiserer Stimme und starkem Akzent.

Wäre ich eine Ermittlerin in einem Kriminalroman, könnte ich den Akzent jetzt einwandfrei zuordnen, dachte Anja und lächelte über sich selbst. Dann schmunzelte sie über den Satz des Mannes. Er hätte von Ida stammen können und erinnerte sehr an deren Ausspruch, als eine der Omas auf die Idee kam, Tobias als Stiefbruder zu bezeichnen. »Toby nicht Stief, Toby Bruder«, hatte sie damals gesagt, das war sicher vier Jahre her.

Erst jetzt bemerkte sie, dass der Mann noch immer vor ihr wartete und sie beobachtete. Es kam ihr so vor, als stünde ein großes Fragezeichen in seinem Gesicht. Sie beeilte sich, etwas zu sagen.

»Ihre Musik ist sehr gut«, lobte sie ihn und forderte ihn mit einfachen Sätzen auf zu spielen. Sie versprach, ihm einen Kaffee zu bringen, und freute sich auf dem Weg in ihren Laden, dass sie die letzten Weihnachtsplätzchen gerettet hatte und ihm einige davon anbieten konnte. Sollten Oliver und Tobias doch mit Ida neue Plätzchen backen. Sie hatten an dem Backtag der Businessfrauen, an dem alle Frauen mit ihren Familienmitgliedern gemeinsam Plätzchen gezaubert hatten, anscheinend Blut, besser gesagt, Plätzchenteig geleckt und sprachen ständig davon, dass sie in Idas Ferien ein weiteres Mal gemütlich backen wollten.

Wie aufs Stichwort kündigte der »Kriminaltango« ihre Netzwerkfreundin Dorothee an.

»Dass du dich auch mal wieder blicken lässt«, empfing Anja sie, nachdem sie sich umarmt und alles Gute für das neue Jahr gewünscht hatten. »Mich mit einem halben Satz hier stehen zu lassen und für den Rest des Jahres zu verschwinden …«

Dorothee zog ihren Wintermantel aus und legte ihn über den Sitzwürfel. »Du wusstest doch, dass ich die Reise geplant hatte«, antwortete sie und wollte nach der Tasse greifen, aus der es heimelig dampfte.

»Halt, die ist nicht für dich!«, bremste Anja ihre Freundin und riss die Tasse von der Theke, ehe Dorothee Fakten schaffen und daraus trinken konnte. Das war ihr durchaus zuzutrauen, die kurze Auszeit hatte ihr anscheinend gutgetan. Sie wirkte ausgeruht und zu allen Schandtaten bereit. Da konnte sie sich gleich nützlich machen und Bücher zählen, fand Anja und erklärte Dorothee, wie sie ihr bei der Inventur zur Hand gehen konnte.

Dorothee verzog zuerst das Gesicht, doch dann lachte sie. »Ich bin ja selbst schuld. Ich hätte es wissen müssen.« Sie widmete sich der ersten Buchliste, während Anja dem Akkordeonspieler den Kaffee und die Plätzchen brachte.

Er versuchte beides abzuwehren und sah sich dabei um, als wären sämtliche Geheimdienste hinter ihm her, weil Kaffee trinken und Plätzchen essen verboten war.

Anjas Verwunderung wuchs. Irgendetwas stimmte mit diesem Mann nicht. Wieso wirkte er so verängstigt? Wer sollte ihm hier in Hagen etwas tun? Sie legte den Kopf in den Nacken und blickte in den Himmel, aus dem erneut Schneeflocken fielen. Dass sie nicht eher darauf gekommen war. Wer sagte eigentlich, dass die Straßenmusiker nichts von Hannas Verschwinden mitbekommen hatten? Sie musste unbedingt Gerd Neubert fragen. Das galt auch für die Obdachlosen, die sich im Winter in der Stadt aufhielten, die Verkäufer der Obdachlosenzeitung. Überhaupt. War der Aufruf auch in der Obdachlosenzeitung erschienen? Wie informierten Wohnungslose sich eigentlich über das Geschehen in der Stadt?

Sie winkte dem Akkordeonspieler zu und ging nachdenklich in den Laden. Wie hieß dieser Mann, der Hanna gefunden hatte? Lebte er nicht auf der Straße? Hatte Oliver sich nicht sogar darüber mokiert, dass sie sich mit dem Gesindel verbrüderte?

Fast wären sie darüber am Tag vor Heiligabend in Streit geraten, weil sie seinen Tonfall und seine Wortwahl überheblich gefunden hatte. Am Ende hatte sie zugegeben, dass sie vielleicht nicht anders als Oliver über Obdachlose geredet hätte, wenn dieser Mann ihr nicht wichtige Informationen über Hanna gegeben hätte. Wo konnte sie diesen Mann finden? Die Polizei hatte ihn sicher befragt, aber auch seine »Freunde«, wie er die anderen Obdachlosen nannte.

»Anja!« Dorothees Stimme erinnerte Anja daran, dass sie eine Mammutaufgabe zu bewältigen hatte. Vor ihr lag die Inventur des kleinen Ladens und des Lagers im Keller, das zugleich Lager der Online-Buchhandlung war und dementsprechend gut gefüllt war mit Krimis aus der ganzen Welt.

»Was mache ich, wenn hier auf dem Blatt steht, dass ein Buch mit dem Titel vorhanden ist, im Regal aber zwei stehen?« Dorothee fuchtelte vor Anjas Nase mit ihrem Klemmbrett herum, an das die Inventurlisten geheftet waren.

»Steck das doppelte Buch ein«, warf Anja ihr hin, während sie sich selbst das zweite Klemmbrett schnappte und die Titel mit den Büchern in einem Regal abglich.

Dorothee starrte sie an, zog dann nur die Schultern hoch und murmelte. »Okay, dann eben so.« Sie nahm das Buch aus dem Regal, legte es auf ihren Mantel und arbeitete weiter.

»Kriminaltango!« Dorothee und Anja zuckten gleichzeitig zusammen, als hätten sie seit Jahren Synchronzucken geübt. Sie waren so vertieft in ihre Listen, dass es Anja schien, als würde die Melodie der Ladentür sie aus einer tiefen Trance aufwecken. Als sie sah, wer dem Tango folgte, wünschte sie sich zurück in die Trance. Daran war allerdings nicht mehr zu denken.

»Haben Sie gehört, dass es nun doch der Vater war?«, stieß Frau Grünmantel hervor und schob seelenruhig Dorothees Mantel von dem Sitzwürfel, um sich dort niederzulassen.

Anja hätte beinahe laut gelacht über das Gesicht ihrer Freundin, die hinter der alten Frau stand und ihre Hände so hielt, als wollte sie die Frau jeden Moment erwürgen. Dabei rollte sie mit den Augen. Zudem gab sie einen glucksenden Ton von sich, den jeder eher einem der elfjährigen Mädchen zugeordnet hätte, die beide, wie von einem unsichtbaren Gummiband gezogen, hinter der Frau den Laden betraten.

»Woher wissen Sie das?«, fauchte Giulia die alte Frau an, die sich nicht aus der Ruhe bringen ließ, sondern ihren gelben Strohhut, um den sie einen Wollschal gebunden hatte, vom Kopf pflückte.

»Äh, das ist mein Mantel«, merkte Dorothee an. Das hätte sie sich genauso gut sparen können, denn Frau Grünmantel beachtete ausschließlich Anja. Sie erzählte ihr haarklein, was sie von der Freundin, einer ehemaligen Nachbarin, beim Neujahrstreff im »Erzählcafé« gehört hatte.

»Der Mann hat seine Frau wegsperren lassen. Da ist es doch klar, dass der auch das Kind auf dem Gewissen hat.«

Anja sah sich besorgt um. Rücksicht kannte diese Frau

anscheinend nicht, sonst hätte sie nicht vor den beiden Mädchen so gesprochen. Sie wusste nicht, wie sie die Frau stoppen sollte.

Zum Glück hatte Dorothee weniger Skrupel. Sie ging um die Frau auf dem Sitzwürfel herum und baute sich vor ihr auf wie ein Bodybuilder bei der Präsentation seiner Muskeln. »Entschuldigen Sie«, begann Dorothee ganz harmlos. »Aber Sie haben gerade meinen Mantel auf den Boden geworfen. Sie sitzen auf meinem Platz«, den sie die ganze Zeit nicht benutzt hatte, »und«, sie holte tief Luft, »sie ängstigen diese beiden Kinder!« Dabei zeigte sie auf Emily und Giulia, deren Frösteln man durchaus als angstvolles Zittern interpretieren konnte. »Bitte verlassen Sie den Laden, hier ist ohnehin wegen Inventur geschlossen.«

Das war eine glatte Lüge. Anja starrte ihre Freundin an. Sie sah, dass die Mädchen grinsten, als Frau Unbekannt – alias Grünmantel – den Mund öffnete und gleich wieder empört schloss. »Na, dann! Wenn Sie meine Informationen nicht wollen«, sagte sie schnippisch und sprang so schnell von dem Sitzhocker auf, wie ihr das niemand zugetraut hätte. »Ich wollte ja nur helfen!« Sie schob sich den Schalhut auf den Kopf und drängte sich zwischen den beiden Mädchen hindurch.

Anja warf Dorothee einen wütenden Blick zu. Was, wenn die Frau eine wichtige Information hatte? »Frau Grünmantel«, rief sie der Frau hinterher und machte es damit nicht besser. Aber der richtige Name fiel ihr beim besten Willen nicht ein. »Gnädige Frau«, rief sie und schob sich ebenfalls zwischen Giulia und Emily hindurch, um mit hocherhobenem Haupt zum Klang des »Kriminaltango« das kleine Ladenlokal zu verlassen. Sie war nicht schnell genug.

In einem Tempo, das sie von der alten Frau nicht erwartet hätte, schritt Frau Grünmantel durch den Schnee auf die Bushaltestelle zu. Sie achtete nicht darauf, wo sie hinging, und riss in ihrer Hast einen blauen Campinghocker um.

Der Akkordeonspieler stoppte seine Melodie mitten im Takt und starrte den Hocker an, der vor seinen Füßen im Schneematsch lag.

Anja blieb stehen und hob das bisschen Geld auf, das sich angesammelt hatte. Als sie den Campinghocker aufklappen wollte, bemerkte sie die Metallfüße, von denen es tropfte. Sie waren rund wie Kugeln, daran gab es keinen Zweifel. Als hätte der Hersteller der Mrs-Murphy-Bälle seine Form für die Füße der Campinghocker verliehen. Sie starrte den Akkordeonspieler an. Er starrte zurück, aber weniger auf Anjas Gesicht oder den Campinghocker als auf das Geld, das Anja in der Hand hielt. Rasch stellte sie den Campinghocker auf und versuchte den Schauer, der sich über ihren Rücken schob, nicht zu beachten. Doch das Kleingeld klapperte leise in ihrer zitternden Hand, als sie es endlich wieder auf den Campinghocker legte.

»Kannten Sie das Mädchen, das hier getötet wurde?«, fragte sie und erschrak, als sie wieder die Angst in seinen Augen sah.

Da hielt wie von einer unsichtbaren Kraft gelenkt der

Kleinbus an der Bushaltestelle. Der Fahrer stieg aus und rief etwas, von dem Anja nur »Pawel« verstand. Dann baute er sich vor ihr auf. »Was wollen Sie von meinem Bruder?«, herrschte er sie an und schüttelte die Hände in ihre Richtung, als wollte er sie fortjagen.

Der Akkordeonspieler schien sich hinter seinem Instrument zu verstecken. Anja sah, wie er den Kaffeebecher mit dem Fuß hinter den Instrumentenkoffer schob und dabei weiter auf den Tasten klimperte. Musik konnte man das, was er dem Instrument in diesem Augenblick entlockte, nicht nennen. Eher wirkten seine Klänge wie die hörbar gemachten Stromschläge eines Zitteraals.

Der Fahrer des Kleinbusses schien das nicht zu bemerken. Er war weiterhin damit beschäftigt, Anja abzuwimmeln. Sie drehte sich um und ging auf ihren Laden zu. Im Schaufenster ihres Ladens sah sie das Spiegelbild des Fahrers, wie er sich über den Campinghocker beugte und das Geld herausnahm.

Wie hatte der Akkordeonspieler gesagt: »Das ist nicht Chef, das ist Boss!« Ist Diktator, hätte es besser getroffen, aber Anja glaubte nicht, dass er das Wort kannte. Sie war ohnehin überrascht, dass er einige Worte verstand und sprach, nachdem er vorher den Eindruck erweckt hatte, er spreche kein Deutsch. Warum, das würde sie auch noch herausfinden. Jetzt musste sie erst Gerd Neubert anrufen und ihm von dem Campinghocker berichten.

Ein schlimmer Tag, Liebes.

Warum kannst du nicht sein bei mir. Du würdest mich trös-

ten. Du bist so weit weg. Ob wir uns jemals werden sehen wieder. Diese Frau ist nett. Zu nett. Sie macht mir Angst. Und er.

Ach, mein.

KAPITEL 20

Zigaretten und Alkohol schaden dem Musizieren.

Anja stand am Ufer der Volme und freute sich über das herrlich leichte, aber sündhaft teure Stativ, das Oliver ihr zu Weihnachten geschenkt hatte. Zusammen mit einem Album alter Hagener Postkarten, das er aus dem Nachlass eines Sammlers gekauft hatte. Es würde sie Wochen kosten, diese Postkarten nachzufotografieren, aber dadurch kam sie auch auf andere Gedanken. Sobald sie eine Postkarte in den Händen hielt, erwachte ihr Jagdfieber. Oft dauerte es Stunden oder Tage, bis sie herausgefunden hatte, welches Gebäude auf der Postkarte abgebildet war. Nicht immer war das so einfach wie bei der Karte, die sie nun in einer Klarsichthülle bei sich trug.

»Hagen i. W. Stadthalle« stand oben rechts auf der Karte über der Kuppel dieses merkwürdigen Gebäudes, das eher nach Istanbul passte, wo Erol Sander als

Fernsehkommissar Mehmet Özakin mit seiner »Mordkommission« ermittelte.

Anja erinnerte sich gut daran, als sie das erste Mal mit Oliver an dem Gebäude hinter dem Kinocenter vorbeigefahren war und die merkwürdige Aufschrift »Närrischer Reichstag« gelesen hatte. Lange hatte sie geglaubt, das wäre die Stadthalle, die im Zweiten Weltkrieg zerstört worden war. Inzwischen wusste sie, dass an der Stelle der früheren Stadthalle heute das Kinocenter mit der Bücherei stand. Obwohl sie keine gebürtige Hagenerin war, überkam sie jedes Mal Wehmut, wenn sie die Postkarte von dem alten Gebäude mit den Figuren von Milly Steger anschaute, die vermutlich ebenfalls zerstört, auf jeden Fall verschwunden waren.

Hinter ihr hupte ein Auto. Sie sah sich um und entdeckte Gerd Neubert in einem dunklen Fahrzeug, dessen Marke sie so schnell nicht erkennen konnte.

»Ob er eine Spur hat?«, fragte sie sich und merkte sich vor, später im Internet nachzusehen, ob es neue Pressemeldungen der Polizei gab. Seit sie vor zwei Tagen mit dem Akkordeonspieler gesprochen hatte, hatte sie keine Zeitung mehr gelesen. Da war ihr klar geworden, dass es womöglich Zeugen von Hannas Verschwinden und Tod gab, die dies nicht taten.

Seitdem suchte sie den bärtigen Mann, der Hanna gefunden hatte. Er schien wie vom Erdboden verschluckt. Ihr Verdacht vom Abend, an dem Hannas Leiche gefunden worden war, keimte in ihr auf, dass er etwas mit dem Verschwinden des Mädchens zu tun haben könnte. Wo mochte er sein? Ohnehin kam es ihr so vor, als wären alle Obdachlosen ins Winterquartier gezogen, was ihnen bei dem Wetter nicht zu verdenken war. Immer wieder schneite es und es gab in der ganzen Stadt kein Fleckchen Boden, auf dem sich nicht Schnee und Matsch ausbreiteten. Nicht gerade einladend für Menschen, deren Bett die Parkbank und deren Couch die Brunnenmauern waren.

Da endlich die Sonne schien und die Inventur dank der tatkräftigen Unterstützung von Dorothee und Tobias abgeschlossen war, hatte sie sich diesen Fotospaziergang durch die Zeit gegönnt. Die Chance, unterwegs einen der Obdachlosen zu treffen, war genauso groß wie in ihrem Laden. Sie schob ihre Kamera so lange hin und her, bis sie auf dem Display genau die gleiche Position des Kinocenters gefunden hatte, wie die der Stadthalle auf der Postkarte.

»Das ging ja schnell«, freute sie sich und packte Kamera und Stativ ein. Sie überlegte, ob sie ein weiteres Motiv in Angriff nehmen sollte. Dazu musste sie allerdings lang durch die Fußgängerzone gehen oder den Berg hinauf nach Wehringhausen rauf.

Eigentlich merkwürdig, dass es vom Stirnband keine einzige Postkarte gibt, dachte Anja. Die Straße gehörte zu der Architektur, die als Hagener Impuls bezeichnet wurden. Sie stammte aus den Jahren Anfang des 20. Jahrhunderts, als der Hagener Unternehmer und Mäzen Karl Ernst Osthaus in Hagen auch den Grundstein für das Essener »Folkwang Museum« gelegt hatte.

Bisher war ihr bei ihrer Postkartenrecherche keine Karte der Künstlerkolonie am Rande von Emst begegnet. In ihre Gedanken versunken stieß Anja gegen einen Mann, der auf der Volmebrücke an einer Ampel stand. »Entschuldigung«, sagte sie rasch und sah auf. Der Mann wirkte ungepflegt und kam ihr vage bekannt vor. War das nicht einer der Obdachlosen, die ihr im Volmepark aufgefallen waren? Ohne weiter nachzudenken, folgte sie ihm über die Straße, als die Ampel Grün wurde. Dabei brachte sie die andere Straßenseite des Märkischen Rings kein Stück weiter Richtung Innenstadt. Der Mann ging an dem Bestattungsgeschäft vorbei und bog kurz dahinter rechts ab.

»Suppenküche«, las Anja verblüfft. Das Schild war ihr niemals vorher aufgefallen, das wusste sie genau. Sie beschloss, nachzusehen, ob dieser Typ, der Hanna gefunden hatte, sich dort aufhielt. Zurückhaltend betrat sie das Gebäude. Es roch wie in der Kantine des Kaufhauses, in dem sie in Oldenburg gejobbt hatte. Eine Mischung aus Erbsensuppe und Schweiß, hier mit einer Alkoholnote versehen.

An den langen Tischen, die an eine Schulmensa erinnerten, saßen Männer und Frauen unterschiedlichen Alters.

Anja scannte ihre Gesichter und lächelte, als aus der hintersten Ecke ein Arm winkte. Sie hatte Glück. Dort saß tatsächlich jener Mann, mit dem sie am Tag vor Heiligabend gesprochen hatte.

»Was machen Sie denn hier?«, erkundigte sich der Mann, als Anja sich einen Weg zu ihm im Rücken der anderen Gäste gebahnt hatte. »Wollen Sie uns fotografieren?« Er deutete auf Kamera und Stativ, das Anja bei sich trug.

Anja lachte. »Nein, nein«, beschwichtigte sie rasch, als sie die misstrauischen Gesichter der Männer bemerkte, die neben dem Mann am Tisch saßen. »Ich habe ein Foto des Kinocenters gemacht und von den Zirkuswagen vom Quamboni.«

»Setzen Sie sich doch!«, bat Karl Romberg, dessen Name Anja wieder eingefallen war, ohne auf ihre Erklärung einzugehen. Der Mann neben ihm stand auf und bot ihr mit einer einladenden Geste seinen Platz an.

Sie zögerte. Wenn sie etwas nicht ausstehen konnte, dann waren es warme Stühle, auf denen zuvor jemand gesessen hatte. Doch die Männer sahen sie mit einer Mischung aus Misstrauen und Neugier an. Fast, als erwarteten sie, dass sie das großzügige Angebot ablehnen würde. Also ließ sie sich mit einem freundlichen »Danke!« auf dem Stuhl nieder.

»Ich habe Sie gesucht!«, ging Anja direkt zum Grund ihres Eindringens in diese Gemeinschaft über. Ja, sie kam sich wie ein Eindringling vor mit ihrer hochpreisigen Kamera, dem Luxusstativ und dem Mantel, der zwar nicht neu, aber dafür teuer gewesen war. »Die Polizei hat keine Spur von dem Mörder der kleinen Hanna«, fuhr sie fort und bemerkte sofort, dass das der falsche Einstieg war.

Die Männer am Tisch kniffen die Augen zusammen und das Misstrauen quoll ihr förmlich entgegen. Als hätte sie gesagt: Ich glaube, dass einer von Ihnen die Kleine umgebracht hat. Sollte sie darauf eingehen? Sie entschied sich, einfach weiterzusprechen: »Ich habe mich gefragt, ob Sie«, dabei sah sie ausdrücklich Karl Romberg an, »oder Ihre«, sie stockte kurz, weil ihr kein Wort passend schien, »äh, Bekannten etwas gesehen haben. Sie kriegen doch viel mehr mit als andere.«

»Sie meinen, weil wir den ganzen Tag nichts anderes zu tun haben, als Leute zu beobachten?«, antwortete Karl Romberg mit einer Gegenfrage, die Anja zusammenzucken ließ. Doch er fügte schnell hinzu. »Wir müssen uns zwar auch um unseren Lebensunterhalt kümmern. Aber Sie haben recht, wir schauen sicher viel genauer hin und hetzen nicht so durch die Straßen wie die Menschen, die einen festen Job haben oder ein Zuhause, in dem ein Staubsauger oder ein Bügeleisen auf sie wartet.«

Die Vorstellung, dass manche Menschen sich beeilten, um nach Hause zu ihrem Staubsauger zu kommen, erheiterte Anja. Sie lachte und sah erfreut, dass die Männer an dem Tisch in ihr Lachen einstimmten. Auf einmal wurden sie gesprächig und berichteten, dass sie sich oft mit den Straßenmusikern unterhielten.

»Früher gab es hier einen Geiger«, erzählte ein Mann mit einem grauen Bart, dem Anja ansah, dass er lange keine Schere mehr gesehen hatte. Zuerst erschrak sie, als der Mann den Mund öffnete und die Sicht auf dunkle Zahnstummel freigab. Dann hörte sie ihm interessiert zu. War ihm doch aufgefallen, dass dieser Geiger kurz vor Beginn des Weihnachtsmarktes an eben jener Stelle gespielt hatte, an der später Hanna gestanden hatte. Der Hinweis von Frau Grünmantel fiel ihr ein. Hatte sie nicht auch davon gesprochen, dass Hanna genau dort spielte, wo früher ein Straßengeiger musiziert hatte?

»Wie sah der Mann aus?«, erkundigte Anja sich.

»Östlich«, antwortete der Bärtige mit den braunen Stummelzähnen. »Er sprach kaum Deutsch, ich habe versucht, mich mit ihm zu unterhalten, aber außer ›gut geht‹ und ›spiele müsse‹ habe ich nichts verstanden.«

Anja dachte nach. »Wie hat er das Geld gesammelt?«, fragte sie schließlich und erntete einen überraschten Blick von Karl Romberg.

»Auf einem dieser Campinghocker, die alle haben«, antwortete der Bärtige.

Karl Romberg korrigierte ihn: »Es haben nicht alle so einen Campinghocker, manche sammeln ihr Geld auch im Koffer.«

»Nee, die haben alle diese blauen Campinghocker«, widersprach ein anderer Mann, der an dem Tisch saß. Er fiel Anja auf, weil sich unter dem Ärmel seines Pullovers im wahrsten Sinne des Wortes eine Tätowierung hervorschlängelte.

»Früher hatten die immer grüne Campinghocker«, behauptete der Bärtige. Die Männer beachteten Anja nicht mehr, sondern stritten darüber, welche Farbe die Campinghocker hatten.

Anja fragte sich, ob mehrere Gruppen mit Campinghockern in verschiedenen Farben existierten, die ihre

Aktionsorte wechselten. Sie beschloss, sich am nächsten Tag einen Stadtbummel durch die umliegenden Ruhrgebietsstädte zu gönnen. Dorothee würde begeistert sein. Sie erschien ohnehin jeden Tag im Laden, weil sie nicht wusste, was sie mit ihren freien Tagen anfangen sollte.

»Da war dieser komische Typ.« Die Bemerkung des Mannes ließ Anja aufhorchen. Noch immer sprachen die Männer nicht mit ihr, sondern miteinander. Alle hatten gesehen, dass von Hannas erstem Auftauchen an ein kleiner Mann ihr gegenüber unter dem Dachvorsprung des Taschenladens stand. »Er hat sie angestarrt, als wollte er sie verzaubern oder umbringen. So wie Klaus Kinski immer in den Edgar-Wallace-Filmen guckt.«

Anja hätte gerne mehr über den Mann erfahren. Die Beschreibung passte zu dem, was die Mädchen gesagt hatten. Die Männer waren jedoch bereits so vertieft in eine Diskussion über den besten Edgar-Wallace-Film, dass sie keine Chance sah, weitere Informationen zu erhalten. Aber auch so hatte sie einiges erfahren, das sie an Gerd Neubert weitergeben konnte. Sie würde erneut ihre Fotos vom Weihnachtsmarkt durchgehen. Es konnte nicht sein, dass sie am ersten Advent um 11 Uhr nicht einen einzigen Straßenmusiker fotografiert hatte. Der Dateiordner enthielt über 1.000 Fotos, da musste etwas Brauchbares dabei sein.

Nachdenklich verabschiedete Anja sich von den Männern, nicht ohne sich bei Karl Romberg zu erkundigen, wie sie ihn erreichen könnte. Er gab ihr die Telefonnummer des CVJM-Heims, in dem Nachrichten gesammelt wurden, und versprach, sich weiter umzuhören und sie in ihrem Laden zu besuchen.

»Ich komme mit«, versprach der Bärtige und Anja musste sich zusammenreißen, um nicht deutlich zu zeigen, dass sie ihn nicht unbedingt in ihrem Geschäft haben musste. Während Karl Romberg halbwegs gepflegt wirkte und sein Atem im Gegensatz zum Abend, als Hanna gefunden worden war, auch nicht verriet, ob er am Morgen bereits dem Alkohol zugesprochen hatte, vermittelte der Bärtige nicht nur mit seinen Stummelzähnen deutlich den Eindruck eines Menschen, der weder Bad noch Kleiderschrank besaß.

Als könnte Karl Romberg in ihrem Gesicht lesen, was sie dachte, zwinkerte er ihr verschwörerisch zu.

Anja atmete erleichtert aus. Ihre kleine Krimibuchhandlung war jung, da konnte das falsche Publikum viel anrichten. Das hatte sie in den Foren bereits erfahren, in denen sich kleine Buchhandlungen austauschten. Sie nahm ihre Kamera und das Stativ und bedankte sich bei den Männern für ihre Informationen. Gefolgt von den neugierigen Blicken der anderen Besucher verließ sie den Raum. Schon als sie die Tür erreicht hatte, erschien es ihr, als tuschelten hinter ihrem Rücken Hunderte Stimmen.

KAPITEL 21

Auch der Körper sendet Botschaften, halte dich immer gerade und selbstbewusst.

»Da haben Sie uns etwas eingebrockt.«

Anja sah den Kommissar vor ihrer Kassentheke schuldbewusst an. Konnte sie etwas dafür, dass bisher niemand auf die Idee gekommen war, auch die Menschen zu befragen, die nur sporadisch in der Stadt unterwegs waren und dadurch nicht sofort in den Sinn kamen, wenn Zeugen gesucht wurden?

Man nahm wirklich nur das wahr, was einem bekannt oder wichtig war. So sahen Musiker natürlich auch die Straßenmusiker, und Menschen abseits der Gesellschaft achteten mehr darauf, ob sich etwas in ihrem Umfeld änderte. Erstaunlich war, dass aus der Bevölkerung nicht mehr Hinweise zu den Straßenmusikern gekommen waren. Aber die Weihnachtstage und die Zeit zwischen den Jahren war traditionell eine Zeit, in der die Menschen mit sich selbst beschäftigt waren und sich aus dem Alltag herauszogen.

Wenn Anja nur daran dachte, wie viele Kunden zwar den Fund der Mädchenleiche mitbekommen, diesen aber über die Feiertage vergessen hatten. Da musste sie sich an die eigene Nase fassen. Selbst bei ihr wäre das Mädchen in den Hintergrund gerückt, wären nicht Emily und Giulia immer mal wieder vorbeikommen. Dann wäre sie in jeder freien Minute mit ihrer Kamera unterwegs und würde endlich den Zeitblog einrichten, von dem sie seit einiger Zeit träumte.

»Die meisten wissen heute natürlich nicht mehr, was sie am frühen Abend des 24. Novembers gemacht haben«, beklagte sich der Kommissar. Als wäre Anja schuld, dass er die Männer und Frauen nicht früher befragt hatte. Sie hatte sogar einmal auf die Straßenmusiker hingewiesen. Okay, nicht als Verdächtige oder Zeugen, aber sie hatte sie wenigstens erwähnt.

»Haben Sie auch diesen Fahrer des Kleinbusses gefragt?« Anja fiel der Mann wieder ein, der den Akkordeonspieler in einer fremden Sprache angefahren hatte, die klang, als käme er aus Osteuropa.

»Komisch, der Akkordeonspieler war lange nicht mehr da.« Sie war in den letzten Tagen viel unterwegs gewesen, weil sie wissen wollte, ob in allen Städten die gleichen Campinghocker zum Einsatz kamen. Sie schmunzelte, als ihr einfiel, dass selbst Dorothee am Ende keine Lust mehr hatte, sie auf ihre Stadtbummel zu begleiten. »Das ist kein Stadtbummel, das ist eine Recherchetour«, hatte sie gemeckert und sich angesichts des immer stärker werdenden Schneetreibens lieber an ihren Kamin zurückgezogen.

»Warum lachen Sie?«, wollte Gerd Neubert wissen, der vor der Theke stand und eines der Lebkuchenherzen knabberte, die seit Weihnachten in einer Schale neben der Kasse gelegen hatten.

»Ich dachte gerade an meine Bummel durch Dortmund, Bochum, Essen und Duisburg«, erklärte Anja und grinste. »Meine Freundin Dorothee hat nach zwei Städten schlapp gemacht.«

Gerd Neubert lachte. »Und das unsere Dorothee, die in den Mittagspausen endlose Streifzüge durch die Geschäfte in Düsseldorf aushält. Was haben Sie denn mit ihr angestellt?«

Anja berichtete, dass sie weniger Geschäfte besucht hatten, sondern jede Straße abgelaufen waren, um Straßenmusiker zu suchen.

»Ups, hatte Doro ihre üblichen Schuhe an?«, wollte der Kommissar wissen und lachte nun laut.

Anja fiel in sein Lachen ein. Ihre Freundin war bekannt dafür, dass sie außer Dienst bei Wind und Wetter mit hohen Absätzen herumlief. Sie nickte und wurde schnell wieder ernst. »Stellen Sie sich vor, es gibt wirklich Campinghocker in verschiedenen Farben.«

Gerd Neubert sah sie entgeistert an. »Und was ist daran so besonders?«

Anja erklärte ihm, was sie entdeckt und sogar mit ihrer Kamera festgehalten hatte. Sie klappte ihr Notebook auf, öffnete den Ordner mit den Bildern und drehte es so, dass er sie sehen konnte.

»Schauen Sie hier«, sie klickte einige Bilder an, auf denen Straßenmusiker mit roten Campinghockern zu erkennen waren. Sie öffnete einen anderen Ordner und zeigte Straßenmusiker mit blauen Hockern. »Ach, da ist ja mein Akkordeonspieler«, stellte sie überrascht fest,

»der ist mir vorher gar nicht aufgefallen, weil ich nur auf die Hocker geachtet habe.« Sie betrachtete die Männer mit den Instrumenten genauer, die hinter den blauen Hockern standen. »Haben Sie die alle befragt?«, wollte sie von dem Kommissar wissen.

Er bat sie, die Gesichter zu vergrößern, und schüttelte dann den Kopf. »Ich glaube nicht, dass einer von denen bei uns war.«

Anja ließ ihn stehen und sah aus dem Fenster nach draußen, wo gerade eine Trompete ertönte. Den Mann, der in das Instrument blies, hatte sie noch nie gesehen. Vor ihm stand ein grüner Campinghocker, auf dem sich die ersten Münzen sammelten. Er spielte nicht schlecht, die Zigarette hinter seinem Ohr störte ein wenig, aber auf solche Kleinigkeiten achteten nur Nichtraucher.

»Haben Sie den Mann da draußen befragt?«, erkundigte sie sich bei Gerd Neubert, der im gleichen Moment mit Blick auf das Notebook sagte: »Hier, die haben wir einbestellt.« Er zeigte auf einen Mann, der mit seiner Klarinette hinter einem grünen Campinghocker stand.

»Sie haben die Falschen befragt«, konstatierte Anja und erntete einen empörten Blick des Kommissars.

»Wie kommen Sie denn darauf?«

»In der Adventszeit waren die Straßenmusiker mit den blauen Hockern hier in Hagen«, erklärte sie ihm ihre Theorie. »Es gibt verschiedene Gruppen, die sich durch die Farbe der Campinghocker unterscheiden.«

Sie öffnete das Bild des Akkordeonspielers. »Der hat vor einigen Tagen bei uns in der Stadt musiziert. Das weiß ich genau, weil ich mich mit ihm unterhalten habe. Dieses Foto habe ich gestern in Dortmund gemacht. Anscheinend ist er nun dort im Einsatz und stattdessen sind die Musiker mit den grünen Campinghockern nun in Hagen.«

Diese Erklärung leuchtete auch dem Kommissar ein. »Das heißt, wir haben Leute befragt, die zur Tatzeit nicht in Hagen waren, sondern irgendwo anders.«

Anja nickte. »Mich würde interessieren, ob es immer der gleiche Typ ist, der die Musiker herumfährt«, sagte sie. »Der Akkordeonspieler hat gesagt, das wäre eine Art Vorgesetzter. Den Eindruck hatte ich schon früher. Da hat er Geld vom Hocker genommen, ich habe mir aber nichts weiter dabei gedacht.«

Gerd Neubert seufzte. »Ich glaube nicht, dass uns das weiterbringt. Aber ich schicke meine Kollegen nach Dortmund, um die Männer dort zu befragen. Vielleicht hat einer von ihnen etwas gesehen.«

»Wenn ein Geigenspieler dabei ist, sollten Sie ihn besonders sorgfältig befragen«, riet sie, »der spielte früher an dem Platz, an dem Hanna musiziert hat. Und wenn ich das richtig verstanden habe, ist er kurz vor Weihnachten mindestens einmal dort gewesen.« Das hatte wenigstens Frau Grünmantel behauptet. Als sie das überprüfen wollte, war es bereits dunkel und von Straßenmusikern keine Spur mehr zu sehen.

Der Kommissar nickte und verabschiedete sich gerade, als Emily und Giulia den Laden betraten. Sofort bedrängten sie ihn mit ihren Fragen und erinnerten ihn daran, dass er den Geigenlehrer auf keinen Fall ungeschoren davonkommen lassen durfte.

Anja fiel ein, dass irgendwo die Handynummer dieses Geigenschülers sein musste. Sie ärgerte sich, dass sie dessen Hinweis über dem Weihnachtstrubel ganz vergessen hatte. Sie entschuldigte sich bei Gerd Neubert für ihre Nachlässigkeit und erklärte den Mädchen, was der Junge ihr gesagt hatte. »Ich glaube nicht, dass Herr Doll Hanna etwas getan hat«, schloss sie ihren Bericht.

Emily und Giulia wirkten betrübt. »Dann war es Hannas Vater. Der ist so blöd. Richtig gemein. Stellen Sie sich vor, der hat Hannas Schwester verboten, mit der Polizei zu sprechen«, sagte Giulia.

Anja wunderte sich, dass die beiden so gut informiert waren. Die Medien hatten nichts über die Schwester gebracht.

»Wie kommt ihr darauf?« Die Frage, die Gerd Neubert den beiden stellte, lag auch Anja auf der Zunge.

Die beiden berichteten, dass Hanna ihnen vor längerer Zeit von ihrem Kontakt zu ihrer Schwester erzählt hatte.

»Sie hat sie immer Nanni genannt«, erklärte Emily, »weil sie Schwestern waren wie Hanni und Nanni in dem Film und weil Janine ein bisschen wie Nanni klingt.«

Das fand Anja zwar nicht, aber es war nicht weiter wichtig. Interessanter war jedoch, dass die beiden anscheinend auch nach Hannas Tod mit der älteren Schwester Kontakt hatten.

»Wir haben sie auf der Beerdigung gesehen«, berichtete Giulia. »Wir kannten ja das Bild, das Hanna von Nanni besaß, und sie sah in echt ganz genauso aus.«

»Und dann?« Anja kam aus dem Staunen nicht heraus. Die Mädchen waren oft bei ihr gewesen, aber von Hannas Schwester hatten sie nie erzählt. Immer nur von Hanna und diesem Geigenlehrer, den sie hassten, obwohl sie ihm niemals persönlich begegnet waren. Aus einem völlig irrationalen Grund, als brauchten sie jemanden, auf den sie ihre ganze Wut richten konnten. Nachdem der Geigenlehrer nicht mehr infrage kam, richtete sich ihr Zorn auf Hannas Vaters.

»Er hat Hanna geschlagen«, behauptete Giulia, und Emily nickte zur Bekräftigung.

Anja sah Gerd Neubert über die Köpfe der Mädchen hinweg an. Sie wusste, dass es außer den blauen Flecken an den Oberarmen keine Anzeichen dafür gab, dass Hanna geschlagen wurde.

Das erklärte der Kommissar den Mädchen auch, doch Giulia ließ nicht locker. »Er hatte doch diese Peitsche!«, widersprach sie. »Ich habe sie selbst einmal gesehen. Hanna hat sie mir gezeigt, als ich bei ihr zu Besuch war. Sie lag hinter der Couch.«

Anja ärgerte sich, dass sie diese Information nicht hatte, als sie bei Hannas Eltern war. Ihr wäre sicher ein Vorwand eingefallen, um hinter die Couch zu schauen.

»Beim Turnen musste sie immer einen Sportanzug mit langen Ärmeln tragen«, steuerte Emily nun bei.

»Und zum Schwimmen durfte sie nie mitgehen«, unterstrich Giulia ihre Behauptung.

Die Bemerkung von Hieronymus Doll fiel ihr wieder ein, der davon gesprochen hatte, dass Hannas Vater das Mädchen mit Schlägen auf die Oberarme dazu erzogen hatte, die Geige und den Bogen richtig zu halten. Die Mädchen hatten recht, das waren Schläge, auch wenn sich die meisten unter Schlägen etwas anderes vorstellten als das Klopfen mit der Reitgerte auf den Arm.

»Ist inzwischen eigentlich klar, wann genau Hanna …«, Anja wollte gerade sagen, umgebracht wurde. Ein Blick auf die Mädchen stoppte sie und sie fuhr fort, »zu Tode kam?« Selbst dabei zuckten die Mädchen zusammen.

»Hanna lag zu lange in der Kälte«, erklärte Gerd Neubert, »da lässt sich der Todeszeitpunkt nicht mehr exakt bestimmen. Wir wissen nur, wann sie das letzte Mal gesehen wurde. Diesen Tag nehmen wir vorerst als Tatzeit an. Also den Abend des 24. November.«

Der »Kriminaltango« unterbrach das Gespräch. Anja musste sich um ihre Kunden kümmern, Gerd Neubert verabschiedete sich und Anja bot den beiden Mädchen, die bedrückt im Laden standen, an, Britta beim Sortieren der Weihnachtsdekoration im Lager zu helfen. Sie verkaufte dem Kunden einen jener Eifelkrimis, die sie gerne las. In Gedanken ging sie jedoch die Möglichkeiten durch, was Hanna an dem Abend getan haben könnte, woran sich niemand erinnerte.

KAPITEL 22

Sieh den Menschen an, mit dem du sprichst.

Es war ruhig an den ersten Tagen im neuen Jahr, die meisten Leute waren dank der Weihnachtsgeschenke mit Lesestoff ausgestattet oder hatten zwischen den Jahren ihre Gutscheine eingelöst. Das erlaubte Anja, sich um ihr Postkartenprojekt zu kümmern. Allerdings motivierten die Schneeschauer, die immer wieder überraschend aufkamen, sie wenig, zum Wasserschloss Werdringen oder gar nach Hohenlimburg zum Schloss hochzufahren. Stattdessen erledigte sie all die Dinge, die sie schon lange tun wollte. Sie sortierte ihre Bilder vom Weihnachtsmarkt und stellte sich vor, welchen Weg Hanna gegangen war, wenn sie in die Stadt fuhr.

»Wie ist sie eigentlich in die Stadt gekommen?«, fragte sie sich und durchforstete das Internet nach einer entsprechenden Information. Anscheinend war sie wie alle anderen Kinder mit ihrem Schokoticket im Bus gefahren. Erstaunlich, dass sich kein einziger Mitfahrer bei der Polizei oder auf die Aufrufe im Internet gemeldet hatte. Im Bus hatte man doch immer Langeweile und betrachtete die anderen Menschen. Da fiel ein Mädchen mit einem Geigenkoffer doch auf.

Anja klickte die Fotos schneller durch. Sie stockte und ging zurück zu dem vorletzten Bild. »Wie blöd dieser Computer die Bilder sortiert«, ärgerte sie sich. »Die gehören doch gar nicht in diesen Ordner.« Sie ließ sich eine Liste der Dateien anzeigen und stellte fest, dass einige Bilder aus den ersten Novembertagen in den falschen Ordner geraten waren. Sie wollte die Bilder verschieben, da klickte sie versehentlich auf eines.

»Das gibt's doch nicht!«, entfuhr es ihr, als sie sah, was auf dem Bild zu erkennen war. Genau jene Ecke, die Hanna für ihr Geigenspiel ausgewählt hatte. Im Hintergrund waren deutlich der kleine Schmuckladen und die Tische zu sehen, die das »Extrablatt« für die Raucher auch im Winter draußen aufgestellt ließ. Im Vordergrund stand ein Geiger, der sich auf seine Grifffinger konzentrierte, während er den Bogen über die Saiten schob. Das musste der Geiger sein, von dem Frau Grünmantel gesprochen hatte.

Anja ärgerte sich, dass sie sich niemals die Adresse oder Telefonnummer der alten Frau aufgeschrieben hatte. Der Name fiel ihr einfach nicht mehr ein. Nur dass er mit »mann« endete, aber da gab es hier in Hagen viele Namen, das hatte sie herausgefunden.

Sie kopierte die Datei auf den Desktop des Notebooks und sah die anderen Bilder durch. Warum sie diesen Mann wohl fotografiert hatte? Mit dem Motiv konnte sie nichts anfangen. Ob es eine Postkarte mit der Häuserzeile gab, die sie nachfotografieren wollte? Sie erinnerte sich dunkel an ein Bild, das eine Netzwerkfreundin ihr mitgebracht hatte. Aus der Zeit, als diese Straße Körnerstraße hieß und es den Friedrich-

Ebert-Platz nicht gab. Der Mann war in verschiedenen Positionen zu sehen. Sie machte oft viele Bilder vom gleichen Motiv und rückte die Kamera nur wenige Zentimeter nach rechts oder links, um den Standpunkt des Postkartenfotografen möglichst genau zu treffen. Dabei achtete sie häufig gar nicht auf die Menschen, die vorbeigingen. Das hatte manchmal zu lustigen Begebenheiten geführt.

Sollte sie diese schlechte Angewohnheit bei der Suche nach Hannas Mörder weiterbringen? Es musste einen Grund geben, warum der Geiger mit einem Mal verschwunden war.

Auf dem nächsten Bild war der Geiger halb zu sehen, ein Mann beugte sich über den Campinghocker, dessen Blau auf diesem Foto nicht zu erkennen war. Anja wählte einen Ausschnitt aus dem Bild. »Das ist doch dieser Parka-Mann.« Die Person auf dem Foto war nicht von vorn zu sehen, aber der Rücken zeigte eindeutig, dass die Person einen Nato-Parka trug und die Geste, auch wenn sie auf dem Bild wie eingefroren wirkte, erinnerte Anja an den Moment, als ihr der Mann zum ersten Mal aufgefallen war. Damals, als er sich über den Campinghocker des Akkordeonspielers gebeugt hatte.

Sie schaute auf. Dicke Schneeflocken wehten gegen die Schaufenster. Es war unwahrscheinlich, dass bei diesem Wetter viele Kunden kamen, um Bücher zu kaufen. Wie gut, dass sie Britta freigegeben hatte. So konnte sie in Ruhe mit Gerd Neubert telefonieren. Vorher schickte sie ihm das Bild mit dem Parka-Rücken und ein Foto des Geigers mit der Frage, ob er diesen Mann ebenfalls vernommen hatte.

»Anja Henke«, meldete sie sich wenig später und war froh, dass direkt die Stimme des Kommissars an ihr Ohr drang.

»Wir haben inzwischen einige Musiker mit blauem Campinghocker verhört«, beantwortete Gerd Neubert ihre Frage, ohne dass sie sie stellen musste. »Ich glaube nicht, dass ein Geiger dabei war, aber ich kann mich täuschen und schaue nach.«

Anja ahnte, dass er wieder auflegen wollte, doch so schnell ließ sie sich nicht abwimmeln. »Haben Sie auch den Mann mit dem Parka vernommen?«, wollte sie wissen und schob gleich die Frage nach der Telefonnummer von Frau Grünmantel hinterher.

»Was wollen Sie denn von der?« Gerd Neubert ging nur auf ihre zweite Frage ein. Seine Gegenfrage klang ziemlich irritiert, was Anja nicht wunderte, weil sie sich kaum einen Menschen vorstellen konnte, der freiwillig mit Frau Grünmantel sprechen wollte.

»Die raubt uns den letzten Nerv«, stöhnte der Kommissar. »Sie können sich nicht vorstellen, wie beharrlich diese Frau sein kann.«

Doch! Das konnte Anja sehr gut. Schließlich war sie in der Adventszeit täglich in ihrem Laden erschienen, um sich über die schlecht gespielten »Schneewalzer« aufzuregen.

»Sie hat Bücher bestellt und ich habe eine falsche Nummer aufgeschrieben«, schwindelte Anja ohne schlechtes Gewissen. Schließlich musste sie nicht alles, was sie tat, an die große Polizeiglocke hängen. Es reichte doch, wenn sie dem Kommissar die Ergebnisse ihrer Recherchen mitteilte.

Gerd Neubert schnaubte und diktierte ihr die Telefonnummer. »Von mir haben Sie die aber nicht! Frau Qualmann lebt übrigens zusammen mit ihrer älteren Schwester, seit ihr Mann vor 30 Jahren verstorben ist.«

Anja lachte. Qualmann, der Name passte zu gut. »Heißt sie wirklich Qualmann?«, fragte sie sicherheitshalber nach.

Erst da wurde Gerd Neubert die Bedeutung des Namens bewusst und er lachte mit ihr. »Ja, ich habe mich nicht vertan, keine Sorge. So steht es hier im Protokoll.«

Wie konnte ich den Namen nur vergessen, dachte Anja und verabschiedete sich von Gerd Neubert, nachdem er ihr wie nach jedem Gespräch das Versprechen abgenommen hatte, ihn sofort zu informieren, falls sie wichtige Hinweise erhielt.

Ein Blick nach draußen zeigte Anja, dass der Schneefall eher heftiger als schwächer geworden war und sie entspannt ein weiteres Telefonat führen konnte. Rasch sah sie in ihrer Kundenkartei nach, welche Miss-Marple-Krimis Frau Qualmann, die sie unter Frau Grünmantel führte, bisher bekommen hatte. »Mord im Pfarrhaus« war nicht dabei, das hatte sie bei der Inventur irgendwo gesehen. Ein schöner Vorwand, die alte Dame zu kontaktieren. Sie wählte die Telefonnummer der alten

Frau und säuselte kurz darauf: »Guten Tag, Frau Qualmann.« Sie musste sich sehr konzentrieren, um bei dem Namen nicht wie ein Teenager loszuprusten, und war froh, dass ihre Freundin Dorothee nicht in der Nähe war. Schon beim ersten Blick von ihr hätte sie losgelacht. So schaffte sie es, seriös zu wirken. »Hier ist Anja Kleine von der Buchhandlung ›Mord & Ortschlag‹. Sie wissen schon, die im Reisepavillon.« Dieser Hinweis war anscheinend nötig, damit Frau Qualmann sie einordnen konnte. Kaum hatte sie ihn erwähnt, wurde sie gesprächig. Anja brauchte den »Mord im Pfarrhaus« nicht einmal als Vorwand, um mit der Frau über den Mord auf dem Ebertplatz ins Gespräch zu kommen.

Als die alte Frau begriffen hatte, wer am anderen Ende der Leitung war, begann sie wieder mit ihrer »Schneewalzer«-Litanei, die Anja inzwischen mitsprechen konnte: »Es ist unglaublich, dass der Oberbürgermeister solchen Stümpern wie diesem Geigenspieler erlaubt, den ›Schneewalzer‹ auf einem öffentlichen Platz zu spielen. Ich habe gehört, dass die Straßenmusiker in München erst auf dem Amt vorspielen müssen, ehe sie eine Erlaubnis bekommen«, hörte sie die schrille Stimme der Frau. »Wenn Sie mich fragen, hat der die Kleine um die Ecke gebracht, weil sie ihm die Kunden weggeschnappt hat.«

Anja wartete, ob die Geschichte vielleicht einen neuen Schluss erhalten würde. Anscheinend hatte Frau Grünmantel, wie sie die Frau für sich weiterhin nannte, die endgültige Version ihrer Geschichte gefunden.

»Wie sah dieser Geiger denn aus?«, fragte Anja und betrachtete das Foto auf ihrem Laptop, um ein besonderes Merkmal zu entdecken, das ihr helfen würde, ihn Frau Qualmann zu beschreiben.

»Sein kleiner Finger war irgendwie komisch.« Die alte Frau ließ sich Zeit mit ihrer Antwort, als ginge sie in Gedanken ebenfalls ein Foto durch oder betrachtete den Mann in der Erinnerung von Kopf bis Fuß.

»Daran können Sie sich erinnern?« Anja konnte es nicht fassen. »Haben Sie das der Polizei gesagt?«

»Wissen Sie!«, begann die Frau und Anja stellte sich zur Beruhigung die Wellen des Meeres vor, um nicht laut zu schreien. Sie konnte diese Bemerkung in diesem bestimmenden Lehrerton nicht mehr hören. Ihre Hand verkrampfte sich um die Maus, weil der Meditationsversuch nicht gegen diese Stimme ankam. »Ich habe mir in meinem Referendariat angewöhnt, nach Besonderheiten der Kinder Ausschau zu halten. So konnte ich sie schnell unterscheiden und mit Namen ansprechen.«

Anja musste sich eingestehen, dass sie die Frau unterschätzt hatte, wie die Polizei vermutlich auch. Das war das große Problem von Menschen wie Frau Grünmantel-Qualmann, die sich gerne dominant gaben und in den Vordergrund spielten. Von ihnen erwartete niemand solche Feinheiten wie diese.

»An welcher Hand?«, erkundigte sich Anja und schob das Bild auf dem Laptop so lange, bis sie die Hände in der Vergrößerung sah.

Die Frau lachte und Anja merkte, wie sich ihre Hand wieder um die Maus klammerte.

»An der Bogenhand natürlich«, antwortete die Frau, und Anja verstand, wieso sie so überheblich gelacht hatte. Wie sollte ein Geiger mit einem verkümmerten Saitenfinger spielen? Auf den Gedanken hätte sie selbst kommen können. Sie sah sich die Bogenhand des Geigers auf dem Foto genau an.

»Meinen Sie, dass die Kuppe des kleinen Fingers fehlte?«, fragte sie Frau Grünmantel-Qualmann, die sich derweilen über die Unkenntnis der heutigen Generation ausließ. Anja war froh, dass sie nicht alles mitbekommen hatte. Sie nahm nur erleichtert das »Genau!« der alten Frau wahr und bot ein letztes Mal all ihre Kräfte auf, um sich höflich von ihr zu verabschieden und nicht grußlos die Taste zum Beenden des Gesprächs zu drücken.

»Puh!«, stöhnte sie, als sie den Hörer beiseitelegte. »Jetzt hätte ich mir einen Eierpunsch verdient. Schade, dass der Weihnachtsmarkt geschlossen hat.« Kaum hatte sie das gedacht, da klopfte es an der Ladentür. Sie sah auf und entdeckte Oliver, der mit zwei Bechern Glühwein vor der Tür stand und mit seinem Fuß gegen die Scheibe trat, um auf sich aufmerksam zu machen.

»Du kommst genau im richtigen Moment«, begrüßte sie ihren Mann, nahm ihm die Glühweintasse aus der Hand und trank so hastig den ersten Schluck, dass sie gleich darauf schimpfend durch den Laden sprang, weil sie sich den Mund verbrannt hatte.

Oliver sah ihr nur kopfschüttelnd zu und wartete geduldig, bis sie sich beruhigt hatte und er berichten konnte, dass ein Bäcker in der Nähe ab sofort auch Glühwein ausschenkte.

KAPITEL 23

Sprich niemanden an, sondern warte, bis du angesprochen wirst.

Anja sah überrascht auf den alten Mann, der zusammenzuckte, als über ihm der »Kriminaltango« ertönte. »Herr Doll?«, rief sie und ging dem alten Geigenlehrer mit dem Haarkranz entgegen, dessen Schäferhund sie freudig mit einem Schwanzwedeln begrüßte. Sie strich dem Hund zur Begrüßung über den Rücken, ehe sie Hieronymus Doll die Hand gab. »Wie schön, Sie zu sehen!« Anja wunderte sich über sich selbst. Sie freute sich wirklich über den Besuch des alten Mannes, der in ihrem Laden viel freundlicher und umgänglicher wirkte als in seiner dunklen Wohnung mit den Deckchen auf den Glasuntersetzern.

»Guten Tag, Frau …«

Anja merkte, dass er nach ihrem Namen suchte.

Ehe sie ihn nennen konnte, beendete er den Gruß mit »junge Frau«. Dabei zog er die Stirn kraus und schüttelte energisch den Kopf. »Es gehört sich nicht, jemanden so zu begrüßen, ich weiß«, entschuldigte er sich. »Aber ich habe Ihren Namen vergessen über all der Aufregung.«

»Das ist in Ordnung, ich heiße Anja Henke«, entgegnete sie und dachte, dass er das auch auf dem Schild an der Tür hätte sehen können. Aber er hatte augenscheinlich nicht viel Erfahrung darin, in der Stadt unterwegs zu sein, obwohl er nicht weit außerhalb wohnte.

»Ich komme selten in die Stadt«, erklärte Hieronymus Doll. »Meine Beine wollen nicht mehr so. Ich gehe jeden Tag meine Runden mit Kuno.« Er streichelte den Hund, der zur Bekräftigung einmal leise bellte. »Manchmal gehen auch meine Geigenschüler mit ihm, wenn die Beine zu sehr schmerzen.«

Anja fragte sich, ob er wollte, dass sie sich nach seiner Krankheit erkundigte. Aber, wenn sie ehrlich war, interessierte sie die Krankheit nicht besonders. Wohl aber, warum der Geigenlehrer dennoch den Weg zu ihr in den Laden gefunden hatte.

»Leo, mein Schüler, hat mir erzählt, dass er bei Ihnen war.«

Anja überlegte, dann fiel ihr der Junge ein, der ihr von Hieronymus Doll erzählt hatte. Richtig, der hieß Leo. Irgendwo lag seine Telefonnummer. Was wollte sie eigentlich damit?

»Was hat er denn erzählt?« Anja schob rasch ein »Herr Doll« nach, weil sie sich an sein Faible für gutes

Benehmen erinnerte. Irgendwie waren alle Menschen, mit denen Hanna zu tun hatten, davon besessen, Knigge nachzueifern.

»Wissen Sie?«, begann Hieronymus Doll und sah sich unauffällig in dem kleinen Laden um.

»Möchten Sie nicht Platz nehmen?«, fragte Anja und dachte: Nicht noch so einer. Wenn sie gewusst hätte, dass dieser Laden solche merkwürdigen Menschen anzog – dann hätte sie das »Mord & Ortschlag« trotzdem eröffnet. Das Weihnachtsgeschäft war richtig gut gewesen und es machte ihr viel Spaß, die Bücher zu ordern und sie den Kunden zu empfehlen. Im März sollte die nächste Krimireise stattfinden. Nach Stuttgart, auf den Spuren von Kommissar Häberle. Es gab bereits erste Anmeldungen und sie nutzte die kundenfreien Zeiten, um sich durch alle Fälle des skurrilen Ermittlers zu lesen.

Hieronymus Doll hatte sich umständlich auf den Hocker gesetzt. Er stützte sich auf Theke und Stock und schien eindeutig große Probleme mit den Beinen zu haben. Kuno legte sich ohne Aufforderung neben den Sitzwürfel, als der alte Mann weitersprach: »Die kleine Hanna geht mir einfach nicht aus dem Sinn. Als Leo mir erzählte, dass sie nun nach demjenigen suchen, der sie umgebracht hat, habe ich überlegt, ob ich nicht doch etwas übersehen habe.« Er stützte sich auf den Stock und sah Anja an. »Wissen Sie?«

Oh nein! Anja konnte diese Lehrerfloskel nicht mehr hören. War sie denn eine Schülerin, die man zur Aufmerksamkeit ermahnen musste? Es kostete sie viel Mühe, nichts zu sagen und einfach nur abzuwarten. Ihr Blick ging immer wieder zur Tür, als könnte sie einen der Passanten draußen hypnotisieren, damit er den Laden betrat. Diesen Gedanken schob sie sofort beiseite, als Hieronymus Doll sagte: »Schon Hannas Vater hatte bei mir Geigenunterricht. Damals war ich Musikstudent in Detmold und habe mir am Wochenende hier in Hagen ein wenig Geld hinzuverdient.«

Das hieß aber, dass er locker zehn Jahre älter war als Hannas Vater, überschlug Anja, und der Vater war ihr bereits alt vorgekommen.

Hieronymus Doll lachte leise. »Was habe ich damals darum gekämpft, dass meine Schüler lernen, sich ordentlich zu benehmen.« Seine Schultern bebten leicht von dem Lachen. »Heute habe ich das aufgegeben. Gutes Benehmen ist nicht mehr erwünscht. Oder es ist anders als früher.«

Erstaunt bemerkte Anja, dass der Mann gar nicht so altmodisch war, wie seine Wohnung wirkte. Kein Wunder, dass ein Junge wie dieser Leo, der eher so wirkte, als spiele er Schlagzeug, sich auf den Unterricht bei ihm einließ.

»An Hannas Vater habe ich mir die Zähne ausgebissen.«

Das konnte Anja sich nicht vorstellen. Aber es passte zu dem, was Hannas Mutter erzählt hatte, dass er erst als Erwachsener diesen Tick bekam. »Er kommt aus einfachen Verhältnissen, aber seine Eltern wollten, dass er etwas Besseres wird, und fanden, Geige oder Klavier spielen gehörte dazu.«

Immerhin haben sie sich darüber Gedanken gemacht. Anja fragte sich, ob Hannas Großeltern eigentlich noch lebten. Bei der Beerdigung war ihr außer den Eltern niemand aufgefallen, der direkt hinter dem Sarg, dem Platz der nächsten Angehörigen, ging.

Hieronymus Doll konnte die Frage beantworten. »Sie sind vor einigen Jahren gestorben, kurz nachdem Hannas Vater seine zweite Frau geheiratet hat. Sie stammt aus einer alt eingesessenen Hagener Familie, wissen Sie?«

Dieses Mal ließ Anja dieses »Wissen Sie?« kalt, denn ihr wurde erst jetzt klar, dass das Haus, in dem sie Hannas Eltern besucht hatte, nicht dem Vater, sondern der Mutter gehörte.

»Und die Eltern von Hannas Mutter?« Als Anja die Frage stellte, war ihr die Antwort klar. In dem Haus wohnte eindeutig nur eine Familie.

»Die sind vor drei oder vier Jahren gestorben. Kurz bevor Hanna zum ersten Mal in meinen Unterricht kam. Sie haben ihr eine alte wertvolle Geige vererbt und das war für den Vater der Auslöser, nach mir als Geigenlehrer zu suchen.«

Der »Kriminaltango« zeigte Anja, dass sie nicht mehr viel Zeit hatte, sich um Hieronymus Doll zu kümmern, und noch immer wusste sie nicht, weshalb er eigentlich gekommen war. Als sie aufsah, bemerkte sie Emily und Giulia in der Tür.

Emily schaute sie fragend an, während Giulia in den Laden kam und sich auf Kuno stürzte. »Och, ist der süß, darf ich den streicheln?« Sie wartete die Antwort des alten Mannes nicht ab, sondern wertete das Schwanzwedeln des Hundes als Erlaubnis.

Emily blieb in der Tür stehen und sah Hieronymus Doll an. »Ich habe sie auf Hannas Beerdigung gesehen«, stellte sie fest.

»Das ist Herr Doll«, stellte Anja den alten Mann schnell vor. »Er war Hannas Geigenlehrer.«

Giulia hielt im Streicheln des Schäferhundes inne. »Sie sind das?«, fragte sie und Anja hörte die Verwunderung in ihrer Stimme. »Ich habe Sie mir ganz anders vorgestellt.«

Hieronymus Doll lachte. »Wohl eher wie diesen David Garrett, den ihr alle so toll findet, was?«

Anja kam aus dem Staunen nicht heraus. Es war, als taute der alte Mann richtig auf, als er mit Giulia sprach.

Giulia antwortete ernsthaft: »Nein, alt, aber hässlicher.«

Anja drehte sich rasch weg, um nicht laut zu lachen. Diese Giulia war unglaublich.

Emily dagegen starrte auf ihre Füße, als hätte sie nichts mit dem Ganzen zu tun.

»Kannst du bitte die Tür schließen?«, sprach Anja sie an, weil an dem Mädchen vorbei ein kalter Luftzug in den Laden kam. Es schneite zwar nicht mehr, aber die Temperaturen waren weit unter null Grad.

Emily drückte die Tür fest zu und machte ein paar Schritte in den Laden. »Sind Sie wirklich Hannas Geigenlehrer?« Sie baute sich vor Herrn Doll auf und blickte ihn fest an.

»Ja«, antwortete der und schaute über Emily hinweg zu Anja. »Jetzt hätte ich doch fast vergessen, Ihnen zu berichten, warum ich gekommen bin.«

Anja überlegte kurz, ob es besser war, Giulia und Emily ins Lager zu verbannen. Sie entschied, dass es vielleicht ganz gut war, wenn sie den alten Mann erlebten. Sie war sich sicher, dass er nichts mit Hannas Verschwinden oder ihrem Tod zu tun hatte und auch die Mädchen das erkennen würden. »Hanna hat mir erzählt, dass sie auf dem Weihnachtsmarkt spielt.« Mit diesem Satz gewann Hieronymus Doll die volle Aufmerksamkeit von Anja, Giulia und Emily.

»Ehrlich?« Aus Emilys Frage klang ein klein wenig Misstrauen, das deutlich von Überraschung überdeckt wurde.

»Ja, sie hat mich gefragt, ob ich ein Aufnahmegerät habe, weil sie doch eine CD für ihre Eltern aufnehmen wollte.«

»Das wissen Sie auch?«, warf Giulia verblüfft ein.

Hieronymus Doll lächelte. »Na ja, manchmal hat Hanna mich um Rat gefragt.«

Anja wunderte das nicht, als sie sah, wie er mit den Mädchen sprach. Er wirkte ganz anders als bei ihrem ersten Treffen in seinem Haus.

Der Mann sah auf seine goldene Armbanduhr. »Oh, mein Bus fährt gleich. Also, sie hat mir erzählt, dass es gleich am zweiten Tag Ärger mit einem anderen Geiger gab, der behauptete, sie stünde auf seinem Platz.«

Also doch! Anja hörte mit wachsender Zufriedenheit, dass der Geiger Hanna bedroht hatte. Sie sollte ihm ihr Geld geben, weil er ihretwegen nichts verdienen würde.

»Dann hat sich ein Mann eingeschaltet und nach ihrem Geigenkoffer gegriffen, in dem sie das Geld gesammelt hatte. Es haben sich mehrere Passanten eingemischt und die beiden Männer sind verschwunden.« Hieronymus Doll stand ächzend auf. Traurig sagte er: »Vielleicht waren das die Männer, die Hanna umgebracht haben.« Sein Blick fiel auf Emily, die ihn mit offenem Mund anstarrte.

»Dann waren Sie das gar nicht?«, stieß sie hervor.

Anja sah erschrocken auf den alten Mann. Was würde er zu diesem Verdacht sagen? Ehe sie sich einmischen konnte, lachte der Geigenlehrer. »Wie seid ihr denn auf die Idee gekommen?«

»Hanna hat gesagt, dass Sie sie immer so komisch anschauen«, sagte Emily trotzig.

Giulia korrigierte sie: »Hanna hat gesagt, dass ein Mann sie immer so komisch anschaut. Wir haben gedacht, das wären Sie.«

Hieronymus Doll lachte laut. »Da hat sie gar nicht so unrecht. Ich konzentriere mich immer sehr, wenn ein Schüler spielt, und das kann ich am besten, wenn ich ihn anschaue, weil dann beide Ohren auf ihn gerichtet sind.«

Welch eine einfache Erklärung. Anja sagte aber nichts, sondern hörte zu, was die Mädchen dem Geigenlehrer erzählten. Erstaunlich, wie offen sie waren. Sogar ihren Verdacht gegenüber Hannas Vater behielten sie nicht für sich.

Hieronymus Doll ging nicht darauf ein. Das hieß für Anja, dass er diesen Verdacht nicht begraben hatte, und sie fragte sich, ob es da etwas in der Geschichte des Vaters gab, was Hieronymus Doll ihr nicht erzählt hatte.

»Vielen Dank für Ihren Besuch«, verabschiedete sie sich daher höflich. »Darf ich demnächst mit meiner Tochter vorbeikommen, damit sie ausprobiert, ob Geigenunterricht etwas für sie wäre?« Wie gut, dass Ida interessiert war an allem Neuen. Sie würde bereitwillig eine Geigenstunde wahrnehmen und Anja konnte den Geigenlehrer unauffällig aushorchen, ob er einen Anlass hatte, den Vater zu verdächtigen, obwohl oder gerade weil er ihn schon lange kannte.

Kleines, geht es voran?

Ich bin froh, dass du in Sicherheit bist und dir nichts geschehen kann.

Denke oft an dich. Du auch an mich.

Viele Liebe im Herzen.

KAPITEL 24

Fingernägel sind ein Aushängeschild.

Anja verabschiedete sich von ihrer Tochter am Schultor und seufzte. Die Weihnachtsferien waren vorbei, dabei hatte sie eben erst ihren kleinen Laden eröffnet. Ihr kam es so vor, als wäre gerade erst Anfang November gewesen.

»Ciao, Mama!«, rief Ida und winkte ihr zu, ehe sie mit wippendem Schulranzen über den Schnee bedeckten Schulhof lief.

Anja schmunzelte. Seit Ida im »Mord & Ortschlag« auf Giulia getroffen war, die sich mit »Ciao« verabschiedet hatte, ließ ihre kleine Tochter keine Gelegenheit aus, ihre Italienisch-Kenntnisse anzuwenden. Die beiden hatten sich auf Anhieb verstanden, was Anja nicht sehr wunderte, waren sie doch beide selbstbewusst und forsch. Sie freute sich, dass sie auf diese Weise gleich einen Babysitter für Ida hatte, wenn Tobias sich keine Zeit für seine Schwester nehmen konnte, was bei seinem dicht gedrängten Programm aus Uni, Basketball und Musik durchaus möglich war.

Noch zwei Stunden, bis sie ihren Laden öffnen musste. Anja dachte darüber nach, wie sie diese Zeit am besten nutzen konnte. Sie hatte einige Tage nichts von Gerd Neubert gehört, ob sie ihn unangemeldet aufsuchen sollte? Unentschlossen stieg sie in ihr Auto. Die Tasche mit ihrer Kamera lag auf dem Beifahrersitz, als wollte sie ihr zurufen: »Ich bin auch mal wieder dran.« Dabei hatte sie in der ersten Januarwoche einige sehr brauchbare Bilder gemacht.

Langsam startete Anja ihr Fahrzeug. Ihr Blick fiel auf das Plakat für ein Konzert von David Garrett. Sofort sprangen ihre Gedanken zu Hanna. Sie lenkte den Wagen in Richtung Polizeipräsidium, entschied sich dann aber anders und fuhr gleich in die Stadt zu ihrem Parkplatz.

Sie musste endlich einmal in Ruhe alle Informationen sammeln, die sich ihr aufgedrängt hatten. Ihr kam es vor, als hätte sie einen riesigen Scherbenhaufen im Kopf, der eine Vase ergeben sollte. Sie fuhr durch die Schranke zu den Stellplätzen, parkte ihr Auto und stieg aus. Zögernd nahm sie die Kamera vom Beifahrersitz und hängte sie sich um. Statt zum Reisepavillon ging sie den kleinen Weg durch den Volkspark auf das Eiscafé zu, an dem Spielplatz vorbei in Richtung Friedrich-Ebert-Platz. Bei der neuen Gaslaterne, die die alte Leuchte ersetzt hatte, nachdem sie Opfer eines Müllwagens wurde, verharrte sie. Dort stand ein Mann mit einer Trompete in der Hand und einem blauen Campinghocker vor sich. Sie betrachtete den Musiker genauer. Das war nicht der Trompetenspieler, der sie in der letzten Woche mit seinen falschen Tönen genervt hatte. Ob die blaue Gruppe wieder in Hagen im Einsatz war? Sie ging rasch weiter zum Friedrich-Ebert-Platz. An der Ecke zur Kampstraße stockte sie. Da musizierte ihr Akkordeonspieler. Genau an jener Stelle, an der Hanna am letzten Tag ihres Lebens gestanden und Geige gespielt hatte. Er stellte gerade den Kasten des Akkordeons ab und war damit beschäftigt, einen Campinghocker aufzubauen.

»Guten Tag«, begrüßte Anja den Mann freundlich.

Er blickte von seinem Campinghocker auf und verzog die Mundwinkel leicht nach oben, was Anja als Lächeln deutete.

»Wieso spielen Sie nicht bei mir?«, erkundigte sie sich und sah, wie er sich rasch wieder über den Campinghocker beugte. Dabei drehte er den Kopf vorsichtig nach rechts und links, wie um sich zu vergewissern, dass ihn niemand beobachtete.

Anja schaute sich ebenfalls um. Am Ende der Kampstraße, die um diese frühe Zeit noch befahren werden durfte, stach ihr ein brauner Kleinbus ins Auge. Ob damit die Musiker abgesetzt wurden?

Als das Fahrzeug außer Sichtweite war, begrüßte der Mann sie leise mit einem gebrochenen: »Guten Tag. Danke für Schokolade.« Er erkannte sie also wieder.

»Wo waren Sie denn so lange?«, erkundigte sich Anja.

Der Mann zögerte, als müsste er die Frage erst in seine Muttersprache übersetzen. Dann antwortete er, dass er in einer anderen Stadt gespielt hatte.

»Wechseln Sie oft die Stadt?« Anja war nicht sicher, ob ihre Frage für ihn verständlich war. Sie suchte nach einfacheren Worten, wollte aber nicht wieder in diese alberne verkürzte Sprache verfallen.

Der Mann schien sie verstanden zu haben, er erklärte ihr, dass sie früher lange in der gleichen Stadt waren. »Immer hier. Immer Hagen«, betonte er und beschrieb das Zimmer, in dem er mit seinen Musikerkollegen lebte, außerhalb Hagens. In einem der Hochhäuser, wo die meisten sich um sich selbst kümmerten und sich nicht dafür interessierten, wer wie in den anderen Wohnungen lebte.

»Woher kommen Sie denn?«, erkundigte Anja sich. Im Internet hatte sie nur wenig über die Herkunft der Straßenmusiker im Allgemeinen gefunden und erst recht nichts über die aus Hagen. Das Thema fesselte sie ebenso wie das Verschwinden der kleinen Hanna. Sie plante eine Fotoreihe mit Straßenmusikern für einen Wettbewerb.

Das, was sie im Internet gefunden hatte, war interessant. Es gab viele Musiker, die aus Überzeugung auf der Straße spielten. Aber der Akkordeonspieler wirkte nicht so. Er spielte nicht schlecht, aber auch nicht überragend, und kam ihr beim Musizieren ein wenig unglücklich vor.

»Ich aus Bulgarien«, berichtete er und erzählte, dass er dort keine Arbeit als Ingenieur gefunden hatte.

Ein Ingenieur als Straßenmusiker. Anja konnte es kaum fassen. Das passte jedoch zu den Informationen, die Dorothee Herbst ihr aus Archiven, über die sie nicht sprach, beschafft hatte.

Ehe Anja fragen konnte, wie lange er in Deutschland war, tauchte neben ihr ein kleinerer Mann auf, der in einer fremden Sprache auf den Akkordeonspieler einredete. An seinen herrischen Bewegungen erkannte sie, dass er wütend war. Diese Gesten waren es, die ihr bekannt vorkamen. Als er sich an sie wandte und sie ebenfalls in der Fremdsprache beschimpfte, sah sie sich den Mann genauer an. Von der Größe her konnte das der Parka-Mann sein. Sie hatte ihn niemals richtig von vorn gesehen, immer nur Blicke erhascht und außerdem hatte er ständig den Hut getragen, der das halbe Gesicht verdeckte. Das Bild mit dem Hut, fiel ihr ein. Sie machte ein paar Schritte in Richtung des wasserlosen Matare-Brunnens, als hätte der Mann sie mit seinem Wortschwall verjagt. Hinter dem Brunnen packte sie ihre Kamera aus und bemerkte erfreut, dass das Teleobjektiv vom Vortag aufgeschraubt war, was ihr erlaubte, die Männer aus der Entfernung aufzunehmen. Der Mann gestikulierte weiter und redete auf den Akkordeonspieler ein, der hilflos mit den Schultern zuckte und immer weiter in sich zusammensackte.

Anja hätte ihre schicke Kaffeemaschine dafür hergegeben, um zu erfahren, worüber die Männer sprachen. Wenigstens wollte sie das Foto des Mannes mit ihrem Hut-Bild vergleichen. Sie löste ihre Kamera mehrmals aus, um Bilder von allen Seiten zu erhalten, und fotografierte auch den Akkordeonspieler, ehe sie um das Hagener Stadtfenster herumlief, damit sie dem Mann nicht erneut begegnete.

Am Ende der Hohenzollernstraße bog sie nicht zu ihrem Laden ab, sondern in die Richtung des Musikers. So konnte sie von der anderen Seite beobachten, ob der Parka-Mann weiterhin bei dem Akkordeonspieler stand. Neben dem Eingang zum Kaufhof bemerkte sie einen weiteren Straßenmusiker, einen Geiger. Das Tele erlaubte ihr, sein Gesicht so zu vergrößern, dass sie herausfinden konnte, ob er jener Geiger war, über den sich Frau Qualmann-Grünmantel stets ausgelassen hatte.

Da bin ich ja gespannt, ob die heute wieder bei uns reinschneit, dachte Anja gerade, als sich die Schirmmütze, gegen die der Parka-Mann seinen Hut ausgetauscht hatte, in ihr Blickfeld schob. Er bog von der Kampstraße in die Fußgängerzone ein und lief mit großen Schritten direkt auf den Geiger zu. Als er den Geiger erreichte, nahm er dessen Koffer und zog ihn mit sich in die Nebenstraße am Kaufhaus vorbei.

Anja folgte den beiden langsam bis zum Straßenende, wo der braune Kleinbus nun wieder parkte. Der Parka-Mann öffnete die Tür und schob den Geiger in den Innenraum. Er sah sich um, als wollte er prüfen, dass ihn niemand beobachtete. Anja konnte in letzter Sekunde im Eingang des Kaufhofs in Deckung gehen. Der Mann stieg auf den Fahrersitz und ließ den Motor an.

Geistesgegenwärtig richtete Anja ihre Kamera auf das Autokennzeichen. Irgendetwas Merkwürdiges geschah hier und sie würde herausfinden, was es war.

»Na, spielen Sie auch Miss Marple?«, erklang in dem Augenblick hinter ihr eine Stimme, die ihr schrecklich bekannt vorkam.

»Oh, Frau Qualmann«, sagte sie, froh, dass sie erst vor Kurzem an die Frau gedacht hatte und ihr Name noch präsent war.

»Sie haben doch das Autokennzeichen fotografiert, das habe ich genau gesehen«, verkündete die Frau, die ihren grünen Mantel gegen ein weinrotes Cape ausgetauscht hatte, das Anja für ebenso alt hielt wie die sonstige Garderobe. Ihre Bemerkung klang so, als hätte sie Anja beim Abschreiben erwischt, und Anja ärgerte sich, dass sie sich genauso fühlte. Dabei hatte sie nur ein Autokennzeichen fotografiert. Das war im Gegensatz zum Abschreiben von Hausaufgaben in Frau Qualmanns Revier nicht verboten.

»Sitzt da nicht dieser furchtbare Geigenspieler im Auto?«, fuhr Frau Qualmann mit ihrer Lehrerstimme fort, die Anja wieder an einen erhobenen Zeigefinger denken ließ. Sie hatte keine Lust auf ein Gespräch mit dieser Frau, die immer nur fragte, aber nie brauchbare Antworten lieferte, und verabschiedete sich hastig.

»Einen schönen Tag!«, rief sie, als sie wenige Schritte entfernt war. Sie hörte den Akkordeonspieler und wollte die Gelegenheit nutzen, ihn erneut anzusprechen, nachdem der Parka-Mann mit dem Geiger weggefahren war.

»Wer war der Mann?«, fragte sie den Musiker ganz direkt. Doch der spielte mit mehr Inbrunst als Talent das Lied: »Muss i denn, muss i denn zum Städtele hinaus«.

»Boss?« Auf diese Frage hin nickte der Mann und nun war Anja sich auch ohne den Fotovergleich sicher, dass sie gerade Bekanntschaft mit dem Fahrer des Kleinbusses und einer Art Chef dieser Gruppe gemacht hatte. Eine wenig erfreuliche Bekanntschaft, auf die sie hätte verzichten können. »Können Sie nicht wieder bei mir spielen?«, erkundigte sie sich. Die Chancen, dort mit ihm ins Gespräch zu kommen, waren deutlich größer als am entgegengesetzten Ende der Fußgängerzone, wo er jetzt sein Instrument ausgepackt hatte. Der Straßenmusiker antwortete nicht, sondern zog nur unschlüssig und ein wenig angstvoll die Schultern hoch.

KAPITEL 25

Haare dürfen das Gesicht nicht verdecken.

Anja war gerade damit beschäftigt, die Glastür zu polieren, als eine junge Frau in Tobias' Alter auftauchte.

»Sind Sie Frau Henke?«, fragte sie vorsichtig und wischte ihren blonden Pony, der unter der Mütze hervorlugte, zur Seite. »Ich bin Janine«, stellte sie sich vor.

Anja ließ das Fensterleder sinken und hob die Flasche mit dem Reinigungsmittel auf. »Kommen Sie doch herein«, bat sie und ging voraus. »Ich bringe die Sachen hier weg«, entschuldigte sie sich und fragte, als sie schon auf der Wendeltreppe war: »Möchten Sie einen Kaffee?«

Janine schüttelte den Kopf, besann sich aber und rief über das Geländer: »Nein, danke.«

Anja, die den letzten Treppenabsatz erreicht hatte, lachte. Da hatte Hannas Vater gute Arbeit geleistet. Er wäre sicher stolz auf das gute Benehmen seiner ältesten Tochter. Sie war gespannt, was Janine über ihn erzählen würde.

Mit einem Tablett, auf dem eine Kaffeetasse, eine Flasche Wasser, die Hieronymus Doll sicher missbilligend betrachtet hätte, und zwei Gläser standen, balancierte sie die Treppe hinauf.

»Setzen Sie sich doch«, forderte sie Janine auf und fragte sich im gleichen Moment, ob sie diesem Verlag einen zweiten Sitzwürfel abschwatzen konnte. Das »Mord & Ortschlag« schien sich zu einer Quatschbude zu entwickeln, wie Ida und Tobias vorausgesagt hatten.

Anja schob einen der Bücherstapel, der immer irgendwo auf dem Boden lag, vor den Sitzwürfel und stellte das Tablett darauf ab. Dann holte sie für sich einen weiteren Bücherstapel und war froh, dass sie nicht Porzellanfiguren oder Wein verkaufte. Bücher konnte man vielseitig verwenden, sogar als Sitzmöbel.

»Das ist aber schön, dass Sie vorbeikommen«, begann Anja nach einem kurzen Schweigen das Gespräch. Am meisten interessierte sie das Verhältnis von Janine zu Hanna und ihrem Vater. Sie wagte einen kleinen Vorstoß. »Ihrem Vater würde es vermutlich nicht gefallen, dass ich Ihnen die Wasserflasche präsentiere.«

Janine zog ihre Mütze vom Kopf und lachte. »Oh ja, gutes Benehmen ist echt alles für ihn.« Dann schüttelte sie den Kopf. »Sie müssen sich vorstellen, er hat extra ein kleines Büchlein mit den wichtigsten Benimmregeln für mich geschrieben. Das habe ich immer noch.« Ihre zuvor so heiteren Züge verdunkelten sich bei dem letzten Satz. »Das ist das einzige Persönliche, das ich von ihm besitze. Er meldet sich höchstens mal per E-Mail, wenn ihm nicht in den Kram passt, was ich tue, und wenn ihm etwas zu Ohren gekommen ist.«

»Aber wieso hat er den Kontakt zu Ihnen abgebrochen?« Diese Frage beschäftigte Anja auch als Mutter. Sie konnte sich nicht vorstellen, dass jemand freiwillig die Beziehung zu seinem Kind abbrach. Tobias hatte zwar ebenfalls keinen Kontakt zu seinem Vater. Das lag aber daran, dass ihr Exmann mit seiner neuen Familie nach Australien ausgewandert war, als Tobias drei Jahre alt war. Doch darüber wollte sie jetzt nicht nachdenken, sondern die Chance nutzen, mehr über Hannas Vater zu erfahren. Für die Polizei war er weiterhin der Hauptverdächtige, trotz seiner ständigen Drohung mit einer Dienstaufsichtsbeschwerde. Das wusste Anja von Dorothee Herbst, die ihr gelegentlich halb öffentliche Informationen aus dem Polizeiapparat zukommen ließ. Unter Androhung strengster Strafen, wenn sie auch nur ein Sterbenswörtchen davon verriet, was dazu führte, dass sie das eine oder andere Geheimnis vor Oliver hatte.

»Mein Vater ist komisch.« Janine rückte auf dem Sitzwürfel hin und her, als müsste sie eine bequeme Position finden, um die Geschichte loszuwerden. »Das hat sogar meine Oma, seine Mutter, gesagt. Er will unbedingt eine wichtige Person werden. Schon als Kind hat er VIP gespielt und sich selbst interviewt und Artikel über sich geschrieben.« Sie sah Anja an. »Das müssen Sie sich vorstellen, er hat nicht Artikel über sich als Junge geschrieben, sondern darüber, wie er als Bundeskanzler oder Minister befragt wird.«

Das fand Anja, die von ihren Kindern allerlei gewöhnt war, ziemlich abseitig und das ließ erahnen, wie wichtig ihm ein guter Ruf war. Dazu passten weder die eigentlich nebensächliche Bemerkung über seine Tischmanieren noch der Presserummel um seine verschwundene Tochter.

»Immerhin hat er Hannas Tod nicht für sich ausgeschlachtet«, sprach Janine bitter das aus, was Anja gerade durch den Kopf ging. Es gab Menschen, die eine solche Publicity für sich genutzt hätten.

»Was ich nicht verstehe: Warum hat er den Kontakt zu Ihnen nicht gepflegt? Ich habe selbst einen Sohn in Ihrem Alter und eine sechsjährige Tochter und finde es herrlich, dass ich den Babysitter in der Familie habe.« Anja sah, wie Janines Gesicht sich weiter verfinsterte.

»Ich wollte immer eine kleine Schwester«, erklärte sie. »Meine Mutter ist nach der Trennung von meinem Vater keine neue Beziehung eingegangen.« Ein Lächeln schob sich durch die trüben Gesichtszüge. »Mit zwölf oder dreizehn habe ich sogar Männer im Internet für sie gesucht in der Hoffnung, dass sie sich verliebt und ich eine Schwester bekomme.« Das Lächeln verschwand. »Zu der Zeit hatte ich bereits eine Schwester, von der ich nichts wusste. Obwohl wir in Nachbarstädten leben.«

Anja erinnerte sich, dass sie gelesen hatte, dass Janine in Schwerte wohnte. Das war nicht weit entfernt. Die wenigen Kilometer hätten es erlaubt, den Kontakt zu pflegen.

»Ich wusste natürlich, wer mein Vater ist. Schließlich hat er, bis ich acht oder neun war, bei uns in Schwerte gelebt. Dann hat er mir erklärt, dass er jetzt eine Fortsetzung seines Lebensbuches lebt und ich in der Fortsetzung nicht mehr vorkomme.«

Anja sah die junge Frau fassungslos an. So etwas sagte ein Vater doch nicht zu seinem Kind. Fast hoffte sie, dass die Polizei ihn als Täter überführen konnte und er für den Rest seines Lebens ins Gefängnis kam. Womöglich gründete er sonst eine neue Familie.

Janine nahm die Wasserflasche und goss ihr Glas voll. Anja schien es, als wollte sie sich damit beruhigen.

»Ich habe lange gedacht, ich käme dann eben in der übernächsten Folge wieder vor.« Janine lachte bitter. »Meine Mutter hat mir diese Hoffnung gegeben, weil ich zunächst am Boden zerstört war. Aber ich spiele keine Rolle mehr für ihn. Als ich anfing, Psychologie zu studieren, habe ich mich auf die Suche nach meinen Wurzeln gemacht. Da habe ich mitbekommen, dass er eine neue Familie hat und ich eine kleine Schwester habe.«

Anja wusste nicht, was sie sagen sollte. Solche Geschichten las man sonst nur in Büchern, aber hier wurde klar, dass alle Geschichten eben auch wahr werden konnten.

»Über Facebook ist es leicht, jemanden ausfindig zu machen.«

Anja bemerkte ein trotziges Grinsen auf Janines Gesicht und freute sich mit ihr, dass sie ihrem Vater mit der heutigen Technik ein Schnippchen geschlagen hatte. »Zumindest, wenn man jemanden unter 30 sucht«, schränkte sie Janines Feststellung ein und erinnerte sich an ihre Schulfreunde, nach denen sie vergebens bei Facebook gefahndet hatte. »Spielen Sie eigentlich auch ein Instrument?« Die Frage, die Anja gerade durch den Kopf ging, passte zwar nicht zum bisherigen Gespräch, aber sie hatte sie ausgesprochen, ehe sie darüber nachgedacht hatte.

Janine lachte laut. »Ein bisschen Gitarre für den Hausgebrauch, aber mehr nicht. Als ich klein war, hatte mein Vater diesen Musiktick nicht. Der kam erst später.« Sie lachte nun richtig laut. »Er ist so unglaublich. Ich überlege, meine Masterarbeit über ihn zu schreiben. Er hat ja selbst ein paar Stunden Geigenunterricht gehabt.«

Ein paar Stunden? Anja war überrascht. Sie war nach den Schilderungen des Geigenlehrers davon ausgegangen, dass Hannas Vater lange und gut Geige spielte. Als sie das einwarf, schnaubte Janine. »Ja, das stellt er gerne so dar, dass er eigentlich ein brillanter Geiger ist und leider nach einer Handverletzung nicht mehr spielen kann. Aber ich weiß von meiner Oma, dass er völlig unmusikalisch ist.«

Davon hatte Hieronymus Doll nichts gesagt. Anja sah das als Bestätigung dafür, dass er mit Hannas Tod nichts zu tun hatte. Sonst hätte er das Thema gut nutzen können, um den Vater weiter in Misskredit zu bringen.

»Als er bei uns lebte, war ihm das auch egal. Aber dann war er auf einer Geburtstagsfeier. Da hat der Gastgeber einen der Gäste, einen anderen Professor, gebeten, doch ein bisschen auf dem Klavier zu spielen.«

Anja fragte sich gerade, woher Janine das alles wusste, da berichtete die junge Frau, dass Hanna ihr das erzählt habe, weil sie ihren Vater oft zu Festen begleiten musste. Irgendwann schlug ihr Vater dann vor, dass sie ein kleines Konzert geben könnte.

»Dafür hat er auch ordentlich Kohle kassiert«, schimpfte Janine. »Das müssen Sie sich vorstellen, schleppt eine Zehnjährige auf so ein Event für Erwachsene und greift mal eben einen Violetten ab.«

Zuerst wusste Anja nicht, was Hannas große Schwester damit meinte, dann fiel der Groschen und sie schnappte nach Luft. »Sie meinen, der hat für einen solchen Auftritt 500 Euro kassiert?«

Janine nickte. »Weil das Professorentöchterchen in dem hübschen Kleidchen doch so viel hermacht auf den Partys der anderen Professoren.«

Anja bekam eine Gänsehaut. Auf welche Ideen Menschen kamen und was sich andere gefallen ließen. Tobias hätte das in Hannas Alter genau einmal mitgemacht und ihr dann erklärt, dass er auf solche Aktionen keinen

Bock hätte, und Idas Kommentar konnte sie sich lebhaft vorstellen: »Mama, du solltest doch wissen, dass solche Veranstaltungen nichts für Kinder sind.«

»Unglaublich.« Mehr konnte Anja dazu nicht sagen.

Brauchte sie auch nicht, denn Janine sprach weiter und erklärte ihr, wie sie sich mit Hanna getroffen hatte.

»Wir haben uns gleich gut verstanden.« Ein Strahlen ging über ihr Gesicht, als sie von der ersten Begegnung erzählte. Sie fand in der Bücherei auf der Springe statt, weil ihr Vater Hanna selten allein aus dem Haus ließ.

»Die Arme musste ständig lernen und üben, üben und lernen. Sie durfte nur zur Schule, zum Nachhilfeunterricht und zum Geigenunterricht aus dem Haus. Und in die Bücherei, wenn sie vorher erklärte, welche Bücher sie dort ausleihen wollte.«

Anja zog ihre Jacke enger um sich. Sie fragte sich, wieso Hannas Mutter nicht stärker eingeschritten war. Immerhin gehörte ihr das Haus, in dem die Familie lebte. Aber vermutlich ging er mit ihr ähnlich um.

»Hannas Mutter war krank, sie hatte vor zwei oder drei Jahren eine Fehlgeburt und hat sich davon nie so richtig erholt«, beantwortete Janine Anjas nicht ausgesprochene Frage.

Die arme Frau. Anja nahm sich fest vor, einen weiteren Versuch zu starten, sie in der Klinik zu besuchen.

»Glauben Sie, dass Ihr Vater Hanna etwas angetan hat?« Diese Frage musste Anja loswerden, ehe die Kunden, die durch das Fenster schauten, in den Laden kamen.

Janine bewegte ihren Kopf bedächtig hin und her. »Ich weiß es nicht. Ich hoffe es nicht. Auch wenn er mit mir nichts zu tun haben will, ist die Vorstellung, dass der eigene Vater der Mörder der Schwester ist, doch furchtbar. Außerdem war sie für ihn viel nützlicher, solange sie lebte.« Sie stockte kurz, als der »Kriminaltango« Anjas Vermutung bestätigte. Die beiden Frauen, die sich die Bücher in der Auslage angesehen hatten, betraten den Laden und kicherten über die Begrüßungsmelodie.

»Ich glaube, seit Hanna mich kannte, ist sie aufmüpfig geworden und hat manchmal gewagt, ihm zu widersprechen«, sagte Janine und stand auf, um den Kundinnen Platz zu machen.

Die Klagen ihrer Freundinnen über freche Töchter und scheincoole Söhne, die plötzlich nicht mehr das machten, was die Eltern von ihnen erwarteten und ihre Eltern auf der Straße nicht einmal mehr grüßten, kamen Anja in den Sinn. Aber würden Eltern deshalb ihr Kind töten?

KAPITEL 26

Die Füße dürfen nicht weiter auseinanderstehen als die Schultern!

»Sag mal, Oliver, was weißt du über Straßenmusiker?« Anja saß mit ihrem Mann auf der Couch, Ida schlief tief und fest, Tobias war in Bochum und sie hatten Zeit, sich über ihre Tageserlebnisse auszutauschen.

Verwundert sah Oliver seine Frau an. »Dass sie auf der Straße Musik machen. Was sonst?« Er kniff die Augen zusammen. »Warte mal. Wir hatten da einen Förderantrag. In Baden-Württemberg gibt es ein Straßenmusikfestival und das wollte jemand ins Ruhrgebiet holen.«

»Ehrlich?« Anja war sich sicher, dass ihr das Festival bei ihrer Recherche nach Straßenmusikern nicht begegnet war. Aber vielleicht hatte sie einfach falsch gesucht. Sie griff nach ihrem Laptop. »Das muss ich mir angucken, dann gibt es doch sicher auch ein Verzeichnis von Straßenmusikern, oder?«

»Du fragst Sachen«, antwortete Oliver und fügte grinsend hinzu: »Damit ist wenigstens klar, woher Ida ihren Fragetick hat.«

Anja lachte, ließ sich aber nicht davon abbringen, im Internet noch einmal nach Straßenmusik zu recherchieren.

»Guck mal hier.« Anja schob ihr Notebook halb auf Olivers Schoß, damit er mitlesen konnte, ob er wollte oder nicht. »Da wird tatsächlich unterschieden zwischen Straßenmusikern und Straßenmusikanten. Sachen gibt's. Also dieser Trompeter, den ich letztens gehört habe, das war sicher ein Straßenmusikant und mein Akkordeonspieler auch.« Sie klickte sich weiter durch die Informationen über Straßenmusik. »Also, meine Campinghocker-Fraktion gehört auf jeden Fall zu den Straßenmusikanten«, entschied sie schließlich. »Komisch ist, dass nirgendwo davon die Rede ist, dass es solche Teams gibt, die in die Städte gekarrt werden.«

»Wie meinst du das?« Oliver sah Anja überrascht an.

»Mir ist aufgefallen, dass einige Straßenmusiker«, sie stockte kurz, »Straßenmusikanten, muss ich ja wohl sagen, mit den gleichen Campinghockern unterwegs sind. Das habe ich doch erzählt.«

»Nein, das höre ich jetzt zum ersten Mal«, widersprach Oliver.

»Ich war doch extra deswegen mit Dorothee in ein paar Ruhrgebietsstädten.« Anja konnte nicht glauben, dass sie nicht davon gesprochen hatte. Als sie allerdings genauer darüber nachdachte, kamen ihr die Fotosessions und der Stress zwischen den Jahren in der Buchhandlung in den Sinn, die Inventur und der Besuch in Oldenburg bei ihren Eltern, die sie in die letzte Ferienwoche gequetscht hatten, während Britta das »Mord & Ortschlag« gehütet hatte. »Das habe ich total vergessen«, murmelte sie und sah Oliver zerknirscht an.

»Es war aber auch so viel los. Mir war aufgefallen, dass es verschiedene Gruppen gibt, so etwas wie Teams. Sie unterscheiden sich durch die Farbe der Campinghocker, manche stellen grüne Campinghocker, andere blaue oder rote auf. Alle sammeln ihr Geld darauf und fast alle spielen so schlecht, dass sie ganz sicher keine Chance hätten, bei einem Festival aufzutreten.« Sie überflog die Internetseite, die sie gerade aufgerufen hatte. »Ehrlich gesagt, glaube ich auch kaum, dass einer von denen eine eigene Internetseite hat.« Sie versuchte, sich an den Namen zu erinnern, mit dem dieser Parka-Typ den Akkordeonspieler gerufen hatte. Irgendetwas mit »P«.

Versuchsweise gab Anja »P« und »Straßenmusik« in die Suchmaschine ein. Wie erwartet bekam sie kein brauchbares Suchergebnis. Sie nahm sich vor, am nächsten Tag ihren Akkordeonspieler direkt anzusprechen, und hoffte, dass dieser Wachhund mit der Schirmmütze, der eine Mischung aus Fahrer und Chef war, sie nicht davon abhielt.

»Komm, lass uns ins Bett gehen«, schlug Oliver vor und bemühte sich kaum, sein Gähnen hinter der vorgehaltenen Hand zu verstecken.

Anja nickte. »Einen Moment.« Sie klickte rasch auf die Seite www.woisthanna.de, auf der sie keine neuen Nachrichten fand. »Bin sofort so weit«, vertröstete sie ihren Mann und rief ihren Facebook-Account auf. Sie hatte zehn Benachrichtigungen, Kommentare zu ihren Beiträgen und eine Mitteilung von einer Frau, deren

Namen sie bisher nicht gehört hatte. »Sylvana Rabachel.« Das klang wie ein Künstlername.

Neugierig rief sie sie auf. »Liebe Frau Henke«, las sie zunächst leise und dann laut, damit Oliver mitbekam, was sie entdeckt hatte. »Ich komme gerade aus Ibbenbüren, wo ich bis zum Wochenende an einem Glühweinstand bei ›Ibbenbüren on Ice‹ gearbeitet habe. Deshalb konnte ich mich nicht eher melden. Bis Ende November habe ich auf dem Hagener Weihnachtsmarkt gearbeitet und auch das Mädchen gesehen, das Sie suchen.«

Anja prüfte, ob auf der Seite tatsächlich noch immer der Suchhinweis stand. Wieso hatten Tobias und sie nicht daran gedacht, das zu ändern? Die Frau wusste womöglich gar nicht, dass Hanna tot war.

»Ich habe das Mädchen am 24. November gesehen, da habe ich Geburtstag und meine Freunde haben mich am Stand besucht, deshalb kann ich mich erinnern. Ich habe der Kleinen manchmal eine Schokobanane geschenkt, wenn es so aussah, als könnte ich die ohnehin nicht mehr verkaufen.«

»Das gibt's doch nicht«, sagte Oliver. »Ich verstehe einfach nicht, wieso an manchen Leuten völlig vorbeiläuft, was in der Welt passiert. Es gab doch ständig Aufrufe, sich zu melden. Wieso hat die Frau nicht eher Kontakt zur Polizei oder zu euch aufgenommen?«

Als könnte Anja ihm die Frage beantworten. »In den letzten Tagen vor Weihnachten habe ich auch manches nicht mitbekommen«, versuchte sie die Frau in Schutz zu nehmen. »Wenn ich nach Hause kam, waren die frühen Nachrichtensendungen bereits vorbei und bis zu den späten habe ich oft nicht durchgehalten.«

»Mmh«, stimmte Oliver ihr zu. »Du hast recht, ich habe die Zeitung manchmal auch nur überflogen und die Nachricht wurde nicht täglich gebracht, sondern immer mal wieder. Wenn man genau an dem Tag weder Radio gehört noch die Zeitung gelesen hat, konnte es passieren, dass man nichts mitgekriegt hat.«

Anja kopierte die Mitteilung in eine E-Mail und schickte sie an Gerd Neubert. Wenn diese Information ihn nicht voranbrachte, was dann?

KAPITEL 27

Die Schrift auf der Kleidung darf keine Hinweise auf Einstellungen oder Weltanschauungen geben.

»›Mord und Ortschlag‹, Ihre Krimibuchhandlung in Hagen«, meldete Anja sich, nachdem sie das tragbare Telefon endlich im Lagerkeller zwischen den Neuerscheinungen gefunden hatte. Dann sagte sie nichts mehr, sondern hörte nur gebannt zu.

»Wir haben den Geigenkasten gefunden«, berichtete

Gerd Neubert. »In den Anlagen vom ›AllerWeltHaus‹ gegenüber vom Rathaus.«

Anja konnte das nicht glauben. Der Park war so klein, dass nicht einmal ihre Tochter Ida auf die Idee kam, dort Verstecken zu spielen. Wo sollte jemand dort einen Geigenkasten verstecken?

»Er befand sich hinter den Schilfbüschen ganz hinten in der Ecke. Wenn sich der Hund eines Passanten nicht dorthin verlaufen hätte, nachdem der Schnee weggetaut war, hätten wir den kaum gefunden«, erklärte Gerd Neubert, während Anja auf ihrem Computer nach einem Bild des Parks suchte, um den Fundort vor Augen zu haben.

»Das ist der Dr.-Ferdinand-David-Park, oder?«, vergewisserte sie sich und dankte sich selbst im Stillen dafür, dass sie jedes Bild ordentlich beschriftete. Auch auf dem Computer. In Fotoalben hatte man das schließlich früher ebenso gemacht. Sie konnte nicht verstehen, dass manche Menschen ihre digitalen Bilder einfach in einen großen Dateiordner schoben und sich dann wunderten, dass sie nichts wiederfanden.

Sie verfügte tatsächlich über mehrere Bilder des Parks. Auf einem waren Grabtafeln zu sehen, die von Schilf eingerahmt waren.

»Meinen Sie diese Ecke mit den Grabtafeln?«, hakte Anja nach.

»Genau, dort war alles vom Schnee bedeckt, deshalb konnten wir den Geigenkasten nicht finden.«

Anja hörte, wie jemand den Namen des Kommissars rief. »Ich muss los«, sagte er kurz. »Eine Konferenz, und da Sie es ohnehin morgen in der Zeitung lesen können: Der Geigenkasten war leer.«

Das war eine ganz neue Entwicklung. Anja hielt den Hörer eine Weile in der Hand, nachdem der Kommissar aufgelegt hatte. Der Verdacht von Hannas Freundinnen hatte sie und, wenn sie das richtig verstanden hatte, auch die Polizei vermuten lassen, dass es der Mörder auf das Mädchen abgesehen hatte. In den Wochen, in denen Hanna verschwunden war, hatte sich dieser Gedanke anscheinend bei allen verfestigt. Konnte es sein, das nicht das Mädchen, sondern die Geige der Grund war, warum Hanna sterben musste?

Anja versuchte sich zu erinnern, was sie über die Geige erfahren hatte. Sie hatte immer nur halb zugehört, wenn von ihr die Rede war. Jemand hatte davon gesprochen, dass Hanna die Geige geerbt hatte. Hieronymus Doll musste das wissen. Die Eltern natürlich auch, aber den Vater mochte sie nicht fragen und die Mutter war seit Wochen in der Klinik und wurde vom Klinikpersonal abgeschottet, als wäre sie eine Prominente während einer Entziehungskur. Anja hatte sie in den letzten beiden Tagen besuchen wollen, aber jeder Versuch war erfolglos verlaufen, sodass sie es schließlich aufgegeben hatte.

Sie suchte in ihrem Adressverzeichnis nach der Telefonnummer von Hieronymus Doll. Wie gut, dass er ihr seine Nummer förmlich aufgedrängt hatte, damit sie ihn anrufen konnte, wenn sie etwas über Hanna erfahren hatte.

»Doll!«, erklang wenig später die brüchige Stimme des alten Mannes an Anjas Ohr. Sie lachte und war froh, dass sie kein Bildtelefon besaß. Der alte Geigenlehrer rief in das Telefon wie ihre Oma, die ohne Telefon aufgewachsen war und sich nie vorstellen konnte, dass eine Stimme einfach so übertragen wurde.

»Anja Henke. Guten Tag, Herr Doll«, begrüßte Anja den alten Mann und sprach langsam, damit ihm auch wirklich klar wurde, mit wem er es zu tun hatte. Um jedes Missverständnis zu vermeiden, schob sie ein: »Ich rufe wegen Hanna Becker an, Ihrer verstorbenen Schülerin.« Doch sie hatte den Geigenlehrer unterschätzt.

»Sie sind doch die Mutter der kleinen Ida«, entgegnete er und versetzte Anja in Staunen. Sie war bisher nicht mit ihrer Tochter bei ihm gewesen. Es war immer etwas dazwischengekommen und dennoch wusste er Idas Namen. Da würde er sich sicher auch an Hannas Geige erinnern.

»Natürlich weiß ich, welche Geige Hanna hatte. Eine ›Gagliano‹.« Er stockte kurz.

Anja kam es vor, als wollte er, dass sie die Bedeutung des Namens auf sich wirken ließ. Doch ihr sagte »Gagliano« nichts, was der Geigenlehrer ihr durchs Telefon anzumerken schien.

Hieronymus Doll holte zu einem kleinen Vortrag über die »Gagliano-Schule« aus, einer Geigenbauerdynastie aus dem Neapel des 18. und 19. Jahrhunderts. »Ich habe Hanna und ihre Eltern immer wieder darauf hingewiesen, dass es gefährlich ist, wenn ein Mädchen mit einer so teuren Geige allein unterwegs ist.« Er stockte. »Ist sie wegen der Geige umgebracht worden?«

»Was ist die Geige denn wert?«, fragte Anja statt einer Antwort und holte tief Luft, als er ihr erklärte, dass eine solche Geige bei einer Auktion sicher nicht unter 10.000 Euro aufgerufen wurde. Das hieß, sie konnte auch viel mehr wert sein.

»Die Geige ist verschwunden«, sagte Anja gedehnt und hörte, wie nun Hieronymus Doll nach Luft rang.

»Hätten sie nur auf mich gehört. Der Vater hat immer gesagt, dass es nicht gut ist, wenn seine Tochter auf einer billigen Geige übt, weil ihr Gehör dadurch leidet. Ich habe das etwas anders gesehen, aber darüber kann man sich wirklich streiten. Ihre Mutter meinte, hier in Hagen würde sicher niemand den Wert des Instruments erkennen.«

Anja dachte an ihre eigene Unkenntnis und gab der Mutter in Gedanken recht. Es musste jemand wissen, dass die Geige so wertvoll war.

»Wer hatte denn eine Ahnung davon, dass Hanna eine so teure Geige besaß?«

Hieronymus Doll schwieg eine Weile, ehe er antwortete. »Ich glaube nicht, dass sie jemandem davon erzählt hat. Ich wusste es natürlich und sicher auch der Leiter des Orchesters, in dem sie gespielt hat. Mit wem ihre Eltern darüber gesprochen haben, kann ich natürlich nicht sagen.«

Eben. Womöglich hatte der Vater jede Gelegenheit genutzt, wenn seine Tochter ihn hatte begleiten müssen, um dezent auf das wertvolle Instrument zu verweisen. Das, wie Hieronymus Doll Anja bestätigte, aus dem Besitz der Familie von Hannas Mutter stammte.

»Geigen-Experten erkennen das Instrument natürlich sofort«, gab der Hieronymus Doll zu bedenken. »Wenn jemand, der sich mit Geigen auskennt, Hanna auf dem Weihnachtsmarkt gehört und die Geige gesehen hat, wusste er gleich, welchen Schatz sie in den Händen hielt.«

Und diese Wahrscheinlichkeit war groß und würde auch erklären, wieso Hanna ausgerechnet während des Weihnachtsmarktes verschwunden war. In der Adventszeit kamen viele Menschen aus dem Umkreis nach Hagen, schon um das Riesenrad zu bestaunen. Da könnte der eine oder andere Fan alter Geigen darunter gewesen sein.

»Was würde ein Täter denn mit der Geige machen?« Anja war froh, dass sie sich mit einem Experten austauschen konnte. Mit alten Büchern kannte sie sich aus, aber nicht mit alten Instrumenten. Sie würde auch niemals so viel Geld für ein Musikinstrument ausgeben.

»Das kommt auf den Täter an«, antwortete Hieronymus Doll. »Ein echter Geigenliebhaber wird sie selbst nutzen. Solch eine Violine spielt sich völlig anders als eine dieser heutigen Geigen, die man für ein paar Euro im Internet bestellen kann.«

Anja grinste. Die Verachtung des alten Mannes für die modernen Geigen, die es im Versandhaus oder im Supermarkt gab, war deutlich zu spüren.

»Aber so jemand würde sicher kein Mädchen töten, um an die Geige zu gelangen«, schränkte Hieronymus Doll seine erste Idee ein. »Nicht ein Geiger. Ein Schlagzeuger vielleicht.«

Nun musste Anja doch lachen. Sie war froh, dass sie dem Geigenlehrer nicht gegenübersaß. Sicher hätte sie etwas Spucke abbekommen, so wie er das Wort »Schlagzeug« ausgesprochen hatte. Geradezu angeekelt.

»Bestimmt hat einer dieser windigen Instrumentenhändler, die heute Geigen über das Internet verkaufen, Hanna umgebracht.« Hieronymus Doll klang ernstlich aufgebracht und erklärte Anja, warum er sich über diese Internetverkäufe so ärgerte. »Eine Geige muss man spielen, damit man weiß, ob sie zu einem passt. Die kann man nicht einfach wie ein Paar Schuhe bestellen.«

Anja sorgte sich, weil der alte Mann immer lauter wurde, und versuchte, ihn zu besänftigen. Doch anscheinend hatte sie ein Thema getroffen, über das er sich nicht zum ersten Mal aufregte. Er ließ sich nicht stoppen. Immerhin konnte sie seinem Monolog entnehmen, auf welchen Seiten sich die Geigenhändler im Internet tummelten. Sie suchte parallel die Portale und klickte sich durch die Geigen, die dort angeboten wurden.

»Puh, da gibt es aber viele ›Gagliano‹-Geigen«, unterbrach sie Hieronymus Doll schließlich.

Er horchte auf. »Haben Sie sie gefunden? Dann muss die Polizei doch nur noch den Händler verhaften.«

Ganz so zuversichtlich wie der Geigenlehrer war Anja nicht angesichts der langen Liste von ›Gagliano‹-Geigen, die ihre erste Suche ergeben hatte.

Auch den Mann verließ die Zuversicht, als ihm einfiel: »Ach, das sind doch zum Teil Fälschungen. Ich habe das kürzlich in einer Zeitschrift gelesen, dass wieder einige Fälschungen im Umlauf sind. Früher wurden nur ›Stradivaris‹ gefälscht, aber in der letzten Zeit auch ›Gaglianos‹.«

»Die Polizei weiß sicher mehr«, tröstete Anja ihn, doch so schnell wollte sie nicht aufgeben. »Wie sah Hannas Geige aus?« Sie ärgerte sich, dass Hanna auf keinem ihrer Weihnachtsmarktbilder zu sehen war.

»Die Geige kommt aus Neapel, auf dem Etikett steht 1777.« Er lachte leise, wurde aber sofort wieder ernst. »Die Zahl kann man sich gut merken, außerdem ist meine Geige von Collin-Mézin père aus dem Jahr 1877.« Er seufzte. »Auch eine gute Geige. Längst nicht so wertvoll wie Hannas, aber für mich waren die 10.000 Mark, die ich damals dafür bezahlt habe, viel Geld.«

Anja ging es nicht anders, was sollte sie darauf sagen. Da las sie ihm lieber die Beschreibung der ersten »Gagliano«-Geige aus dem Internet vor. »Rosé-goldener Lack«, sagte sie.

»Hannas Geige war eher braun-golden«, erklärte Hieronymus Doll, und Anja fragte sich, wie man diese Farben unterscheiden konnte. »Das Besondere aber war, dass der Grund gelb-grün war«, fuhr der Geigenlehrer fort. »Das ist eher selten. Die meisten Geigen bleiben in

Brauntönen.« Er seufzte tief. »Ein Experte konnte die Geige daran sofort erkennen.«

Anja notierte sich die Hinweise über die Geige. Vielleicht konnte sie der Polizei einen Tipp geben, wenn sie wirklich den Verkäufer der Geige fand. Tobias musste ihr helfen, er war ein Meister der Recherche und fand wirklich alles. Sie versuchte, von ihm zu lernen, und hatte ihm bereits einige Tricks abgeschaut, aber so ganz verstand sie nicht, wie er es schaffte, mehr Suchergebnisse zu erzielen als sie. Immerhin verdiente er sich seit einem halben Jahr sogar ein gutes Taschengeld damit, indem er für einen Markenanwalt aufspürte, ob markenrelevante Begriffe irgendwo bereits genutzt wurden, und die Gefahr bestand, dass eine Marke beim Marken-Amt abgelehnt würde.

KAPITEL 28

Nähert sich ein Hund, so heißt es, ruhig stehen zu bleiben und keinesfalls nach dem Hund zu treten.

»Ich habe die Geige für dich und Gerd checken lassen.« Dorothee Herbst saß in dem bequemen Knautschsessel, den Anja gekauft hatte, als Ida noch klein gewesen war.

Statt einer Wippe. Nach dem Stillen hatte sie Ida in den Sessel gelegt und ihn so zurechtgeknautscht, dass ihre Tochter nicht herunterfallen konnte.

Der Vorschlag kam vom damals 15-jährigen Tobias, der es blöd fand, dass seine kleine Schwester allein in ihrem Zimmer schlafen sollte, während sie sich im Wohnzimmer vergnügten. Er war sogar damit einverstanden, dass der Fernseher dafür in Anjas und Olivers Schlafzimmer verbannt wurde, damit niemand versehentlich im Beisein des Babys fernsah.

Seitdem stand der Knautschsessel im Wohnzimmer, und ausgerechnet Anjas Freundin Dorothee mit ihren hohen Schuhen und den Korkenzieherabsätzen ließ sich dort bei jedem Besuch nieder. Sie benötigte zwar Hilfe, um wieder aufzustehen, doch das hinderte sie nicht daran, sich beim nächsten Aufenthalt wieder in den Sessel zu werfen.

»Nirgends wird eine ›Gagliano‹ von 1777 angeboten«, berichtete sie und sah Anja dabei an, als warte sie auf eine Frage.

Anja kannte ihre Freundin gut genug, um zu wissen, dass das nur die halbe Antwort war. Das war ihre Masche, ein Informationsbröckchen hinwerfen und dann die Unschuld vom Lande spielen. Gelegentlich ließ Anja Dorothee auflaufen, doch dieses Mal war sie so neugierig, dass sie mit zusammengekniffenen Augen zischte: »Nun sag schon!«

Dorothee grinste und schüttelte sich den Sessel zurecht. »Wir haben drei ›Gaglianos‹ in einem Online-

Auktionshaus gefunden.« Sie tat, als müsste sie dringend den Fall ihres Seidenschals richten, ehe sie weitersprach. »Eine wird von einer Frau angeboten, albern, sie heißt Sofia Auction und hat als Wohnort Sofia angegeben. Meine Kollegen meinen, so doof kann niemand sein. Interessanter ist der Verkäufer der anderen Geigen, er heißt Paul und hat als Ort für die Abholung Düsseldorf angegeben. Dann gibt es da eine weitere Frau, die Laurena Jana heißt.«

Düsseldorf klang verlockend und lag innerhalb eines 100-Kilometer-Umkreises von Hagen. Viele Unternehmenssitze befanden sich in der Landeshauptstadt. Warum nicht auch ein Hehler oder ein Hehlerring?

»Hat dein Kollege etwas herausgefunden?« Anja wäre am liebsten sofort nach Düsseldorf gefahren, aber das schien ihr dann doch etwas zu viel Aufwand, zumal sie nicht einmal die Adresse des Verkäufers hatte.

»Dieser Akkordeonspieler ist so süß«, schwärmte Dorothee und wechselte abrupt das Thema, als sie mit ihrem Weinglas und der obligatorischen Schale Chips in ihrem Knautschsessel saß.

Anja wunderte sich, weil Dorothee nicht erzählt hatte, dass sie bei einem Konzert gewesen war. Erst als ihre Freundin den Mann haarklein beschrieb, begriff sie, dass sie von dem Straßenmusiker sprach.

»Äh, hallo, du scheinst ja wohl einen echten Notstand zu haben«, war ihre erste Reaktion. Der Musiker war nett, aber so überragend waren seine musikalischen Leistungen auch nicht.

»Es kommt nicht nur auf die musikalischen Qualitäten an«, lautete Dorothees Antwort, die Anja für einige Minuten zum Schweigen brachte. In diesen Minuten berichtete Dorothee, dass sie sich vor Weihnachten mit dem Mann unterhalten hatte.

Anja konnte nicht fassen, dass sich ihre Freundin, hoch dotierte LKA-Mitarbeiterin mit Hang zum Mondänen, für einen Musiker interessierte, der es kaum fertigbrachte, seinen Lebensunterhalt zu verdienen. Sie versuchte diese Vorstellung so geschickt wie möglich in Worte zu verpacken, was nicht ganz gelang.

Dorothee reagierte jedenfalls ziemlich heftig. Sie erklärte, dass der Mann, der Pawel Radu hieß, Witwer war und eine Tochter hatte, die in Bulgarien lebte und auf das Konservatorium ging.

Was Dorothee alles aus dem Mann herausbekommen hatte? Anja war es so vorgekommen, als könnte er kaum Deutsch sprechen.

»Kann er auch nicht«, bestätigte Dorothee. »Er hat mir gemailt und ich habe die Mails übersetzen lassen.«

Anja schluckte. Gleichzeitig erstaunte es sie, dass der Akkordeonspieler Zugang zum Internet hatte. Dann musste er mitbekommen haben, dass nach Hanna gesucht wurde. Überall wurde darüber berichtet. Wieso hatte er sich nie gemeldet? Sie spürte, wie sich in ihr zwei Gefühle stritten. Einerseits war er ihr sympathisch und das, was Dorothee sagte, führte eher dazu, dass sich dieses Gefühl verstärkte. Aber dann fragte sie sich, warum er sich als Vater eines Mädchens nicht mehr dafür eingesetzt hatte, bei der Suche nach Hanna zu helfen.

Von da aus war der Weg nicht weit zu Hanna und schon waren sie in ein Gespräch über das tote Mädchen verwickelt, bis Tobias den Raum betrat.

»Warum sitzt ihr denn hier im Dunkeln?«

Sie hatten nicht mitbekommen, dass Tobias die Haustür aufgeschlossen hatte. Oliver war bei einer Sitzung und Ida schlief bei einer Freundin. Anja erzählte ihm von der Geige und erkundigte sich nach seinen Rechercheergebnissen. Er hatte die gleichen Informationen gefunden wie Dorothee. Immerhin. Anja sah ihren Sohn stolz an. Dorothee hatte das gesamte LKA hinter sich, er musste allein suchen und hatte dennoch das Gleiche erreicht.

»Ich habe zwei Verkäufern eine E-Mail geschickt«, erklärte Tobias und setzte sich neben Anja auf die Couch. »Ich habe gefragt, ob es ein Etikett gibt, wo und wann die Geige gefertigt wurde und ob es einen Beweis für die Echtheit gibt.«

»Chapeau!«, rief Dorothee aus ihrem Knautschsessel und prostete Tobias zu. »Ich bin nicht sicher, ob meine Kollegen bereits so weit sind.«

Tobias grinste. »Ich glaube kaum«, antwortete er. »Dieser Typ aus Düsseldorf hat nämlich verlauten lassen, er müsste erst einmal nachgucken. Wenn es eine Anfrage gegeben hätte, hätte er die Daten griffbereit.«

»Und wenn es ein echter Geigenexperte wäre, hätte er die Informationen im Kopf«, mischte Anja sich ein, zufrieden über die Kenntnisse, die sie Hieronymus Doll zu verdanken hatte.

»Und was ist mit den Frauen?« Dorothee beugte sich vor, um nichts zu verpassen.

Anja sah amüsiert, dass sie gern aufgestanden wäre, um sich mit an den Tisch zu setzen, aber nicht wusste, wie sie das mit dem Weinglas in der Hand bewerkstelligen sollte. Doch sie ließ Dorothee erst einmal zappeln, zumal Tobias mit weiteren Informationen aufwartete.

»Ich habe Laurene Jana gemailt. Sie meinte, sie müsse erst ihren Vater fragen, der hätte die Geige eingeschlossen.«

»Das ist ja merkwürdig, findet ihr nicht auch?« Wie konnte jemand eine Geige verkaufen, wenn er nicht darüber verfügte?

»Ich bin sicher, das Mädchen ist keine Deutsche oder zumindest ist ihre Muttersprache nicht Deutsch.« Tobias zog das Tablet aus seinem Rucksack und las ihnen die Nachricht vor. Die Fehler in den Artikeln und der Satzbau ließen tatsächlich den Schluss zu, dass Deutsch für das Mädchen eine Fremdsprache war.

»Bei dem Typen bin ich mir nicht so sicher, Paul ist in dieser Schreibweise eher ein deutscher Name«, meinte Tobias und öffnete die E-Mail. Anja und Dorothee überflogen die wenigen Sätze.

»Echt schwer, das könnte auch jemand geschrieben haben, der nicht so fit in Grammatik ist«, lautete Dorothees Einschätzung, der Anja sich mit einem Nicken anschloss.

»Wir können nur abwarten«, stellte Anja schließlich fest und goss sich und ihrer Freundin ein Glas Wein ein. »Du auch?«, fragte sie Tobias.

Ihr Sohn lehnte entrüstet ab. Nicht weil er keinen Alkohol trank, sondern weil er Wein für ein Seniorengetränk hielt und ausschließlich Bier in allen möglichen Varianten zu sich nahm.

»Stell dir vor, Dorothee hat sich in den Akkordeonspieler verknallt«, flachste Anja, nachdem Tobias ein Bier geholt hatte und sich für ein paar Minuten nur, wie er betonte, zu ihnen setzte.

Dorothee grinste und schoss zurück: »Na, deinen Sohn willst du ja nicht rausrücken.«

Tobias lachte und trank die halbe Flasche Bier in einem Zug leer. Als er die Flasche auf den Tisch stellte, fiel Anja ihr Besuch bei Hieronymus Doll ein und sie erzählte ihrer Freundin und ihrem Sohn von den kleinen Deckchen auf den Glasuntersetzern. Beide lachten laut.

»Na, da weiß ich ja, was ich dir zum Geburtstag schenken kann«, scherzte Dorothee.

»Untersteh dich!«, entgegnete Anja und fiel in das Gelächter ein.

Tobias fing sich als Erster wieder. »Was ist eigentlich mit dem Vater?« Mit seiner Frage lenkte er das Gespräch wieder in ernstes Fahrwasser. Jeder wusste sofort, von welchem Vater er sprach.

»Der ist raus aus der Nummer«, sagte Dorothee schließlich und gewann damit sofort die gesamte Aufmerksamkeit der anderen beiden. »Hat Gerd dir nicht erzählt, dass die ersten DNA-Abgleiche vorliegen?« Dorothee zögerte. »Du weißt von nichts! Ich komm in Teufels Küche, wenn das vor der Pressekonferenz an die Öffentlichkeit gelangt. Es gibt auch DNA-mäßig keinen Hinweis darauf, dass Hannas Vater etwas mit dem Mord zu tun hat. Weder DNA auf der Kleidung noch auf dem Geigenkoffer.«

»Warum sollte der Täter die Geige aus dem Koffer nehmen?« Für Anja ergab das keinen Sinn. Wenn es ihm um die Geige gegangen wäre, hätte er sie in dem Geigenkoffer durch die Stadt tragen können. Wollte er das Mädchen loswerden, hätte er keinen Grund gehabt, die Geige mitzunehmen. Um sie vor der Kälte zu schützen? Dann wiederum wäre es sinnvoll gewesen, die Geige samt Koffer zu entwenden. Auch wenn sie es diesem Unsympathling gegönnt hätte, musste sie sich eingestehen, dass der Mörder ganz woanders zu suchen war. In Düsseldorf vermutlich, wo es sicher den einen oder anderen durchgeknallten Reichen gab, der für eine gestohlene Geige viel Geld ausgab. Denn auch unter den oberen Zehntausend würde nicht jeder auf Anhieb eine wertvolle Geige von einem dieser industriell gefertigten Instrumente oder einem heute gebauten Stück unterscheiden können.

Eines war Anja klar. Sie war raus aus dem Fall. Solange es um den Vater ging oder den Geigenlehrer, die hier in Hagen lebten, sah sie eine Chance, etwas zur Aufklärung beizusteuern. Aber Düsseldorf war nicht ihr Revier, da mussten andere jagen.

Pass gut auf dich auf, mein Lieb.

Das Leben ist schwer. Ich zähle die Tage, bis ich bei dir bin. Wo du auch bist, ziehen meine Gedanken hin. Gott und alle Freunde schützen dich.

KAPITEL 29

Die Kleidung sollte alles bedecken, außer Hände und Hals.

Anja schmunzelte, als sie am nächsten Tag beobachtete, wie der Akkordeonspieler seinen Campinghocker auseinanderklappte und das Instrument aus dem Koffer nahm. Sie versuchte, den Mann mit Dorothees Augen zu betrachten. Er war sicher kleiner als ihre Freundin, allerdings ordentlich frisiert und rasiert. Der vorweihnachtliche Dreitagebart war verschwunden, was dem Musiker ein jugendliches, fast kindliches Aussehen verlieh. Obwohl er sicher kein leichtes Leben hatte, konnte sie keine Falten entdecken. Was hatte Dorothee gesagt? Wie alt war seine Tochter? In welchem Alter ging man aufs Konservatorium? Sie erinnerte sich dunkel, dass sie diesen Begriff in Romanen gelesen hatte.

Da ihre Buchhandlung noch geschlossen war, erlaubte Anja sich, kurz in der Suchmaschine nachzuschauen, wo es ein solches Konservatorium gab.

»Ups«, entfuhr es ihr, als sie die Suchergebnisse sah. In vielen größeren Städten gab es Konservatorien. »Hamburg, Mainz, Karlsruhe, München, Schwerin«, las sie. Einige Einrichtungen waren nach Komponisten benannt, deren Namen selbst ihr als Klassikmuffel etwas sagten.

Sie sah auf. Der Akkordeonspieler hatte sich weggedreht und biss in ein Brötchen. Anscheinend frühstückte er immer erst in der Stadt. Mit schnellen Schritten lief sie in den Lagerkeller und gab der Kaffeemaschine den Auftrag, einen Becher mit dampfendem Kaffee zu füllen. Mit der Tasse ging sie nach oben. Sie schloss die Tür auf und brachte dem Akkordeonspieler den Kaffeebecher, aus dem es verlockend dampfte.

»Guten Morgen«, begrüßte sie ihn freundlich und hielt ihm den Becher hin.

Zunächst zögerte er und sagte nichts. Anja sah, dass er kaute. Anscheinend hatte er hastig den Rest des Brötchens in den Mund gesteckt, als er sie bemerkte.

»Wie geht es Ihnen?«, versuchte Anja ein Gespräch in Gang zu bringen. Sie überlegte, woran sie anknüpfen konnte, schließlich wollte sie ihm nicht verraten, was sie von Dorothee erfahren hatte.

»Danke«, quetschte der Musiker in gebrochenem Deutsch hervor. »Geht gut.«

»Wo haben Sie gelernt, Akkordeon zu spielen?«

Anja war stolz auf die Frage. Zufrieden sah sie, wie das Gesicht des Mannes aufleuchtete.

»In Heimat. Von Vater«, erklärte er.

Anja nickte. Wenn sein Vater nicht gerade Profimusiker war oder Akkordeonlehrer, erklärte sich damit, warum er nur leidlich spielte und nie so viel verdienen würde wie seine Kollegen ohne Campinghocker.

Anjas Vermutung bestätigte sich, als sie sich aus seinen Satzfetzen zusammenreimte, dass es in der Familie ein Akkordeon gab und jeder versuchte, ihm Töne zu entlocken. Sie fragte sich, was seine Konservatoriums-Tochter von seinen Auftritten hielt. Fast hätte sie verpasst, was er über seine Arbeit in Deutschland sagte.

»In Deutschland Geld verdienen für Tochter in Sofia«, sagte er gerade.

Im ersten Augenblick dachte sie, seine Tochter hieße Sofia, doch dann begriff sie, dass er die Stadt meinte. »Puh, meine Geografiekenntnisse sind deutlich schlechter als mein Wissen über Musik«, stellte Anja in Gedanken fest und fragte sich, wo sie den Namen Sofia kürzlich gehört oder gelesen hatte. »Wie heißt Ihre Tochter?«, erkundigte sie sich, während sie in Gedanken die Krimis, die am Morgen eingetroffen waren und deren Klappentexte sie durchgearbeitet hatte, scannte. Istanbul, Göteborg, aber Sofia war definitiv nicht dabei.

»Ilana.«

Anja hatte ihre Frage fast vergessen. Das Strahlen in seinen Augen erinnerte sie daran, dass sie nach dem Namen seiner Tochter gefragt hatte. »Wo ist Ilana?«, erkundigte sie sich und erfuhr, dass seine Tochter bei ihren Großeltern, seinen Eltern, in Sofia lebte. Wieder diese Stadt. Wo hatte sie nur den Namen gehört?

»Was ist mit Ilanas Mutter?« Anja biss sich auf die Lippe, als sie sah, wie das Strahlen in seinen Augen einem tiefen Schwarz wich. »Tot!« Als hätte sich die Trauer über den Tod seiner Frau, von dem er ihr berichtete, über den ganzen Menschen gelegt. »Das tut mir leid«, murmelte Anja und sah auf den Boden. Ihr fiel nichts ein, womit sie die freundliche Stimmung, die vorher zwischen ihnen geherrscht hatte, wieder herbeiholen konnte. Dazu war es ohnehin zu spät. Der Kleinbus hielt hinter dem Musiker am Straßenrand.

»Ob dieser Typ irgendwelche Wanzen oder Kameras eingebaut hat, damit er immer mitkriegt, was die Musiker gerade machen?«, fragte Anja sich. Dann prasselte ein Wortschwall über sie herein, von dem sie nur die Hälfte verstand, der aber eindeutig war: Sie solle endlich seine Musiker in Ruhe lassen.

Der Mann sprach tatsächlich von seinen Musikern, als wären sie sein Eigentum.

Anja spürte, wie sich der Widerspruchsgeist in ihr regte. So etwas konnten die Männer sich nicht gefallen lassen.

Doch der Akkordeonspieler warf ihr einen bittenden Blick zu, der signalisierte, dass es besser war, wenn sie sich nicht einmischte. Für sie und für ihn. Der Eindruck bestätigte sich, als sie sah, wie der Fahrer des Kleinbusses den Campinghocker und den Akkordeonkoffer packte und den Spieler in einer fremden Sprache anherrschte.

Anja verstand nur Ilana und sah, dass er sich sofort umdrehte und mit dem Instrument vor dem Bauch in großen Schritten auf den Bus zueilte.

Der Fahrer ging voraus und zog den Koffer hinter sich her, ohne darauf zu achten, ob etwas herausfiel. Das Ganze dauerte nur Sekunden, dann stand an der Stelle, an der sie gerade mit dem Musiker gesprochen hatte, nur noch Anjas Tasse. Gefüllt mit Kaffee bis oben hin. Lediglich der Dampf fehlte.

Anja bückte sich, um den Kaffeebecher aufzuheben. Ihr Blick richtete sich auf ein dünnes Heft, das zwischen dem Platz und dem Straßenrand lag, an dem der Bus mit quietschenden Reifen startete. Sie hob es auf und erwartete eines dieser Oktavhefte, in die sie als Schülerin ihre Hausaufgaben notiert hatte.

Das Heft bestand es aus schlechten Kopien, die zu einem Büchlein gebunden waren. »Handbuch für Straßenmusikanten«, las Anja und ging rasch in ihren Laden, um sich den Fund genauer anzuschauen.

Ehe sie dazu kam, kündigte hinter ihr der »Kriminaltango« die ersten Kunden an.

»Ich brauche unbedingt neuen Stoff«, zwitscherte eine Stammkundin, die fast jede Woche kam, um sich für das Wochenende mit Lektüre einzudecken.

Anja fragte sich, ob die Frau etwas anderes tat, als Krimis zu lesen. Aber das ging sie nichts an. Sie konnte froh sein, dass sie im »Mord & Ortschlag« ihren Lesestoff kaufte und für einen regelmäßigen Umsatz sorgte. Da hatte sie eine persönliche Beratung verdient.

Anja öffnete ihre Kundendatenbank und überflog rasch die Krimis, die die Frau bisher gekauft hatte. Diese Kundendatenbank, die ein Freund von Tobias programmiert hatte, war ihr Geld wert. Die Kunden waren immer wieder beeindruckt, dass sie scheinbar aus dem Nichts ihre Vorlieben kannte und dazu passend neue Bücher empfahl. Dafür tat sie allerdings auch einiges. Als Online-Buchhändlerin hatte sie begonnen, das, was die großen Online-Buchhandlungen taten, im Kleinen und per Hand umzusetzen. Sobald eine Verlagsvorschau eintrudelte, glich sie die neuen Krimis mit den Interessen und Schwerpunkten ihrer Kunden ab und schickte ihnen eine E-Mail, dass es einen neuen Camilleri oder einen neuen Mordfall auf Sylt von Gisa Pauly gab.

Auch jetzt sammelte Anja mit wenigen Sätzen Pluspunkte bei der Kundin, als sie ihr riet: »Es gibt einen neuen Bodensee-Krimi, den sollten Sie unbedingt lesen.« Dann fasste sie den Inhalt des Krimis »Vergissmichnicht« kurz zusammen und achtete darauf, dass sie erwähnte, dass die Frau Journalistin war wie Lisi Badichi aus den Lapid-Krimis und das Ganze in die 80er-Jahre zurückführte, die Zeit, in der sie die Jugend der Frau vermutete.

»Den nehme ich auf jeden Fall mit«, dankte die Kundin ihr für die Beratung und griff selbst nach einem Krimi, den Anja erst am Morgen ausgepackt hatte. Zufrieden, weil sie den ersten Umsatz eine Minute vor der offiziellen Ladenöffnung gemacht hatte, scannte Anja die Barcodes ein. Sie schob zwei Lesezeichenpistolen in die Bücher und versenkte sie in eine der letzten Tragetaschen, die sie für den Winter hatte bedrucken lassen.

Ihr Wunsch: »Viel Spaß bei der Lektüre.« ging im »Kriminaltango« unter und Anja fragte sich, ob es nicht an der Zeit war, diese Eingangsmelodie gegen eine andere auszutauschen. Inzwischen konnte sie sie nicht mehr hören.

Vielleicht sollte ich eine klassische Melodie auswählen, dachte sie, als Hieronymus Doll sich mit seinem Stock in den Laden schob und bei der Melodie zusammenzuckte.

»Sie sollten wirklich die Melodie ändern«, schnaufte er, nachdem er sich von dem Schreck erholt hatte. »Für alte Leute wie mich ist das nichts.«

Anja sah verblüfft, wie er ihr zuzwinkerte und erinnerte sich wieder daran, wie nett er mit den Mädchen umgegangen war, als er das erste Mal hier gewesen war. Inzwischen konnte sie nicht mehr verstehen, wieso sie ihn für einen Mörder gehalten hatte. Emily und Giulia ging es gottlob ähnlich.

»Sonst haben Sie hier einen Toten im Laden«, scherzte der alte Geigenlehrer und Anja fiel buchstäblich die Kinnlade herunter, weil er sich so ungewöhnlich aufgeräumt gab. Fast hätte sie sich erkundigt, ob er verliebt war. Einen solchen Stimmungsumschwung kannte sie nur von ihrem Sohn oder ihrer Freundin, wenn sie eine neue große Liebe hatten. Dann erinnerte sie sich, dass sie dem Mann erst zwei- oder dreimal begegnet war und, das musste sie sich eingestehen, nie wirklich Interesse daran gezeigt hatte, ob er humorvoll oder ernst war.

»Was kann ich für Sie tun?«, erkundigte sie sich rasch.

»Ich habe mich gefragt, ob es auch Krimis gibt, in denen es um Musik geht?«, überraschte Hieronymus Doll Anja mit einer Frage, mit der sie bisher kein Kunde konfrontiert hatte. Spontan fiel ihr kein Buch ein, Sherlock Holmes spielte zwar Geige, aber das war sicher nicht das, was dem Geigenlehrer vorschwebte.

»Da haben Sie mir ja eine kniffelige Aufgabe gestellt«, antwortete Anja und machte sich sogleich daran, ihre Buchbestände durchzugehen und im Internet nachzusehen. Eine wirklich schwere Aufgabe, die sie an Tobias weitergeben musste, denn sobald sie Krimi und Musik in die Suchmaschine eingab, bekam sie unzählige Ergebnisse über Musik zu Fernsehkrimis, aber keinen einzigen Titel eines Buches, in dem Musik eine Rolle spielte. Es konnte nicht sein, dass Musik ein blinder Fleck in der Krimiwelt war.

KAPITEL 30

Gespräche während des Musizierens sind nicht gestattet.

Erst nachdem Anja ihre kleine Tochter ins Bett gebracht und sie mit den Abenteuern von »Emil und den Detektiven« in den Schlaf gelesen hatte, kam sie dazu, das selbst gebastelte »Handbuch für Straßenmusikanten« genauer zu betrachten.

»Was ist das denn?« Tobias kam mit nassen Haaren aus dem Bad und setzte sich neben Anja auf die Couch.

Sie berichtete ihm, woher sie das merkwürdige Büchlein hatte.

»Jeder ist verantwortlich für das Instrument, das ihm übergeben wird«, las Tobias. »Das klingt, als gäbe es irgendwo ein Lager mit Musikinstrumenten und die Musiker holten sich dort eins ab.« Er schwieg und Anja beobachtete amüsiert, wie er nachdenklich in die Schale mit den Erdnusskernen griff, die auf dem Tisch stand.

Als er mit den Erdnüssen im Mund weitersprach, stupste Anja ihn tadelnd an. »Sorry«, unterbrach er kurz seinen Redefluss und fuhr mit seinen Überlegungen fort. »Das hört sich an, als gäbe es eine Organisation, in der die Leute, die Straßenmusik machen, angestellt sind.«

Anja schüttelte den Kopf. »Angestellt sicher nicht«, widersprach sie und drehte das Heftchen, um eine Adresse oder einen Namen zu finden. Nichts. Auf der Rückseite stand eine Handynummer. »Für den Notfall«, hieß es dort.

»Soll ich da mal anrufen?« Tobias' Augen leuchteten auf.

Anja schmunzelte. Sie wusste, dass ihr Sohn solche Aufgaben liebte, winkte jedoch ab. »Um 21 Uhr ist doch kein Straßenmusiker unterwegs.«

Tobias verzog enttäuscht das Gesicht und schob sich zum Trost eine ganze Handvoll Erdnüsse auf einmal in den Mund.

Anja lachte, als sie die kleinen Beulen in seinen Wangen sah. »Morgen im Laufe des Tages kannst du von mir aus anrufen«, bot sie ihm an.

Tobias schluckte die Erdnüsse herunter, ehe er versprach: »Ich rufe von meinem Handy an und stelle die Rufnummernunterdrückung ein.«

Beruhigt widmete Anja sich wieder den Anweisungen in dem Heftchen.

»Guck mal, da ist eine handschriftliche Bemerkung«, stellte Tobias fest, der über ihren Arm hinweg mitlas.

Anja drehte das Heft um. Es war sehr unprofessionell erstellt. Wer immer es produziert hatte, hatte keine Ahnung davon, wie man Blätter von beiden Seiten bedruckte. Immer wieder gab es leere Seiten und einige waren in einer altmodischen Schrift beschrieben. In einem falschen und schlechten Deutsch, aber dennoch so, dass Anja und Tobias verstehen konnten, was dort stand.

»Liebste, ich vermisse dich. Und meine Kleine ist auch nicht bei mir. Weit weg. Aber nicht allein. Puh, das ist echt schwer zu entziffern«, nörgelte Tobias, doch Anja las leise weiter.

Sie reimte sich aus den Satzstücken zusammen, dass jemand einen anderen vermisste und es ein Kind gab, das wieder woanders untergebracht war. Ilana fiel ihr ein, die Tochter des Akkordeonspielers. Es war sein Heft. Ob er damit seine Tochter meinte?

Sie überflog die anderen Seiten. Das Ganze wirkte wie ein Tagebuch. Aber warum schrieb er auf Deutsch und nicht in seiner Muttersprache? Das musste sehr anstrengend sein. Und was war geschehen, als er schrieb: »Ausgerechnet jetzt bist du nicht da. Ich brauche einen Kopf, der für mich denkt.« Da entdeckte sie das Datum oben auf der Seite. Der Eintrag war einen Tag nach Hannas Verschwinden verfasst worden. Anja hatte aus der Zeitung erfahren, dass die Kleine am Tag ihres Verschwindens gestorben war. Ein Verdacht drängte sich ihr auf, der ihr überhaupt nicht gefiel. Auch ohne Dorothees Informationen war ihr der Mann sympathisch. Sie konnte nicht sagen, warum. Er wirkte so ruhig und zugleich ängstlich, als müsste man auf ihn achtgeben. »Ob er sich selbst beschützen wollte und Hanna beseitigt hatte?«

»Quatsch!«, meinte Tobias.

Erst jetzt bemerkte Anja, dass sie laut gedacht hatte. »Aber er war an dem Tag in der Stadt und er hatte durch Hanna sicher Umsatzeinbußen.« Anja sah sich plötzlich in der Rolle, dass sie den Verdacht verteidigen musste.

»Ich denke, es war der Geigenspieler.« Tobias nahm Anja das Heft aus der Hand und las die weiteren Anweisungen. »Hier, da steht es doch: Wenn dir jemand in die Quere kommt, beseitige ihn. Hallo! Das ist ein deutlicher Aufruf zum Mord! Du musst das Ding zur Polizei bringen!«

Tobias hatte recht, das wusste Anja. Nicht erst, seit sie diesen Satz gelesen hatte, der ihr ebenfalls sofort ins Auge gestochen war.

»Gerd Neubert hat jetzt sicher Dienstschluss«, begründete sie ihr Zögern. »Und ich habe das Ding auch gerade erst gelesen.«

Dagegen konnte Tobias nichts sagen. Er nahm es ihr aus der Hand und überlegte kurz. »Ich scanne uns das mal eben ein«, sagte er dann und verschwand in Olivers Arbeitszimmer.

Anja ging in die Küche, um eine neue Flasche Wasser zu holen und das Erdnussschälchen aufzufüllen. Sie schüttelte über sich selbst den Kopf. Als Detektivin taugte sie wirklich nicht. Kaum hatte sie einen möglichen Täter, da suchte sie Gründe, warum er es nicht gewesen sein konnte. Das mochte richtig sein, wenn es eine lange Liste von Verdächtigen gab. Aber die Liste war immer kleiner geworden, seitdem klar war, dass Hieronymus Doll nicht infrage kam und Hannas Vater ein Alibi hatte, das auch Stunden vor oder nach dem voraussichtlichen Zeitpunkt ihres Verschwindens abdeckte. Selbst der Verkäufer der Kerzenständer, den sie ins Spiel gebracht hatte, entpuppte sich als unschuldiger Aussteller und nicht als mädchenmordendes Monster.

Gegen den Akkordeonspieler als Täter sprach, dass er Akkordeon spielte. Das klang wirr, fand Anja, war aber nicht so falsch. Immerhin war Hannas Geige verschwunden. Und was sollte er mit einer Geige? »Verkaufen, seiner Tochter schenken«, dröhnte eine Stimme in Anjas Kopf. Welches Instrument spielte seine Tochter eigentlich?

Ohne nachzudenken, griff sie nach dem Telefon, das auf der Anrichte in der Ladestation schlummerte. »Hey, Dorothee«, begrüßte sie ihre Freundin, als diese nach einiger Zeit leicht verschlafen ans Telefon kam. »Habe ich dich geweckt?«, fragte Anja dennoch, entschuldigte sich und kam zum Grund ihres Anrufs, ehe Dorothee wach genug war, um eine Schimpftirade loszulassen. »Weißt du, welches Instrument Ilana spielt?«

Das Schweigen am anderen Ende des Hörers dauerte so lange, dass Anja sich bereits Sorgen um ihre Freundin machte.

»Puh, du hast mich mitten aus dem Schlaf gerissen«, entschuldigte Dorothee Herbst die Verzögerung. »Ich muss mich erst einmal sortieren. Bin glatt vor dem Fernseher eingeschlafen. Was wolltest du wissen?«

Anja wiederholte ihre Frage und erklärte ihrer Freundin, warum sie die Information benötigte.

»Warte mal, ich glaube, sie spielt Cello.« Dorothees Stimme hörte sich langsam und verzögert an, aber Anja reichte die Information. Der Akkordeonspieler konnte die Geige also höchstens verkaufen, für seine Tochter brauchte er sie nicht. Irgendwie war das beruhigend, weil sie ihm höchstens einen Diebstahl zutraute.

»Dann schlaf schön weiter«, empfahl Anja und legte auf, ehe ihre Freundin antworten konnte. »Toby«, rief sie, zunächst laut. Dann fiel ihr ein, dass Ida bereits schlief. Sie ging in Olivers Arbeitszimmer, wo ihr Sohn damit beschäftigt war, eine Seite des geheimnisvollen Handbuchs nach der anderen einzuscannen.

»Vielleicht solltest du dem Kommissar die Scans schicken und dem Typen sein Heft zurückgeben«, schlug Tobias vor.

»Das ist besser.« Anja war erleichtert angesichts dieser Idee. Ihr war nicht wohl bei dem Gedanken, dass der Akkordeonspieler diesem kleinen, grimmigen Fahrer des Kleinbusses erklären musste, wo sein Handbuch abgeblieben war.

»Hast du eigentlich etwas herausgekriegt wegen der Geigen?«

Das Telefonat mit Dorothee hatte sie daran erinnert, dass Tobias den Verkäufern eine E-Mail senden wollte.

Ihr Sohn öffnete die Abdeckung des Scanners, nahm das Heft heraus, blätterte eine Seite um, legte es auf die Platte und drückte »Scannen«, ehe er antwortete: »Diese Sofia aus Sofia können wir vergessen. Das ist ein offizielles Auktionshaus für Musikinstrumente. Die haben die Geige nur als Werbung ins Internet gestellt.« Er nahm das Heft aus dem Scanner und wiederholte den Vorgang mit der nächsten Seite. »Was diese Musiker alles berücksichtigen sollen«, stöhnte er. »Die Hälfte der Anweisungen hätte es doch auch getan, aber nein, 40 Anweisungen müssen es sein«, beschwerte er sich, als hätten die Autoren des Handbuchs nur so viele Vorschriften aufgeschrieben, um ihn zu quälen.

»Mich würde echt interessieren, wer sich das ausgedacht hat.« Er zitierte aus dem Kopf: »Mit vollem Munde spricht und musiziert man nicht. Das ist doch so schwachsinnig, wer schreibt denn so etwas?«

Darüber hatte Anja nicht nachgedacht. Ihr Sohn hatte recht. Wer Akkordeon oder Geige spielte, hatte keine Hand frei zum Essen. Das klang eher nach Schikane, als ob man die Straßenmusiker, die Straßenmusikanten, wie sie inzwischen wusste, fertigmachen wollte.

Anja nahm sich vor, diesen merkwürdigen Fahrer genauer unter die Lupe zu nehmen. Das Foto mit dem Autokennzeichen fiel ihr ein. Das hatte sie völlig vergessen, darüber konnte Dorothee doch herausfinden, wer dieser Typ war. Sie war froh, dass sie ihr Laptop immer mitnahm und es nun aus ihrer Tasche holen konnte, um das Foto zu betrachten. »Mist, die Karte steckt in der Kamera«, ärgerte sie sich, als sie keinen Ordner mit dem passenden Datum finden konnte. Und ihre Kamera lag im Auto.

»Ich bin in der Garage«, rief sie Tobias zu.

»Willst du noch einmal weg?«, empfing sie Oliver, der soeben von der Abendsitzung des Stiftungsrates nach Hause kam, in der Doppelgarage.

Anja schüttelte den Kopf, gab ihm einen Kuss und schloss ihr Fahrzeug auf. »Ich habe meine Kamera vergessen«, nuschelte sie ins Auto.

»Was hast du gegessen?«, erkundigte Oliver sich, als sie ihn an der Haustür einholte.

Anja lachte. Sie hob die Kamera hoch. »Die habe ich vergessen.« Sie konnte nicht aufhören zu kichern, weil das Missverständnis sie an eine Szene aus einem Film erinnerte. Bisher hatte sie immer gedacht, solche Dialoge gäbe es in der Realität nicht. Nun wusste sie es besser.

Während ihr Mann seinen Aktenkoffer ins Arbeitszimmer brachte und sich von Tobias, der weiterscannte, berichten ließ, was sie herausgefunden hatten, kopierte Anja die Bilder von der Speicherkarte auf ihr Notebook.

»Wieso sind das denn so viele Dateien?«, fragte sie sich und überlegte, wann sie zuletzt fotografiert hatte. Sie wusste genau, dass sie nach ihren letzten Postkartenfotos die Karte gewechselt hatte. Als sie die erste Datei öffnete, traute sie ihren Augen nicht.

KAPITEL 31

Instrumentenkoffer und Instrument bilden eine Einheit und sind gleichermaßen pfleglich zu behandeln.

»Oh, guten Tag, Frau Henke«, begrüßte Gerd Neubert Anja, als sie ihn anrief, um ihm von ihrem Fund zu berichten.

Sie kam zunächst nicht zu Wort, weil der Kommissar ihr lang und breit berichtete, dass sie inzwischen rund 50 DNA-Proben von Straßenmusikern und Schaustellern genommen hatten, um Hannas Mörder zu finden. »Wir haben unter Hannas Fingernägeln Spuren gefunden. Anscheinend hat sie versucht, sich zu wehren oder an jemandem festzuhalten. Das bleibt aber unter uns, die Presseinformation geht erst heute Mittag raus. Die Straßenmusiker waren wenig begeistert, als wir sie erneut vorgeladen haben.«

Das konnte Anja sich gut vorstellen, schließlich stand auf Seite sechs in dem Handbuch, dass die Musikanten Menschen in Uniformen aus dem Weg gehen sollten.

»Einige haben Reißaus genommen«, schilderte Gerd Neubert. »Besonders übrigens Ihre Freunde mit den blauen Campinghockern. Ich gebe zu, dass ich langsam auch daran glaube, dass es eine Organisation gibt, die hinter den Straßenmusikanten steht.«

Anja zuckte zusammen. Sie hatte vergessen, dem Kommissar die Scans des Handbuchs zu schicken. Nachdem Oliver zu Hause eingetroffen war, hatten sie sich verplaudert und Tobias war nach dem Scannen gleich in sein Zimmer verschwunden.

»Oh, da habe ich etwas für Sie«, schob Anja rasch ein. »Ich habe ein Handbuch für Straßenmusikanten gefunden.« Sie schwieg, um die Nachricht auf Gerd Neubert wirken zu lassen und um Britta, die immer wieder neugierig in den Lagerkeller kam, in den Laden zu scheuchen. »Du könntest die Bücher, die heute gekommen sind, durchsehen, ob ein Musikkrimi dabei ist«, forderte sie. »Und die Aufkleber mit den Orts- und Themenhinweisen sind auch nicht überall fertig.«

Der Tipp mit dem Aufkleber kam von einer Businessfrau aus ihrem Netzwerk, die mitbekommen hatte, wie sie im Weihnachtstrubel im Internet nachschaute, ob sich ein Krimi, den eine Kundin in der Hand gehalten hatte, wirklich mit dem Thema Missbrauch beschäftigte. Auch so eine Kundin, die sich mit Romanen auf Vorträge einstimmte. Nun bekam jedes neue Buch einen Aufkleber mit dem Ort und der Region, in der es spielte, und dem Kernthema der Story. Die Kunden waren begeistert, sie war entlastet und im Notfall konnten selbst Tobias oder Oliver den Kunden Tipps geben.

»Frau Henke?«

Anja hätte den Kommissar am Telefon fast vergessen, weil Britta erneut störte und nach einem Buch fragte.

»Ich musste hier rasch etwas klären«, entschuldigte sie sich und beschrieb dem Kommissar dann ausführlich, wie sie das Handbuch gefunden hatte.

»Ihr Akkordeonspieler war der kooperativste unter den Typen.«

Anja war erleichtert, das schürte ihre Hoffnung, dass er nicht der Täter war. »Wer war denn am schwierigsten?« Am liebsten hätte sie mit Gerd Neubert gewettet, dass das dieser merkwürdige Fahrer war, der immer, wenn sie ihn sah, herumschrie und seinen Parka inzwischen gegen eine Lederjacke getauscht hatte. Seit Neustem trug er dazu eine Schirmmütze, als wollte er wie ein Chauffeur wirken, obwohl er ganz sicher keiner war.

»Dieser Geigenspieler, das ist ein Herzchen«, beklagte sich Gerd Neubert. »Einmal ist er aus der Wache abgehauen und beim nächsten Mal ist er den Kollegen mitten in der Stadt entwischt. Wir haben ihn inzwischen zur Fahndung ausgeschrieben, weil er keinen festen Wohnsitz hat. Selbst seine Kollegen wissen nicht, wo er sich aufhält. Angeblich«, fügte er verächtlich hinzu.

Das passte zu der Vermutung von Frau Grünmantel. Wo war die eigentlich abgeblieben? Sonst kam sie jeden Tag, oder mindestens alle zwei oder drei Tage. In Anjas Erinnerung war es mindestens eine Woche her, seit sie zum letzten Mal den Sitzwürfel erobert hatte, um sich zu beklagen, dass heute niemand mehr den »Schneewalzer« spielte. Anja war kurz davor gewesen, dem Akkordeonspieler die Noten mitzubringen, damit die alte Frau endlich Ruhe gab.

»Bis jetzt haben wir nur negative Ergebnisse«, fuhr Gerd Neubert fort. »Jeden Tag kommen Listen mit Mitarbeitern der Fahrgeschäfte herein. Ich kann Ihnen sagen, das ist eine Heidenarbeit.«

»Wieso?« Anja musste jeden Tag Listen mit Buchverkäufen und Bucheingängen auswerten. Was konnte so schwer daran sein, Mitarbeiterlisten durchzusehen?

Gerd Neubert lachte. »Sie gehören wohl auch zu denen, die glauben, dass die Mitarbeiter an den Weihnachtsmarktständen vier Wochen im Jahr arbeiten und die restlichen elf Monate auf der faulen Haut liegen, was?«

Darüber hatte sich Anja bisher keine Gedanken gemacht.

»Die Mitarbeiter reisen von Event zu Event«, erklärte Gerd Neubert ihr.

Anja kam die Frau in den Sinn, die im Anschluss an den Weihnachtsmarkt bei einer Eisveranstaltung gearbeitet hatte.

»Das heißt aber auch, dass die jetzt nicht zu Hause auf der Couch sitzen und darauf warten, dass wir ihre DNA-Probe nehmen, sondern in alle Himmelsrichtungen verstreut sind.« Er erklärte Anja, dass das hieß, dass viele Polizeiwachen eingeschaltet werden mussten, um vor Ort die Mitarbeiter ausfindig zu machen und die DNA-Probe zu nehmen, was die Auswertung erheblich verzögerte.

»Anja, kommst du mal?« Britta kam die Wendeltreppe herunter. »Da ist diese Frau, die immer Miss-Marple-Krimis kauft und nach dir fragt«, wisperte sie Anja zu und verdrehte die Augen.

Anja lachte leise. Anscheinend war Frau Grünmantel doch gelegentlich im Laden gewesen und Britta hatte einfach vergessen, ihr das zu erzählen. Anja verabschiedete sich von Gerd Neubert und versprach, ihm in der nächsten freien Minute die Scans des Handbuchs zu schicken, auch wenn es für die Ermittlung vermutlich keine Bedeutung hatte.

Langsam stieg sie die Treppe hinauf. Frau Grünmantel war heute Frau Gelbmantel, Frau Gelbmantel-mit-Pelzkragen, um genau zu sein, dachte Anja schmunzelnd.

»Guten Tag, Frau Qualmann«, begrüßte sie die alte Frau verbindlich, obwohl deren Aussehen sie weiter erheiterte.

»Ach, da sind Sie ja«, stellte Frau Qualmann fest. »Wissen Sie?«

Eine Gänsehaut kroch über Anjas Rücken, sie spürte, wie sie sich vom Steiß nach oben bis in den Nacken schob und über die Arme verteilte. Sie musste sich stark konzentrieren, um die Lehrerin nicht zu unterbrechen. »Das ist eine Kundin!«, sagte sie sich wie ein Mantra immer wieder vor. Ein weiterer Tipp einer Netzwerkkollegin, der ihr wertvolle Dienste geleistet hatte.

»Da ist ein neuer Musiker«, leitete Frau Grünmantel ihren kleinen Vortrag über die Straßenmusikanten im Allgemeinen und den neuen im Besonderen ein. »Der spielt Zither. Stellen Sie sich das vor, Zither auf der Straße.«

Anja konnte nichts Verwerfliches daran finden, auf der Straße Zither zu spielen. Sie war gespannt, was Frau Grünmantel daran auszusetzen hatte. Doch diese sinnierte nur darüber, wie ein junger Mann mit langen verfilzten Haaren dazu kam, so gut Zither zu spielen.

»Er spielt wirklich gut«, wiederholte Frau Grünmantel. »Fast so gut wie Hanna. Aber er spielt ja auch ein anderes Instrument.« Sie sah auf ihre Hände und drehte an den beiden Ringen, die sie am Ringfinger der linken Hand trug.

»Wissen Sie?«, begann sie schließlich und zwang Anja damit, erneut ihr Kunden-Mantra abzuspulen. »Mein Egon hat so gerne ›La Montanara‹ gehört. Und stellen Sie sich vor, das hat der junge Mann auf der Zither gespielt. Das war so schön!«

Anja sah, wie die Augen der alten Frau feucht wurden, und stellte sich vor, wie sie sich in 40 Jahren nach der Zeit mit Oliver zurücksehnte. Sie bekam Mitleid mit der Frau, der, wenn sie das richtig verstanden hatte, nur wenige Jahre mit ihrem Egon vergönnt waren. Die restliche Zeit ihres Lebens hatte sie sich den Schülern in der Grundschule Kückelhausen gewidmet, bis diese vor einigen Jahren geschlossen worden war. Als wäre ihr ganzes Leben ausgelöscht. Kein Wunder, dass sie sich so intensiv mit den Musikanten auf der Straße beschäftigte.

»Sagen Sie.« Anja musste sich ein Lachen verkneifen, als sie ihren Satz mit diesen Worten begann, fuhr aber schnell fort, weil ihr eine Frage unter den Nägeln brannte, die ihr gerade in den Sinn gekommen war. »Haben Sie dem Mann Geld gegeben? Wie hat er es gesammelt?«

Die alte Frau sah sie empört an. »Natürlich habe ich ihm Geld gegeben, wer gut spielt, kriegt gutes Geld, das ist doch selbstverständlich. Er hat den Koffer der Zither aufgeklappt. Die Zither steht auf einem kleinen Klapptisch, der junge Mann sitzt auf einem Melkschemel.« Sie kicherte, als sie den Schemel erwähnte.

»Wirklich ein Melkschemel?« Anja hätte nicht gedacht, dass es die gab. Sie hatte im Freilichtmuseum zum ersten Mal einen Melkschemel gesehen. Ida und Tobias hatten viel Spaß daran gehabt, sich vorzustellen, wie jemand mit einem solchen Ding am Po durch den Stall ging.

»Ja, ein Melkschemel«, bestätigte Frau Grünmantel und schilderte weiterhin kichernd, wie der junge Mann von den Damen des Ordnungsamts gebeten wurde, sich einen anderen Platz zu suchen. Dazu musste er natürlich aufstehen. Erst in dem Moment war den Passanten aufgefallen, dass er auf einem einbeinigen Schemel saß, den er mit einem Gurt umgebunden hatte.

Anja kicherte mit. Sie konnte sich die Gesichter der Hagener Passanten gut vorstellen. Auf jeden Fall gehörte dieser Straßenmusiker nicht zu der Gruppe von »Mister Kleinbus«, wie Tobias den Fahrer nannte. Vielleicht sollte sie den Zitherspieler animieren, vor dem Reisepavillon zu spielen. Aber das würde ihren Akkordeonspieler arbeitslos machen. Wie Hanna damals den Geigenspieler. Das brachte sie zurück zu dem, was Gerd Neubert ihr berichtet hatte. Die Bilder vom Weihnachtsmarkt fielen ihr ein, die sie auf der Speicherkarte gefunden hatte. Auf einem Bild war genau jener Geigenspieler zu sehen. Ein kleiner Mann mit dunklen, schütteren Haaren, dessen Bogenarm beim Geigen gegen seinen kugelrunden Bauch stieß. Sie hatte das Bild kurz vor Weihnachten aufgenommen. Die Speicherkarte war in Vergessenheit geraten, als sie auf ihrer Pirsch war.

»Frau Grün… äh Qualmann, haben Sie diesen Geiger nach Hannas Tod noch einmal gesehen?« Anja musste sich eingestehen, die Frage kam etwas unvermittelt.

Frau Grünmantel schien das nicht zu stören. Sie wusste sofort, wovon Anja sprach. »Sie meinen, den, der an Hannas Platz stand?«

Anja nickte und Frau Grünmantel versuchte sich zu erinnern, an welchem Tag sie den Geigenspieler gesehen hatte, während Anja ihren Laptop öffnete und Gerd Neubert sowohl die Scans des Handbuchs als auch das Foto des Geigenspielers mailte.

KAPITEL 32

Die Schuhe sollten immer sauber und angemessen sein.

»Du, Britta, ist es okay, wenn ich für eine halbe Stunde verschwinde?« Anja sah ihre Mitarbeiterin an. Das Wetter war so schön, dass es sie hinauszog mit ihrer Kamera, die wie immer griffbereit im Auto lag. In ihrer Handtasche steckte die alte Postkarte von der Marienkirche, die sie zu Weihnachten bekommen hatte. Es juckte sie in den Fingern, endlich dieses Foto nachzufotografieren, was eine besondere Herausforderung war, weil der Platz um die Marienkirche inzwischen stark besiedelt war und sie in Hinterhöfen und Gärten nach einem geeigneten Standort suchen musste. Bei schönem Wetter war nicht nur das Fotografieren leichter, auch die Menschen waren freundlicher und eher bereit, sie in ihre Gärten zu lassen.

Britta nickte. »Hau ab, ich schaffe das allein.«

Das ließ Anja sich nicht zweimal sagen. Sie zog ihre Jacke über und verschwand unter den Klängen des »Kriminaltango« aus dem Laden.

Als Erstes fiel ihr der Akkordeonspieler auf, der mit gesenktem Kopf zwischen dem »Mord & Ortschlag« und dem kleinen Rasenhügel im Volkspark umherschlich. Ohne sein Akkordeon setzte er Fuß vor Fuß, als suche er etwas. Nun kramte er sogar in dem Abfalleimer an der Straßenlaterne.

»Suchen Sie etwas?«, sprach Anja ihn an. Im gleichen Moment fiel ihr das Handbuch ein, das auf Olivers Schreibtisch lag. Sie hatte es völlig vergessen. Manchmal wurde ihr alles zu viel. Am Abend zuvor war ein Treffen der Businessfrauen in Wetter gewesen. Sie war nach Ladenschluss direkt dorthin gefahren und wie häufig war es spät gewesen, als sie nach Hause gekommen war. Dort hatte sie ein schweißgebadeter Ehemann mit einer blassen, ebenfalls schweißgebadeten Tochter erwartet, die sich bereits mehrfach übergeben hatte und gerade wieder über die Toilette beugte.

»Ich wollte dich nicht anrufen«, hatte Oliver erklärt und Anja war ihm dankbar dafür, dass er ihr den netten Abend gegönnt hatte. Darüber hatte sie jedoch das Handbuch völlig vergessen.

Der Akkordeonspieler sah sie unglücklich an und suchte nach Worten. Mit den Händen zeigte er die Größe des Heftes an und bestätigte Anjas Vermutung, dass er auf der Suche nach dem Handbuch war.

»Ich habe das Heft gefunden«, beruhigte sie ihn, doch das schien ihn eher aufzuregen. Er sprach schnell in einer fremden Sprache auf sie ein und Anja fragte sich erneut, wie Dorothee sich mit ihm verständigt hatte.

»Das Handbuch ist bei mir zu Hause«, erklärte Anja, ohne zu wissen, ob das zu seinem Redeschwall passte oder nicht. »Wo ist Ihr Akkordeon?« Sie hatte ihn bisher nie ohne das Instrument gesehen. Als er sie verständnislos ansah, zog sie mit ihren Händen vor dem Bauch ein nicht vorhandenes Akkordeon auseinander, so wie sie als Kind immer Luft-Ziehharmonika gespielt hatte.

Der Mann schüttelte den Kopf und machte eine abwehrende Handbewegung. »Buch gegen Musik«, sagte er und Anja versuchte, die Gesten und die Worte in einen sinnvollen Zusammenhang zu bringen.

»Sie meinen, Sie bekommen das Instrument erst wieder, wenn Sie das Heft gefunden haben?«, fragte sie.

Der Mann sah sie verständnislos an. Die Tagebuchtexte in dem Handbuch fielen ihr ein. Sie konnten nicht von ihm stammen, er konnte wirklich überhaupt kein Wort Deutsch. Sie korrigierte sich, fast kein Wort, immerhin warf er ihr einige Worte zu.

»Ich, Pawel«, stieß er hervor und ließ seinen Blick weiterhin auf dem Boden umherschweifen. »Buch holen.« Dabei zeigte er wieder die Größe des Heftes an. »Bogdan Musik bringen.«

»Ist Bogdan Ihr Chef?«, wollte Anja wissen und reduzierte ihre Frage auf »Bogdan Boss?«, um nicht wieder ein verwirrtes Achselzucken zu ernten.

Der Akkordeonspieler nickte und lächelte. »Bogdan Boss, Pawel Musik«, fasste er ihre Beziehung in einer Art zusammen, die Anja ermunterte zu fragen: »Bogdan Geld?«

Daraufhin sah sich der Mann rasch um, als er weder einen Kollegen noch den Kleinbus erblickte, nickte er. »Bogdan Geld Musik, Geld Pawel.«

Hieß das, dass dieser Kleinmafioso Geld von seinen Spielern nahm oder dass er ihnen Geld gab? Anja beschloss, Dorothee nach dem bulgarischen Übersetzer zu fragen, der ihr Pawels E-Mails übersetzt hatte. Sie wollte schon weitergehen, um ihre Kamera zu holen, da fiel ihr etwas ein. »Wo ist eigentlich der Geigenspieler?«

Als sie das Unverständnis im Blick des Mannes sah, tat sie so, als würde sie Geige spielen, und staunte insgeheim darüber, wie gut man sich mit Gesten verständigen konnte.

»Weg«, lautete die kurze Antwort des Mannes, der sich gleichzeitig umdrehte und weitersuchte, als hätte er Anjas Hinweis auf das Handbuch nicht verstanden. Dabei war Anja sicher, dass er wusste, dass sie das Handbuch gefunden hatte. Sollte sie nach Hause fahren und es holen?

Anja entschied sich gegen die zusätzliche Fahrt, weil Britta sie bald zurückerwartete und sie auf diese Weise sicher sein konnte, dass der Akkordeonspieler wiederkam und nicht wie der Geigenspieler verschwand. Ob jener die Hockergruppe gewechselt hatte? Inzwischen musste die Polizei doch über ein Verzeichnis der Musiker verfügen. Es wurde Zeit, dass sie sich bei Dorothee meldete, die ihr ohnehin das Ergebnis ihrer Recherche zu dem Autokennzeichen von »Mister Kleinbus« schuldete. Auch das war durch Idas Erkrankung untergegangen. Eine tolle Detektivin war sie, wenn sie die Hälfte vergaß. Miss Marple wäre das nicht passiert.

Anja holte ihre Kamera samt Stativ aus dem Auto und ging in Gedanken versunken durch die Spinngasse in die Hochstraße. Sie schlich um die Marienkirche herum und suchte nach einem Standpunkt, von dem aus sie die Kirche so fotografieren konnte, wie sie auf der alten Karte zu sehen war. Sie quetschte sich in das hinterste Eckchen des Kirchengeländes. Zwar war die Perspektive nicht genau die gleiche wie auf der Postkarte, aber wenigstens hatte sie so ein erstes Bild. Ein Blick auf die Uhr zeigte Anja, dass es Zeit wurde, in den Laden zurückzukehren. Schnell drückte sie mehrmals den Auslöser und ärgerte sich, als aus irgendeinem Grund auch der Blitz ansprang. Diese Seite der Kirche lag wirklich im Schatten, da durfte sie sich nicht wundern, dass ihre Kamera glaubte, sie müsste mit einem kleinen Lichtschub nachhelfen. Sie war eindeutig zur falschen Tageszeit hier und entschied sich, an einem anderen Tag wiederzukommen. Enttäuscht packte sie die Kamera weg. In der Zeit hätte sie besser mit Dorothee telefonieren, den neuen Läckberg-Krimi lesen oder einen Caramel macchiato trinken können.

Mit großen Schritten eilte sie zurück zum »Mord & Ortschlag«. Unterwegs machte sie Halt beim Reisebüro im vorderen Teil des Pavillons, um die Prospekte für die neuen Krimireisen abzuholen, die der Paketbote dort hinterlegt hatte.

»Wie war es auf den Malediven?«, erkundigte sie sich bei der Mitarbeiterin des Reisebüros, die ihr braun gebrannt einen Karton voller Flyer aushändigte.

»Sehr schön und sehr warm«, antwortete die Frau lachend. »Ein echtes Kontrastprogramm zu Hagen.«

Anja stimmte in das Lachen ein. »Warm ist es hier wahrlich nicht.«

»Ich bewundere diese Straßenmusiker, die bei diesem Wetter spielen können.« Die Frau zeigte auf den Zitherspieler, der sich vor dem Reisepavillon ausgebreitet hatte. Das hieß, dass der Akkordeonspieler verschwunden und nicht mehr mit seinem Instrument aufgetaucht war.

»Der junge Mann spielt wirklich gut«, bemerkte die Mitarbeiterin des Reisebüros. »Ich denke, er verdient nicht schlecht. Gerade dachte ich allerdings, ich müsste die Polizei rufen. Da kam ein Mann und hat den Spieler ganz schön zur Schnecke gemacht.«

Anja horchte auf. »Was wollte der Mann?«

»Das konnte ich nicht verstehen«, antwortete die Frau, »der Zitherspieler wohl auch nicht. Er hat den Typen jedenfalls verständnislos angesehen und erst reagiert, als dieser gegen den Zitherkoffer getreten hat. Da ist der Zitherspieler aufgestanden.« Die Frau begann zu kichern. »Entschuldigung, aber das sah so komisch aus.« Sie schilderte Anja genau das, was auch

Frau Grünmantel aufgefallen war, dass der junge Musiker sich einen einbeinigen Schemel umgebunden hatte und quasi mit Händen und Schemel gestikuliert hatte. Kein Wunder, dass sich sofort eine Menschentraube um das Männerpaar gebildet hatte.

»Der Typ, der losgebrüllt hat, ist dann verschwunden«, berichtete die Frau und wies einem Kunden, der das Reisebüro betrat, bereits den Stuhl vor ihrem Schreibtisch zu.

Für Anja ein deutliches Zeichen, sich aus dem Staub zu machen. Britta würde sie ohnehin bald als vermisst melden, weil sie die halbe Stunde inzwischen weit überschritten hatte. Sie klemmte sich den Karton mit den Flyern unter den Arm, nahm ihr Stativ und ging die wenigen Schritte zu ihrer Krimibuchhandlung an dem Zitherspieler vorbei. Er spielte wirklich gut, Frau Grünmantel würde sich freuen, denn passend zu den ersten Schneeflocken, die herabschwebten, spielte er den »Schneewalzer«.

KAPITEL 33

Eine höfliche Frage wird höflich beantwortet, auch wenn das Gegenüber aus dem Hals riecht.

Wie Anja es erwartet hatte, interessierte sich Gerd Neubert mehr für das Foto des Geigenspielers als für die Seiten aus dem Handbuch.

»Das ist für diesen Fall nicht erheblich«, erklärte er ihr, während er seine dicke, dunkelblaue Jacke zuknöpfte und sich die Kapuze über den Kopf zog.

Sie warteten an der Stelle, an der Hanna zuletzt gesehen worden war. Die Polizei hatte den Schausteller überredet, noch einmal mit seinem kleinen Karussell direkt an der Ecke vorzufahren, damit sie sich ein Bild von der Situation machen konnten.

Es war nicht so sehr der Straßenmusiker, der Anjas Aufmerksamkeit erregt hatte und der dazu führte, dass die Polizei diesen Aufwand betrieb. Es war die nackte Achse des Karussells, die Anja sofort aufgefallen war, als sie ihre Fotos betrachtet hatte. Ihre Tochter Ida hatte sich an der kleinen Tanne erfreut, die an genau jene Achse gebunden war. Auf Anjas Foto mit dem Geigenspieler war die Tanne zu sehen. Sie war so angebracht, dass niemand gegen die Achse laufen konnte. Auf dem Foto vom ersten Advent war diese Tanne verschwunden und die Achse war deutlich zu erkennen, vor allem der Kugelkopf, mit dem das Karussell in die Anhängevorrichtung eines Fahrzeugs eingehängt wurde. Der Kugelkopf hatte die Größe eines Tennisballs oder die Größe eines Mrs-Murphy-Balls, wie Anja ihn vor Weihnachten verkauft hatte. Jenen Ball, den Gerd Neubert mit der Tatwaffe verglichen hatte, nach der sie suchten.

Dank Frau Grünmantel und der Stewardess wusste Gerd Neubert genau, wo Hanna gespielt hatte. Nun rangierte der Karussellbesitzer so lange, bis sein Karussell exakt die gleiche Position hatte wie auf Anjas Fotos.

»Solche Bodenplatten haben eben auch ihr Gutes«, meinte der Kommissar und beugte sich leicht hinab, um unter Anjas Schirm sehen zu können. Wieso mussten sie ausgerechnet bei diesem Schneeregenwetter hier herumstehen?

Der uniformierte Polizist gab dem Karussellbesitzer ein Zeichen, dass er wenige Zentimeter rückwärtsfahren sollte, bis die Achse sich genau über der 16. Platte vom Friedrich-Ebert-Platz und der achten Platte von der Kampstraße befand. Ein anderer Polizist trat bereits an Hannas Geigenplatz von einem Fuß auf den anderen und schüttelte sich zwischendurch, damit die Regentropfen von seiner Kapuze und den Ärmeln liefen.

»Stopp!« Endlich hatte das Karussell seine richtige Position erreicht.

Anja war gespannt, wie es weitergehen würde. Dorothee hatte ihr erklärt, dass es keineswegs selbstverständlich war, dass eine polizeifremde Person, wie Anja im Amtsdeutsch bezeichnet wurde, bei einer solchen Rekonstruktion anwesend sein durfte. Dabei gab es genug Zuschauer, auch wenn nichts über den Grund der Aktion publik gemacht worden war. Ein Karussell, das Ende Januar mitten am Tag in die Innenstadt rollte, erregte Aufmerksamkeit. Wussten doch alle Hagener, dass im Rathaus streng auf die Einhaltung der Vorschriften für die Zufahrt in den Innenstadtbereich geachtet wurde.

Anja war selbst zufällig anwesend gewesen, als eine Netzwerkfreundin sich mit dem zuständigen Beamten am Telefon gestritten hatte. Er war nicht bereit gewesen, ihr eine Ausnahmegenehmigung zu erteilen mit der Begründung, während des Weihnachtsmarktes sei dies nicht erlaubt. Sie könne sich doch eine Jahreskarte kaufen, dann könne sie rund um die Uhr einfahren.

War es da verwunderlich, dass die Hagener, die an diesem Dienstag in der Innenstadt unterwegs waren, verharrten, um zu verfolgen, was es mit dem Karussell auf sich hatte? Und wenn dann ein Polizeiwagen auf dem Ebertplatz stoppte, statt wie sonst seine Patrouille zu fahren, rief das auch die Anwohner aus den umliegenden Häusern auf den Plan. Solch ein Spektakel wollte sich keiner entgehen lassen.

Anja unterschied sich von den Schaulustigen dadurch, dass sie innerhalb des Kreises stehen durfte, der auf geheimnisvolle Weise entstanden war. Obwohl es keine Absperrung gab, bildeten die Zuschauer so etwas wie einen Ring um die Polizisten, die sich gezwungen sahen, ihre Rekonstruktion unter den Augen der neugierigen Passanten vorzunehmen.

»Wir hätten uns besser nachts treffen sollen«, knurrte Gerd Neubert, als er sah, dass trotz des schlechten Wetters immer mehr Menschen stehen blieben.

»Kollege Wiesner«, rief er den Polizisten, der bis eben den Karussellbesitzer eingewiesen hatte. »Nehmen Sie die Personalien der Leute auf und fragen Sie sie, warum sie da stehen«, brummte er.

Anja beobachtete, wie der Beamte den Kommissar verständnislos ansah, es aber nach einem Blick auf Gerd Neuberts gerunzelte Stirn und verkniffenen Mund nicht wagte, zu widersprechen.

»Wiesner«, holte Gerd Neubert ihn zurück. »Sie wissen doch, der Täter kommt manchmal an den Tatort zurück«, zischte er ihm zu, leise zwar, aber doch laut genug, dass Anja ihn verstehen konnte. Zwar zwinkerte der Kommissar dem Kollegen dabei zu, doch Anja hielt es nicht für ausgeschlossen, dass sich auch der Täter unter den Leuten befand, die sie umringten. Der Geigenspieler war nicht wiederaufgetaucht.

»Lasst uns anfangen, bevor die Schaulustigen einen Rückstau verursachen«, forderte Gerd Neubert seine Kollegen auf. Ein Streifenbeamter holte eine Puppe aus dem Auto.

Anja war überrascht. »Was machen Sie denn jetzt?«

Der Kommissar lachte. »Wir haben lange gesucht, bis wir eine Puppe gefunden haben, die genau Hannas Größe hat. Wir können ja schlecht ein Kind auf die Achse schubsen, oder?«

Das leuchtete Anja ein und sie ärgerte sich, dass sie

überhaupt gefragt hatte. Auf die Idee hätte sie auch selbst kommen können. Sie beobachtete, wie der Polizist die Hanna-Puppe an der Stelle platzierte, an der sich sein Kollege warm trat. Die Puppe wurde so ausgerichtet, wie Hanna gestanden hatte.

»So geht das nicht«, stoppte Gerd Neubert die Vorbereitungen, »dann sind wir ewig damit beschäftigt, herauszufinden, von wo aus sie geschubst wurde. Lasst uns das Ganze anders herum versuchen.« Er holte ein Tablet aus der Aktentasche, die er auf den öffentlichen Abfalleimer gelegt hatte, stellte sich unter ein Dach und wischte auf dem Tablet herum. Dann ging er zur Achse und forderte den Kollegen auf, die Puppe vorsichtig in seine Richtung zu kippen. Er fing die Hanna-Puppe auf. »Halten Sie die Beine fest«, befahl er einem Kollegen und drehte den Kopf der Puppe so lange hin und her, bis er zufrieden aussah.

»So muss Hanna aufgekommen sein«, erklärte er Anja und den anderen. »Ich habe sie so hingelegt, dass die Kugel für die Anhängerkupplung genau an der Stelle ist, an der die Rechtsmedizin bei Hanna den Todesstoß bemerkt hat.« Er hob die Puppe ganz langsam hoch und achtete darauf, dass er den Fallweg so genau wie möglich rekonstruierte. »Kollege«, Gerd Neubert sah sich um. »Mist, uns fehlt einer, um den Sturz genau nachzustellen.«

Ehe er den Kollegen abberief, der von Zuschauer zu Zuschauer ging, um die Personalien aufzunehmen, bot Anja rasch Hilfe an: »Was brauchen Sie denn?«

Nach einem kurzen Zögern erklärte Gerd Neubert ihr, was er vorhatte. Er bat sie, sich nach seinen Anweisungen neben die Füße der Puppe zu stellen. Während er die Puppe anhob, dirigierte er sie mal nach rechts und mal nach links, bis er rief: »Genau da stehen bleiben.«

Anja kam sich komisch vor, doch sie wagte nicht, sich auch nur einen Schritt von der Stelle zu bewegen. Der Kommissar würde seinen Grund haben, warum er das hier veranstaltete.

Als die Puppe endlich wieder an ihren Platz geräumt worden war, kam Gerd Neubert zu Anja rüber. »Genau hier stand der Täter«, sagte er und zeichnete einen Kreidekreis um Anjas Füße. Obwohl sie sicher wusste, dass sie weder die Täterin war, noch etwas mit Hannas Tod zu tun hatte, fühlte sie sich unbehaglich und war froh, als sie wenig später den Kreis verlassen durfte.

Während Gerd Neubert mit seinen Kollegen die Einzelheiten der Tat diskutierte, beobachtete sie die Passanten, die mit ihren Schirmen von der Imbissbude bis weit auf den Ebertplatz reichten und zum Teil unter dem Dachvorsprung des Eckhauses Mitte Zwei Schutz suchten.

Zwischen den Menschen erkannte sie die Mütze des Polizisten, der die Hälfte der Schaulustigen befragt hatte. Am liebsten hätte sie ihm geholfen. Die Vorstellung, dass hier zufällig auch der Täter stehen könnte, faszinierte sie. Andererseits war für sie eigentlich klar, dass der verschwundene Straßenmusikant mit der Geige der Täter war. Wieso hätte er sonst einfach untertauchen sollen?

Anja zog ihr Smartphone aus der Jackentasche und betrachtete die Großaufnahme des Gesichts, die sie aus ihrem Foto herausgeschnitten hatte. Sie verglich unauffällig die Gesichter der Schaulustigen, soweit Kapuzen und Schirme das zuließen, mit dem auf dem Foto. Der Geiger war nicht darunter.

»Kann ich gehen?«, erkundigte sie sich bei Gerd Neubert. Langsam schob sich die Kälte des nassen Bodens durch ihre Schuhsohlen, und sie sehnte sich nach einem heißen Kaffee. Wenn sie das richtig sah, war die Vorführung beendet. Die ersten Passanten zogen bereits wieder ihrer Wege und der Polizist, der die Personalien aufnehmen sollte, rief hinter ihnen her: »Halt, warten Sie?« Die Menschen ließen sich davon nicht beeindrucken, zumal der Schneeregen stärker wurde.

Anja bemerkte Frau Grünmantel, die davonstrebte. Sie musste lachen. Es hätte sie auch gewundert, wenn die alte Lehrerin nicht hier gewesen wäre. Sie war einen Großteil des Tages in der Stadt unterwegs und wo immer etwas los war, erschien sie, als hätte sie einen Radar für die kleinen, spannenden Momente des Alltags.

Sie war es auch, die Anja berichtet hatte, warum der Zitherspieler nach zwei Tagen plötzlich nicht mehr aufgetaucht war. »Stellen Sie sich vor«, hatte Frau Grünmantel ihr am Tag zuvor zugeraunt. »Ich habe gestern den jungen Mann mit der Zither an der Kasse im Kaufpark getroffen. Ich habe ihn natürlich gleich gefragt, ob er auch den ›Schneewalzer‹ spielen kann.«

Das sah Frau Grünmantel ähnlich, fand Anja, doch ehe sie darauf antworten konnte, fuhr die alte Frau fort: »Er hat mir erklärt, dass er nicht mehr in Hagen spielt.« Die Art, in der Frau Grünmantel ihre Stimme zum Ende des Satzes hin anhob, ließ Anja vermuten, dass die spannende Information erst kam. »Ein Mann hat ihm geraten, besser nicht mehr hier zu spielen, wenn ihm seine Zither lieb wäre.«

Genau in dem Augenblick hatte eine Gruppe Jugendlicher den Laden betreten, die für ihren Lehrer einen ganz bestimmten Krimi suchte. Frau Grünmantel war gegangen, ohne die Geschichte zu beenden.

Als Anja die alte Frau bemerkte, folgte sie ihr, um endlich zu erfahren, was der junge Zitherspieler außerdem gesagt hatte.

KAPITEL 34

Die Auswahl der Lieder sollte zur Jahreszeit passend erfolgen.

Anja schmunzelte, als sie von ihrer Fototour zurückkam und die Klänge von »Der Mai ist gekommen« hörte. So weit war es leider noch nicht. Ein Karnevalslied hätte deutlich besser gepasst – so kurz vor Rosenmontag.

»Guten Tag«, begrüßte Anja den Akkordeonspieler und freute sich, dass sein Boss, wie er ihn beharrlich nannte, ihn endlich wieder spielen ließ. Obwohl sie ihm das Handbuch bisher nicht zurückgegeben hatte.

Es war nicht gerade die passende Musik, die er da spielte. Aber das würde er spätestens dann mitbekommen, wenn Frau Grünmantel ihn in die Geheimnisse der Volksmusik einweihte und ihm ein »La Montanara« in Erinnerung an ihren Egon entlockte.

»Guten Tag«, wiederholte der Akkordeonspieler, ohne die Finger von den Tasten zu nehmen und in seinem Rhythmus innezuhalten.

Anja fragte sich, wo sie dieses Handbuch versteckt hatte. Es lag irgendwo, wo sie es sofort wiederfinden konnte. Aber wo war das? Sie wusste, sie hatte es von zu Hause mitgebracht und im »Mord & Ortschlag« an eine sichere Stelle gelegt. Nur konnte sie sich nicht mehr daran erinnern, welche Stelle das gewesen war.

Anja ging nach einem kurzen Gruß an Britta vorbei direkt in den Keller. Das Handbuch konnte nur in ihrem Abrechnungsordner sein, das war der wichtigste Ordner, dort musste sie das dünne Heft verstaut haben.

Hatte sie aber nicht. Von dem Heft war im gesamten Lagerkeller keine Spur. Weder im Bestellordner, wo es ihr jeden Abend begegnen musste, noch im Ordner mit den Geschenkgutscheinen. Das Heft blieb verschwunden.

»Dann ist es doch zu Hause«, ärgerte sich Anja und ging die Treppe hinauf, wo sie bereits eine Kundin mittleren Alters erwartete, die einen Krimi suchte, der im Dritten Reich spielte. Es war wirklich erstaunlich, mit welch ausgefallenen Wünschen Kunden bei ihr erschienen.

»Ui, da haben Sie sich aber eine knifflige Aufgabe überlegt«, scherzte Anja und ging in Gedanken alle Krimis durch, die sie kannte. Sie zog neben der Datenbank die Suchmaschinen zurate. Es gab unzählige Ergebnisse über Krimis, die im Dritten Reich geschrieben, aber keinen einzigen Hinweis auf einen Krimi, dessen Ermittler zwischen 1933 und 1945 tätig war. Ob sich die Autoren nicht an das Thema wagten? Diese Frage würde sie an Tobias delegieren. Im Augenblick ging es darum, die Kundin zufriedenzustellen.

»Ich fürchte, wir haben im Moment nichts Passendes vorrätig«, säuselte Anja. Innerlich knirschte sie mit den Zähnen, weil sie der Kundin nicht einmal einen Titel in Aussicht stellen konnte.

Doch diese reagierte längst nicht so enttäuscht, wie Anja es erwartet hatte. »Das habe ich mir gedacht«, antwortete sie. »Finden Sie es nicht auch merkwürdig, dass es unzählige Krimis aus anderen Ländern gibt, aber keinen, der in unserer jüngsten Geschichte spielt? Übrigens finde ich auch keinen, der in der DDR spielt.«

Darüber hatte Anja sich früher keine Gedanken gemacht, sie las, was ihr in die Finger kam, und war froh, wenn sie dazu kam, sich einen Eindruck von den neuen Büchern und Autoren zu verschaffen.

»Wieso sind Sie nicht enttäuscht?« Das interessierte Anja nun doch. Die meisten Kunden ließen sich nur schwer zu einem anderen Krimi überreden, wenn sie nichts Neues zu ihrem Herzensthema fanden.

»Mir ist das aufgefallen und ich wollte einfach sehen, ob ich richtig liege mit meiner Einschätzung«, erklärte die Frau.

Anja kam es jedoch so vor, als wäre das nicht die ganze Antwort. Sie betrachtete die groß gewachsene Frau genauer, ihre schwarzen Locken fielen bis auf die Schultern des schwarzen Ponchos. Anja hatte ein solches Kleidungsstück lange nicht gesehen, aber im Gegensatz zu Frau Grünmantels Garderobe wirkte der Poncho modern und machte neugierig auf die Frau.

Anja war ein wenig enttäuscht, als der »Kriminaltango« anzeigte, dass neue Kunden den Laden betraten. Rasch versprach sie der Frau, ihren besten Rechercheur auf das Thema anzusetzen, und fand selbst, dass das richtig gut klang. Vor lauter Begeisterung über diese Formulierung vergaß sie ganz, sich von der Frau eine Kontaktmöglichkeit geben zu lassen. Das ärgerte sie besonders, weil es nur Emily und Giulia waren, die den »Kriminaltango« ausgelöst hatten. Als sie deren düstere Gesichter sah, bemühte sie sich um ein freundliches Lächeln, das die beiden aufheiterte.

»Was ist denn mit euch los?«, fragte sie und betrachtete die beiden Mädchen genauer. Von Karnevalsschminke war keine Spur zu entdecken, was in diesen Tagen gerade bei Mädchen zwischen sechs und zwölf außergewöhnlich war.

»Wollt ihr nicht Karneval feiern?«, erkundigte sie sich.

Die Mädchen schüttelten statt einer Antwort stumm die Köpfe und starrten auf den Boden.

»Hey, was ist?« Anja war allein im Laden und musste jeden Moment damit rechnen, dass ein neuer Kunde kam.

»Übermorgen ist doch diese komische Messe.« Giulia fasste sich als Erste ein Herz und warf Anja diese seltsame Erklärung hin.

»Übermorgen ist Karnevalssamstag, da gibt es keine Ausstellungen hier in Hagen, höchstens Karnevalssitzungen«, widersprach Anja und begriff erst zu spät, dass die Mädchen von einem Gottesdienst sprachen. Da sie selbst nicht sonderlich religiös war, hatte Oliver erst ein kleines Seminar abhalten müssen, bis sie den Hinweis verstand, den Hieronymus Doll ihr geschickt hatte.

»Ihr meint die Messe für Hanna?«, fragte sie. Oliver hatte von einem Sechs-Wochen-Gedenkamt oder etwas Ähnlichem gesprochen. Durch die Umstände von Hannas Tod hatte sich das alles verzögert. Inzwischen waren fast zehn Wochen seit ihrem Verschwinden vergangen.

»Genau!«, bestätigte Emily und sah Anja an.

»Aber was ist damit, da könnt ihr hingehen.« Anja verstand nicht, was die beiden Mädchen bedrückte.

»Wir müssen doch tanzen«, brachte Giulia schließlich hervor. »In der Garde. Bei den blau-weißen Funken.«

Anja sah die Mädchen an. Das war wirklich ein schwerer Konflikt. Die Wahl zwischen einer Gedenkmesse für ihre Freundin und dem Auftritt in der Karnevalssitzung, für den sie ein Jahr lang geprobt hatten.

»Was meint ihr denn, was Hanna euch empfehlen würde?«, fragte Anja, stolz auf diese diplomatische Antwort.

»Die hätte gesagt, wir sollen tanzen, weil sie doch sowieso nicht mitkriegt, ob wir in der Kirche sitzen.«

Anja versuchte, ihre innere Heiterkeit in ein schwaches Lächeln umzuwandeln. Das hätte ihr Sohn Tobias in dem Alter sicher auch gesagt. Was die Mädchen da vorbrachten, klang so, als hätten sie bereits früher über einen ähnlichen Konflikt zwischen Kirche und Spaß diskutiert. Mädchen in dem Alter waren nun einmal kritisch und übernahmen nicht mehr bedingungslos alles, was ihre Eltern verlangten. Was Hannas Vater davon hielt, darüber brauchte Anja nicht lange nachzudenken. Sie konnte sich lebhaft vorstellen, wie er seiner Tochter erklärte: »Der Kirchgang ist eine Pflicht, die über alles geht«, oder so ähnlich. Sie mochte nicht an ihn denken und fragte sich, ob Hannas Mutter in der Kirche sein würde. Sie wollte in jedem Fall versuchen, dorthin zu gehen, schon um sich die Chance, Hannas Mutter ein weiteres Mal zu treffen, nicht entgehen zu lassen.

»Sie meinen, wir können ruhig tanzen?«, vergewisserte Emily sich bei Anja und als diese nickte, erklärte sie: »Meine Eltern sagen das auch.«

»Meine auch«, ließ Giulia verlauten und Anja fragte sich, wieso die Mädchen sich dann nicht entscheiden konnten. Vielleicht hatten ihre Eltern in der Hektik des

Alltags nicht den richtigen Zugang zu ihnen gefunden. Sie hoffte, dass sie immer die Zeit haben würde, Ida in Ruhe zu erklären, was wichtig war. Aber sie wusste auch, dass Ida mit Tobias den besten Begleiter ins Leben hatte, den sie sich nur wünschen konnte.

Ein Kunde betrat den Laden und verscheuchte mit der Eingangsmelodie, die er auslöste, die beiden Mädchen.

Anja bemerkte erleichtert, dass er zielsicher auf das Regal mit den Krimis von Ken Follett zuging und das neueste Buch herauszog. Dann sah er die Bücher im Fach über den Folletts durch und nahm einen Fitzek heraus.

»Können Sie mir die als Geschenk einpacken?«, fragte er, ohne Anja zu begrüßen.

Anja wusste nie, was sie von solchen Kunden halten sollte, die nicht einmal »Guten Tag« sagten, wenn sie den Laden betraten. Jedes Mal, wenn in ihrem Bekanntenkreis über die Jugend von heute diskutiert wurde, kamen ihr diese Kunden in den Sinn. Auch die heute 60-jährigen verzichteten oft auf »Respektformeln«, wie ein Teilnehmer einer Krimireise einmal gesagt hatte. »Höflichkeitsfloskeln klingt so negativ«, lautete seine These, »Respektformeln hört sich freundlicher an, positiv und so, als sollte man sich daran halten, so wie man auch nicht einfach den Satz des Pythagoras bei der Berechnung eines Dreiecks vernachlässigen oder ändern kann.«

»Da haben Sie sich ja zwei spannende Bücher ausgesucht.« Anja versuchte krampfhaft die Zeit, in der sie die Geschenke verpackte, mit Small Talk zu überbrücken.

Der Kunde schien keinen Wert darauf zu legen. Was auch immer sie sagte, er antwortete nur mit »Ja«, »Nein« oder wie bei dieser Bemerkung mit: »Ich weiß!«

Anja entschied, die Bücher schweigend einzupacken und statt eines Gesprächs lieber darüber nachzudenken, wo dieses Heft sein konnte, das sie dem Akkordeonspieler zurückgeben wollte.

»Das macht dann 18,90 Euro«, beschied sie dem Kunden, nachdem sie die Preise von den beiden abgelösten Etiketten eingescannt und mit der Kasse addiert hatte. Der Mann reichte ihr einen Hunderteuroschein. Anja seufzte innerlich. Hoffentlich konnte sie den wechseln. Sie hob die Kleingeldschublade an, um nach den Wechselscheinen zu suchen, und entdeckte dort unter den Geldscheinen jenes Heft, nachdem sie gerade eben den Lagerkeller abgesucht hatte. Ihr fiel ein, dass sie Britta erklärt hatte, warum das Heft wichtig war und wieso es in der Schublade lag. Sie gab dem Mann sein Wechselgeld und wünschte ihm einen guten Tag, ohne eine Antwort zu bekommen. Dann nahm sie das Heft aus der Schublade und steckte es in die Tasche, damit sie es griffbereit hatte, wenn Britta von ihrem Karnevalsshopping zurückkehrte.

Geht es dir gut? Kann vor Sorge kaum spielen.
Die Frau fragt nach dir. Immer wieder.
Er lässt mich nicht. Bitte.
Geht es dir gut?

KAPITEL 35

Wer ein Instrument beherrschen will, muss in jeder freien Minute üben, üben, üben.

Mit gemischten Gefühlen machte sich Anja am Abend auf den Weg nach Wetter, um mit den Kolleginnen aus ihrem Businessfrauen-Netzwerk Weiberfastnacht zu feiern. Lieber hätte sie den Abend auf der Couch verbracht, aber sie wollte sich nicht immer ausschließen, außerdem waren die Treffen meistens lustig und aufschlussreich.

Der Akkordeonspieler hatte erleichtert gewirkt, als sie ihm das Heftchen überreicht hatte, das irgendjemand großspurig »Handbuch« genannt hatte. Er hatte sich jedoch nicht auf ein längeres Gespräch eingelassen, sondern sich immer wieder ängstlich umgesehen.

Während sie Richtung Wetter fuhr, fragte sich Anja, warum er solche Angst gehabt hatte. Dieser Fahrer musste doch froh sein, dass der Akkordeonspieler für seine mäßigen musikalischen Fähigkeiten ansehnliche Einnahmen erzielte. Wann immer sie einen Blick auf den blauen Hocker warf, wirkte dieser prall gefüllt.

Nachdem Anja ihren Wagen in die letzte Parkbucht vor dem Restaurant rangiert hatte, betrat sie das Lokal. Gleich kam ihr eine Kollegin entgegen, setzte ihr ein gepunktetes Hütchen auf und bewarf sie mit Luftschlangen. Sie fühlte sich unwohl. In ihrer Heimat waren solche Bräuche völlig unbekannt, anders als hier. Als ob das Rheinland bis nach Hagen und in die Region ausstrahlte. Während in Oldenburg der Alltag in der Faschingszeit ungestört weiterlief, musste man in Hagen immer damit rechnen, dass verkleidete Menschen durch die Straßen liefen. Ein Kneipenbesuch an Weiberfastnacht war ohne Kostüm oder Pappschmuck undenkbar. Also machte Anja mit, auch wenn sich ihre Gespräche in dem Konfettiregen der vorbeiziehenden Männer um ernste Themen drehten.

»Wirklich merkwürdig, dass die Polizei diesen Geigenspieler nicht findet«, sinnierte Anja und starrte auf den Tisch vor sich, wo gerade der Hawaiitoast abgestellt wurde, auf den sie vor einer halben Stunde richtig Appetit gehabt hatte. Der war ihr vergangen, seit das Gespräch irgendwie auf Hanna gekommen war.

»Bei uns steht jetzt auch immer einer herum.« Maria, eine Netzwerkkollegin, die in Wetter eine Teehandlung betrieb, sah in der neuen Straßenunterhaltung ein Zeichen dafür, dass ihre Stadt nun auch in die Reihe der interessanten Städte gerückt war. »Wenn sogar Straßenmusiker zu uns gekarrt werden«, scherzte sie und hob ihr Glas. »Auf die Weltstadt Wetter«, rief sie laut und schwenkte die Biertulpe so sehr, dass ihre Nachbarinnen etwas davon abbekamen. Die beiden Frauen neben ihr kreischten albern, doch Anjas Gedanken blieben an Marias Satz kleben.

»Was meinst du damit, dass die Straßenmusiker gebracht werden?«, wollte sie wissen und erkannte an den Blicken der anderen, dass sie mit ihrem ernsten Tonfall die Stimmung zerstörte. Aber ihr war ohnehin nicht nach Karneval und Party zumute. Sie bereute es bereits, dass sie gekommen war. Ein ruhiger Abend am Computer wäre für ihr inneres Gleichgewicht deutlich besser gewesen. Aber die Treffen waren sonst immer so inspirierend, dass Oliver sie fast fortgejagt hatte, nachdem Ida im Bett war.

»Der wird immer in die Kaiserstraße bis zur Buchhandlung gefahren«, antwortete Maria, nachdem sie ihr Glas abgestellt hatte. »Er geht dann mit seiner Geige bis oben, du weißt schon, er steht immer bei uns in der Nähe an der Kirchenmauer.«

Anja nickte. Sie wusste, wovon Maria sprach, aber es interessierte sie nicht, wo der Straßenmusikant stand, sondern etwas ganz anderes. »Hat er einen blauen Campinghocker bei sich?«

»Du stellst Fragen«, unterbrach eine von Marias Nachbarinnen das Gespräch. »Hey, es ist Karneval, da wird gelacht und geküsst und nicht geschwafelt. Helau!« Die Frau hob ihr Glas schwungvoll in die Höhe. Dass ein Teil ihres Radlers auf dem Tisch landete, schien sie nicht zu stören. Ihre unkoordinierten Handbewegungen ließen Anja vermuten, dass sie zu denen gehörte, die bereits um 11.11 Uhr mit dem Feiern begonnen hatten. Sie mochte das nicht und ging nicht auf die Bemerkung ein. Stattdessen sah sie Maria so neugierig an, dass diese schnell »Ja« sagte, ehe sie sich über den Kartoffelsalat hermachte, den die Bedienung vor sie hin gestellt hatte.

Zu gerne hätte Anja gewusst, ob Maria etwas über das Fahrzeug sagen konnte, mit dem der Geigenspieler transportiert wurde. Aber sie spürte, dass die anderen inzwischen von der ausgelassenen Stimmung in der Gaststätte angesteckt worden waren und sie ihre Frage besser am nächsten Tag telefonisch klären sollte. Sie widmete sich ihrem Hawaiitoast und lauschte den Albernheiten, die ihre Freundinnen austauschten.

Frauen sind auch nicht anders als Teenager. Anja lachte über den Gedanken. Sonst war sie genauso ausgelassen, aber die letzten drei Monate waren anstrengend gewesen, der neue Laden, die Verantwortung, manchmal kamen keine Kunden, die Angst, ob sie sich mit ihrem Projekt übernommen hatte und dann die Gedanken an das tote Mädchen, die sie nicht aus dem Kopf bekam. Schon deshalb, weil entweder Hannas Freundinnen oder Frau Grünmantel im Laden standen und sich nach den Ermittlungsfortschritten erkundigten. Gelegentlich stattete ihr sogar Hieronymus Doll einen Besuch ab, dabei hatte sie ihm erklärt, dass Ida erst einmal keinen Unterricht haben wollte. Auch an ihrer Tochter war der ungewohnte Alltag nicht spurlos vorübergegangen. Das erste Schulhalbjahr war vorbei und als wäre damit eine Schonfrist vorüber, nahm der Unterricht Tempo auf und die Anforderungen stiegen. Ida ging weiterhin gerne zur Schule, aber sie genoss die freien Nachmittage ohne Ganztagsbetreuung. Allein in ihrem Zimmer oder im Lagerkeller der Buchhandlung, wo sie immer ein Buch fand, an dem sie ihre neu erworbenen Lesekenntnisse ausprobieren konnte.

»Da seid ihr ja!« Anja freute sich, als Dorothee Herbst eintraf, die stöhnte, weil sie einige Zeit gebraucht hatte, um aus dem närrischen Düsseldorf ins beschauliche Wetter zu gelangen. Doch nun brachte sie ihre typische Mischung aus Frohsinn und Business mit und lenkte die Gespräche in ganz neue Bahnen.

»Wisst ihr, was Rosenkränzchen sind?«, warf Dorothee als Erstes in die Runde und freute sich an den verrückten Ideen ihrer Kolleginnen. Von Pflanze bis Schmetterling war alles dabei, umso größer war das Gelächter, als sie zu der Bedienung sagte: »Ich hätte gerne ein Rosenkränzchen. So nennt man in Düsseldorf eine geringelte Bratwurst«, klärte sie die Kellnerin auf, die hilflos die anderen Frauen am Tisch ansah. »Bringen Sie mir einfach ein Schnitzel mit Pommes«, bat Dorothee versöhnlich, und die Frau machte sich erleichtert davon, um den Wunsch an die Küche weiterzugeben.

Während die anderen laut darüber diskutierten, ob es in Wetter oder Hagen ähnlich verrückte Bezeichnungen für herkömmliche Speisen gab, flüsterte Dorothee Anja leise zu: »Der Wagen ist auf einen Bogdan Timcu angemeldet.«

»Welcher Wagen?«, wollte Maria wissen, die von ihren Kolleginnen auch scherzhaft »das Ohr« genannt wurde, weil sie angeblich die Gabe besaß, zwei Gesprächen gleichzeitig zu folgen. Zumindest kam es Anja und den anderen Businessfrauen so vor, weshalb sie in Marias Beisein darauf verzichteten, zu flüstern oder intime Informationen auszutauschen, die nur für die beste Freundin bestimmt waren.

In diesem Moment freute Anja sich über die Gelegenheit, kurz mit Maria über den Straßenmusikanten zu sprechen. Sie erklärte ihr, von welchem Fahrzeug die Rede war, und erkundigte sich gleichzeitig, welche Farbe der Kleinbus hatte, in dem Marias Geigenspieler im Bismarckquartier abgesetzt wurde.

»Puh, irgendein Braun«, überlegte Maria. »Doch, auf jeden Fall war der braun, weil ich noch überlegt habe, ob er dem Schreiner gehört, der bei mir die neuen Regale eingesetzt hat. Der hatte auch so einen braunen Kombi.«

Anja nickte. Sie war sich zu 90 Prozent sicher, dass das derselbe Mann mit demselben Bus war und würde sich nicht wundern, wenn es sich um den vermissten Geigenspieler handelte. Sie wollte sich gerade verabschieden, um Gerd Neubert die Information weiterzugeben, da fiel Maria ein: »Vorn rechts war das Licht kaputt. Nicht das Licht, dieses Plastik, man konnte die Glühbirne sehen.«

Jep!, dachte Anja. Das ist er.

»Wieso ist der denn jetzt in Wetter unterwegs?«, wollte Dorothee wissen. Sie sah ratlos von Maria zu Anja.

Anja erklärte ihr beim Aufstehen, dass der verschollene Geigenspieler vermutlich nicht verschollen war, sondern in Wetter musizierte, während die Polizei in den großen Ruhrgebietsstädten nach ihm Ausschau hielt.

»Das ist ja ein Ding!« Dorothee schüttelte den Kopf. »Der Aufruf ging doch sicher auch an die Kollegen hier.« Sie sah sich nach einer Netzwerkkollegin um, die in Wetter bei der Polizei arbeitete.

»Karin, fahndet ihr hier nicht nach dem Geigenspieler?«, rief sie quer über den Tisch, ohne sich darum zu kümmern, dass die anderen kicherten und ausgelassen Karnevalslieder grölten.

Anja war froh, dass Karin nicht zurückrief, sondern aufstand und sich erkundigte, was Dorothee von ihr wollte. Nicht ohne mit einem Tadel darauf hinzuweisen, dass Ermittlungen nicht in die Öffentlichkeit gehörten.

»Stell dich nicht so an«, konterte Dorothee. »Ich weiß schon, was ich tue. Und jetzt frage ich mich, wie es kommt, dass hier möglicherweise der Geigenspieler aufgetreten ist, den die Hagener seit Wochen vergebens suchen?«

Anja bemerkte erstaunt, welche Wandlung plötzlich mit Dorothee vor sich ging. Sie war nicht mehr die alberne Freundin, sondern eine taffe Managerin, die sicher nicht umsonst eine Führungsposition im Landeskriminalamt innehatte.

»In dem Aufruf stand, dass er sich vor allem an die Wachen richtet, in deren Zuständigkeitsbereich Straßenmusiker unterwegs sind«, gab Karin zurück, als hätte sie in Dorothee ihre Vorgesetzte vor sich.

Anja konnte sich nur wundern, wie Sprache Menschen in wenigen Sekunden verwandelte. Sie war erleichtert, dass Dorothee schnell wieder einen leichten Ton anschlug und sich sogar bei der Netzwerkkollegin entschuldigte.

»Wenn ich das richtig verstanden habe, dann ist der Typ hier bei euch untergetaucht. Aufgetaucht muss man wohl besser sagen.«

Karin starrte Dorothee an. »Nee, oder?«

Fast tat sie Anja leid. Wie sollte die Polizei in dem kleinen Örtchen damit rechnen, dass hier auf einmal ein Straßenmusiker arbeitete? Wenn sich niemand beschwerte und nicht zufällig eine Streife vorbeikam, konnte der lange spielen, ohne dass er auffiel. Zumal Straßenmusikanten es darauf anlegten, möglichst wenig anzuecken und Kritik hervorzurufen. Das hatte Anja selbst erlebt. Sie hätte geschworen, dass sie niemals einen Straßenmusiker fotografiert hatte, und trotzdem war er auf einem Bild.

Dass ihr das nicht eher eingefallen war. Sie hatte ihre Handtasche unter dem Tisch hervorgekramt und forschte nach dem Smartphone. Zum Glück hatte es, anders als die vielen Kleinigkeiten in ihrer Handtasche, seinen festen Platz.

»Ist das der Typ?«, fragte sie aufgeregt und zeigte Maria ein Foto.

»Ja, das ist er«, antwortete Maria genau in einem Moment, als die Musik endete. Gleich stürzten sich alle Frauen an ihrem Tisch auf Anja, um sich den Mann anzusehen.

»Wirst du Oliver untreu?«, fragten die einen, während die anderen an ihrem Männergeschmack zweifelten.

KAPITEL 36

Nur wer sein Instrument beherrscht, erreicht seine Ziele.

Als Anja nach Hause kam, saßen Oliver und Tobias auf der Couch und spielten Golf auf Idas Wii. Sie brachen das Spiel jedoch sofort ab.

Tobias hatte zuvor Basketballtraining und berichtete nun, dass er mit einem Mitspieler über Hanna gesprochen hatte. »Der ist total fertig und hat sich gleich bei der Polizei gemeldet, nachdem wir uns unterhalten haben. Die haben ihn wohl kurzzeitig verdächtigt. Er musste sogar eine DNA-Probe abgeben.«

Anja spürte, dass ihn das ziemlich beschäftigte, trotz der Coolness, die er an den Tag legte. Aber da musste er durch, das war das wahre Leben. Man konnte in solche Situationen geraten und die Gefahr höchstens verringern, indem man erst nachdachte und dann handelte. Sie verzichtete darauf, ihrem Sohn diese Weisheiten mitzuteilen, er war ohnehin geknickt. Zumal er feststellen musste, dass seit Wochen keine Bewegungen auf der Internetseite über Hanna stattfanden.

»Unglaublich, wie schnell die Menschen vergessen«, fand er. »Diese Hanna ist gerade zehn Wochen tot und keine Sau interessiert sich dafür, wer sie umgebracht hat.« Er redete sich in Rage, und Anja fragte sich, was hinter seiner Wut stecken mochte. Doch sie wusste, dass es besser war zu warten, bis er selbst darüber sprach.

»Und dann kommt so ein Prof daher und meckert, weil wir nicht richtig Hochdeutsch sprechen«, schimpfte Tobias weiter.

Aha!, dachte Anja. Das ist es also. Ärger an der Uni.

»Wie kam denn der Professor darauf?«, erkundigte sie sich, nicht nur, weil sie ihrem Sohn helfen wollte, sondern weil es sie wirklich interessierte, wieso ein Professor die Sprache der Studenten kritisierte.

»Das ist so ein Affe, der perfekt Hochdeutsch spricht.« Tobias kniff wütend die Augen zusammen.

Anja erkannte daran, dass er sich tief getroffen fühlte. Was sie verstehen konnte. Nach dem Umzug von Oldenburg nach Hagen hatte er sich gelegentlich anhören müssen, er spreche so komisch. Mit viel Mühe hatte er die Sprachfärbung des Ruhrgebiets angenommen und nun wurde ihm ausgerechnet das vorgeworfen.

»Es ging um ein Rundfunkinterview, das wir analysieren mussten«, begann er den Verlauf der Stunde zu schildern.

Anja sah Oliver an und zog entschuldigend die linke Schulter hoch, das klang ganz danach, als würde die Schilderung den kurzen Rest des Abends einnehmen.

Ihr Mann zwinkerte ihr beruhigend zu und sie konnte es wieder einmal nicht fassen, dass sie das Glück gehabt hatte, einen solchen Mann über das Internet zu finden.

Geduldig lauschten sie Tobias' Bericht, warfen sich gelegentlich Blicke zu und versuchten ihm anschließend gemeinsam vorsichtig zu erklären, dass es in einem überregionalen Radiosender nun einmal wichtig war, dass alle Hörer den Moderator verstehen. Auf die Idee war er inzwischen selbst gekommen, sogar darauf, dass er sich gerade wegen seiner Probleme nach dem Umzug persönlich angesprochen fühlte. Er verabschiedete sich beruhigt in sein Schlafzimmer.

Anja und Oliver gingen direkt danach ins Bett, sodass keine Zeit war, um Mails zu schreiben.

Anja stand im »Mord & Ortschlag«, sortierte Bücher und schmiedete Pläne, wie sie an die neuesten Informationen gelangen konnte. Sie ärgerte sich, weil sie nur vage mitbekommen hatte, dass Karin ihre Kollegen informieren wollte und was Maria über den Zeitpunkt gesagt hatte, an dem der Geiger üblicherweise eintraf. Missmutig schob sie die Bücherkiste, die sie gerade auspacken wollte, in die Ladenecke. Sollte sich doch Britta darum kümmern. Sie rief Maria an. Vielleicht konnte die ihr aus erster Hand von der Verhaftung berichten. »Und, haben sie ihn gekriegt?«

»Das war vielleicht eine Action hier heute Morgen.« Am Klang von Marias Stimme konnte Anja erkennen, dass sie darauf brannte, die Geschichte zu erzählen. »Um 10 Uhr erschien Karin hier mit ihrem Kollegen, der hat sich oben im Kirchgarten versteckt. Hinter dem Rhododendronstrauch, du weißt schon, der dir so gut gefallen hat.«

Anja wippte am Telefon hin und her. Ihr war noch nie aufgefallen, dass Maria eine so begabte Geschichtenerzählerin war. Sie beschrieb ausführlich, wie die Polizisten sich getarnt hatten, bis sie von der Fußgängerzone aus nicht mehr zu sehen waren, und was sie getan hatten, bis der Kleinbus endlich aufgetaucht war.

Frau Grünmantel wäre von dieser Beschreibung sicher total begeistert, dachte sie und erblickte durch das Schaufenster die alte Lehrerin an der Bushaltestelle.

»Sorry, gleich kommt eine Kundin«, drängte sie Maria, als sie sah, dass Frau Grünmantel ihre Schritte in Richtung »Mord & Ortschlag« lenkte.

»Karin hat bei mir gewartet und als der Typ die Bismarckstraße raufkam, haben die beiden ihn sich geschnappt«, fasste Maria die Ereignisse so kurz zusammen, dass es Anja auch wieder nicht recht war. Aber sie hatte keine Zeit nachzufragen. Die alte Lehrerin hatte ihre Hand schon auf dem Türgriff. Erstaunt sah Anja, wie die Hand zurückgezogen wurde und Frau Grünmantel weiterging. Was sollte das denn nun? Sie verabschiedete sich schnell von Maria und blickte Frau Qualmann nach, soweit dies möglich war. Die Frau blieb stehen. Ausgerechnet an einer Stelle, die Anja nicht einsehen konnte.

Anja öffnete ihre Ladentür und machte ein paar Schritte, bis sie erkennen konnte, was die Frau an der Seite des Reisepavillons tat. Sie unterhielt sich mit einem Kind im Pippi-Langstrumpf-Kostüm, das dort stand und die Titelmelodie der Verfilmungen auf der Blockflöte spielte. Vor ihr befand sich eine pinkfarbene Blechdose, in die Frau Grünmantel ein paar Münzen warf. Dabei redete sie auf das Mädchen ein und riet der Kleinen, schleunigst nach Hause zu gehen, damit ihr nicht das Gleiche passiere wie Hanna.

Anja war derselben Meinung, sie fand die Art, wie die pensionierte Lehrerin dem Mädchen das klarmachen wollte, allerdings wenig erfolgversprechend. Mehrfach klang ein »Weißt du!« zu ihr herüber, sodass sich bei ihr bereits die Nackenhaare aufstellten. An der Art, wie das Kind, das in Hannas Alter sein mochte, weiterspielte, konnte sie erahnen, dass es der Kleinen genauso erging.

Während Anja die junge Musikantin beobachtete, erklang hinter ihr das Krächzen eines Akkordeons. Erst jetzt fiel ihr auf, dass der Akkordeonspieler einige Zeit später eintraf als sonst. Das Spiel verklang sofort wieder, sie hörte, wie das Instrument hinter ihr geräuschvoll auf den Boden gesetzt wurde.

»Mister Kleinbus« schoss an ihr vorbei. Sie sah sich um, von dem Akkordeonspieler war weit und breit nichts zu sehen. Ob der Fahrer des Busses sich an dem Instrument versucht hatte? Das würde die wenig melodischen Klänge erklären. Der Akkordeonspieler, auf den Dorothee ein Auge geworfen hatte, spielte zwar nicht orchesterreif, aber immerhin für den Hausgebrauch. Aber das Krächzen, das sie gerade vernommen hatte, hatte sich eher nach einem Löffel auf einer Käsereibe als nach Musik angehört.

Verblüfft beobachtete Anja, wie »Mister Kleinbus« Frau Grünmantel beiseite stieß, sich die Blechdose griff, das Mädchen anschrie und davonrannte. Das alles ging so schnell vor sich, dass sie keine Zeit hatte, ihn aufzuhalten, zumal Frau Grünmantel wie ein Käfer auf dem Rücken lag und sich abmühte, wieder auf die Beine zu kommen. Die Flötenspielerin versuchte ihr aufzuhelfen, war aber allein nicht stark genug.

»Was war das denn?«, fragte Anja, nachdem sie Frau Grünmantel mit vereinten Kräften wieder auf die Beine gebracht hatten.

»Der hat mein Geld geklaut«, stieß das Mädchen mit den roten Zöpfen hervor und begann zu weinen.

»Er hat gesagt, sie solle sofort aufhören, das wäre sein Platz«, empörte sich Frau Grünmantel, während sie versuchte, den Schneematsch von ihrem Mantel zu entfernen.

»Kommen Sie erst einmal mit«, schlug Anja vor und forderte auch das Mädchen auf, in den Laden zu kommen. Als sie um die Ecke bog, sah sie gleich, dass das Akkordeon samt Hocker und Mann verschwunden war. In der Bahnhofstraße fuhr gerade ein brauner Kleinbus vom Parkplatz neben dem IHK-Gebäude. Anja hätte zu gerne gewusst, was mit ihrem Akkordeonspieler war. Aber wie sollte sie etwas über ihn herausfinden? Hatte Dorothee nicht erzählt, dass sie mit dem Mann E-Mails ausgetauscht hatte?

Ehe sie mit ihrer Freundin sprechen konnte, musste sie Frau Grünmantel beruhigen und dem Mädchen das

Versprechen abnehmen, nicht mehr in der Fußgängerzone zu musizieren.

»Ich war doch gar nicht allein«, verteidigte sie sich. »Tommy und Annika sind nur gerade Pommes holen.« Sie sah die verständnislosen Gesichter der beiden Frauen und lachte. »Meine Freunde, Damian und Rebecca, wir haben uns als Pippi, Tommy und Annika verkleidet und haben gedacht, wir könnten Musik machen. So wie die drei in dem einen Film.«

Anja erinnerte sich dunkel, dass in einem der Pippi-Langstrumpf-Filme eine solche Szene vorkam. Da sollte noch einer sagen, Fernsehen schade der Fantasie. Das war eine Frage der Sichtweise. Die drei hatten sich eher inspirieren lassen, auch wenn das in diesem Fall hätte gefährlich werden können. Zum Glück war alles gut gegangen. Trotzdem wollte sie Gerd Neubert von dem Vorfall berichten. Sie sah auf die Uhr, inzwischen musste er von seiner Vernehmung in Wetter zurück sein.

KAPITEL 37

Beim Spielen ist wichtig, immer die eigenen Ziele vor Augen zu haben.

»Ich war mir so sicher, dass der Geigenspieler der Täter ist.« Gerd Neubert saß mit Anja im Bahnhofsbistro bei einem Kaffee unter der 100 Jahre alten Uhr, die man erst vor wenigen Jahren durch Zufall beim Umbau wiederentdeckt hatte.

»Ich muss hier erst mal raus, lassen Sie uns im Bahnhof einen Kaffee trinken gehen«, hatte er gesagt, als sie ihn angerufen hatte, um ihm von dem Erlebnis mit dem falschen Akkordeonspieler zu berichten.

Die Untersuchung der DNA des Geigenspielers war negativ, hatte er ihr verraten. Die Hautspuren, die unter Hannas Fingernägeln gefunden worden waren, stammten eindeutig nicht von ihm.

»Er wollte nicht damit herausrücken, wieso er abgetaucht ist«, schimpfte Gerd Neubert und stellte seine Tasse mit einer solchen Wucht auf die Untertasse, dass der Kaffee überschwappte und der Löffel scheppernd vom Teller viel.

Anja sah sich erschrocken um. Zum Glück waren die anderen Besucher mit sich beschäftigt. Keiner zeigte Interesse daran, was an ihrem Tisch vor sich ging. Die meisten waren ohnehin auf der Durchreise und verbrachten hier nur ihre Wartezeit. Die Einheimischen ließen sich pünktlich zur Zugabfahrt vorfahren.

Anja war froh, dass sich hier niemand für den anderen interessierte. Keiner erkannte Gerd Neubert, der im Zuge der Ermittlungen immer wieder in den Medien erwähnt worden war und darüber klagte, dass selbst die Kassiererin im Supermarkt ihn nach dem aktuellen Ermittlungsstand fragte.

»Am liebsten würde ich auswandern. Oder wieder zurück«, grummelte Gerd Neubert weiter.

Anja hätte gerne gewusst, wohin er zurückwollte. Noch immer hatte sie nichts über ihn bei ihrer Freundin Dorothee, die sonst eher redselig war, in Erfahrung bringen können. In der Sache konnte sie ihn verstehen, sie war sich auch sicher gewesen, dass der Geigenspieler, den Hanna von seinem Platz verdrängt hatte, Schuld am Tod des Mädchens war. Auch wenn er Hanna vielleicht nicht umgebracht hatte, die Rekonstruktion hatte gezeigt, dass die Wahrscheinlichkeit, dass das Ganze ein Unfall war, sehr hoch war.

»Ständig fragt jemand: Habt ihr den Mörder der Kleinen immer noch nicht?«, tobte Gerd Neubert leise und starrte vor sich hin.

Anja sah sich hilflos um. Was sollte sie machen? Sie konnte dem Kommissar nicht helfen.

»Ich weiß nicht mehr, wen ich verdächtigen soll.« Die Stimme des Kommissars klang resigniert und spiegelte Anjas Enttäuschung wider. »Wir haben inzwischen jeden Schausteller, jeden Straßenmusiker und vermutlich auch jeden zufälligen Passanten verdächtigt und von unserer Liste gestrichen«, erklärte Gerd Neubert, was Anja längst wusste. Das, was nicht in der Zeitung gestanden hatte oder in der Stadt erzählt worden war, hatte sie Dorothee entlockt.

»Aber Sie wollten ja etwas ganz anderes.« Gerd Neubert sah Anja fragend an. Sie berichtete von dem Vorfall vor dem Reisepavillon am späten Vormittag.

»Ich wüsste wirklich gerne, warum dieser Parka-Mann nun selbst musiziert«, schloss sie ihre Schilderung.

Gerd Neubert sah auf und in seinen Augen erkannte Anja einen winzigen Hoffnungsschimmer. »Ein neuer Straßenmusiker?«

Doch Anja musste ihn enttäuschen. »Den haben Sie bereits auf Ihrer Liste. Das ist sozusagen der Chef der Truppe. Er fährt die Musiker an ihre Plätze und kassiert das Geld.« Sie lachte. »Ich vermute ja, dass er auch dieses alberne Handbuch verfasst hat, von dem ich Ihnen die Scans geschickt habe.«

»Ach je, das habe ich total vergessen«, entschuldigte sich Gerd Neubert und stand auf, um einen weiteren Kaffee für sich und Anja zu holen.

»Für mich nicht«, bat Anja nach einem Blick auf die Uhr. Sie hatte Ida versprochen, pünktlich zu ihrer Faschingsfeier in der Schule zu sein. Die Nachmittagsbetreuer hatten mit den Kindern ein kleines Programm für die Eltern einstudiert und da durfte sie nicht fehlen. Sogar Oliver und Tobias hatten sich angesagt.

»Erzählen Sie mir doch kurz, was in dem Handbuch steht«, bat der Kommissar, nachdem er mit einer Tasse Kaffee und einem riesigen Stück Torte, das er als »Nervennahrung« deklarierte, an den Tisch zurückgekehrt war.

Anja ging nicht darauf ein, sondern berichtete ihm von den abstrusen Anweisungen in dem Heft und der Art Tagebuch, das sie dem Akkordeonspieler zugeschrieben hatte.

»Das klingt in der Tat danach, als würde jemand ein kleines Unternehmen rund um die Straßenmusikanten aufziehen.« Gerd Neubert stocherte nachdenklich in der Sahnetorte herum. »Und Sie meinen, einer der Musiker hätte so eine Art Leader-Funktion?«

Anja sah auf die Uhr. Sie musste sich wirklich auf den Weg machen, wenn sie ihrer Tochter nicht das Karnevalsfest verderben wollte. »Der Chef ist dieser Typ, der den Kleinbus fährt.« Sie versuchte den Namen zusammenzubekommen, den Dorothee ihr genannt hatte. »Ein Bogdan irgendwas, Dorothee hat das Kennzeichen überprüft, das ich Ihnen vor ewigen Zeiten geschickt habe.«

Gerd Neubert sah sie überrascht an. »Mir?«

Irritiert starrte Anja zurück. »Ja, ich bin ganz sicher. Das ist lange her. Der Typ ist mir vor Weihnachten aufgefallen, weil er den Akkordeonspieler, der bei mir vor der Tür stand, so fertiggemacht hat. Ein echt unangenehmer Mann. Später habe ich das Kennzeichen fotografiert und Ihnen geschickt. Das weiß ich genau.«

»Komisch, ich kann mich beim besten Willen nicht daran erinnern.« Der Kommissar sah Anja entschuldigend an. »Aber ich gebe zu, dass ich alles, was nicht direkt mit dem Tod des Mädchens zu tun hatte, damals beiseitegeschoben habe.«

Angesichts des Drucks, den vor allem die lokalen Medien auf ihn und seine Kollegen ausgeübt hatten, konnte Anja das verstehen. Sie war ja selbst lange Zeit davon ausgegangen, dass Hannas Vater der Täter war und hatte sich eher aus Interesse mit den Straßenmusikanten beschäftigt. Oder weil Frau Grünmantel ständig auf ihnen herumhackte, das konnte auch sein.

»Ich muss jetzt leider.« Anja stand endgültig auf und bedankte sich für die Einladung.

Gerd Neubert erhob sich ebenfalls und ließ die halbe Torte und den angefangenen Kaffeebecher stehen. »Ich schau mir das mal an«, versprach er. »Besser, als hier zu sitzen und Trübsal zu blasen.«

Das fand Anja allerdings auch. Das brachte keinen neuen Verdächtigen hervor und es tat dem Kommissar nicht gut, in Selbstmitleid zu versinken.

Anja ärgerte sich, dass sie nicht mit dem Auto zum Bahnhof gefahren war, nun musste sie den Weg bis zum »Mord & Ortschlag« zu Fuß hinter sich bringen, das konnte sie zeitlich fast nicht schaffen. Als sie die Taxen vor dem Bahnhof sah, entschloss sie sich zu einer Taxifahrt durch Hagen. Oliver konnte sie anschließend in die Stadt bringen und sie würde pünktlich zu Idas Aufführung eintreffen. Sie stieg in das Taxi und gab dem Fahrer die Adresse von Idas Schule. Während er sie auf dem schnellsten Weg ans Ziel brachte, versuchte sie sich zu erinnern, wann sie das Kennzeichen fotografiert hatte.

»Blöd, dass der Typ schon im Auto saß«, ärgerte Anja sich. Sie beruhigte sich aber gleich wieder, weil ein Foto Gerd Neubert nicht helfen würde. Er hatte bereits alle Straßenmusikanten überprüft, ein Autokennzeichen oder ein Foto würden nichts an der Tatsache ändern, dass die Männer als Täter nicht infrage kamen. Sie beschloss, sich erst einmal auf Idas Aufführung zu konzentrieren und versuchte sich mit Gedanken über ihre eigenen Karnevalserlebnisse als Kind in die richtige Stimmung zu bringen. Dass das nicht nötig gewesen wäre, erkannte sie, als sie die Schule betrat und von Tröten und Luftschlangen empfangen wurde.

Lisa Simpson alias Ida Henke sprang ihr mit gelbem Kopf und abstehenden Haaren entgegen. Die Perlenkette, die Anja vor Jahren auf einem Flohmarkt erstanden hatte, blitzte auf dem roten Etui-Kleidchen, das Ida über einer Jeans trug. Es hatte ewig gedauert, bis Anja ein gelbes langärmeliges T-Shirt gefunden hatte. Ida hatte sich trotz der Kälte geweigert, ein anderes T-Shirt unter dem Kleid zu tragen. »Lisa hat gelbe Arme«, lautete ihr Antwort und davon wich sie nicht ab. Zu Recht. Wie sie Anja gleich als Erstes mitteilte, hatten die anderen Kinder aus der Betreuung ihr den ersten Platz für ihr Kostüm zuerkannt.

Anja freute sich mit ihr und vergaß ihre trüben Gedanken, als Ida sich mit anderen kleinen Künstlern auf einer improvisierten Bühne aufbaute und mehrere Sketche aufführte.

»Wann hat sie die Texte denn gelernt?«, fragte sie leise ihren Mann, der grinste und den Finger auf den Mund legte. Da hatten die beiden hinter ihrem Rücken heimlich Texte geübt. Anja schmiegte sich glücklich an Oliver und verfolgte stolz den ersten großen Auftritt ihrer Tochter.

KAPITEL 38

Es ist sicherzustellen, dass der Campinghocker nicht wegfliegt.

Um 20 Uhr stand Dorothee mit Prosecco und Käsehäppchen vor der Tür. »Da bin ich!«

»Dich habe ich total vergessen!« Anja wurde rot. Sie hatten sich zum Fernsehgucken verabredet. Dass ihr das passieren konnte. Wie gut, dass sie nach der Aufführung direkt nach Hause gefahren waren und nicht, wie ursprünglich geplant, in der »Spinne« eingekehrt waren. Ida war übel. Sie hatte keinen Appetit auf weiteres Essen. Anja wollte nicht darüber nachdenken, womit die Kinder sich am Nachmittag in der Schule vollgestopft hatten. Nun lag das Kind im Bett und schlief tief und fest. Tobias war mit seinen Freunden im »Feuervogel« und Oliver räumte sein Büro auf. Wie sollte sie ihm erklären, dass aus dem Abend zu zweit nichts wurde?

Darüber musste sie sich keine Gedanken mehr machen, denn er stand bereits hinter ihr und sah Dorothee entgeistert an.

»Welch Glanz in unserer Hütte«, scherzte er in einem Tonfall, der in Anjas Ohren sehr aufgesetzt klang.

Zum Glück war Dorothee solchen Zwischentönen gegenüber immun, sie stürmte an ihnen vorbei in die Küche, stellte den Prosecco kalt und zog die Folie von der Schale mit den Käsehäppchen.

»Ich dachte, ich wage mich wieder einmal an den guten alten Käseigel«, erklärte sie und beförderte aus dem Korb auch eine Platte mit Ei-Käfern, an die Anja nur dunkle Erinnerungen hatte.

»Ich hätte gerne meinen Kollegen Gerd mitgebracht, aber der ist gerade ziemlich eingespannt«, fuhr sie fort, ohne auf die hilflosen Blicke zu achten, die Anja und Oliver sich zuwarfen.

Der Hinweis auf Gerd Neubert brachte Anja schließlich dazu, Dorothee den Platz anzubieten, den sie sich längst genommen hatte, und Oliver zu erklären, dass sie vergessen hatte, ihm von ihren Plänen zu berichten. Zu ihrer Erleichterung reagierte er mit Humor und bot sogar an, in seinem Adressbuch nach einem Single-Herrn zu suchen, um den Abend ein wenig ausgewogener zu gestalten.

»Hey, eine gute Idee!«, rief Dorothee ihm zu, während sie ihre Schuhe von den Füßen streifte und es sich in dem Sessel bequem machte.

Anja war sich nicht sicher, ob das wirklich eine gute Idee war.

Oliver war bei dem Anblick der sich in den Sessel lümmelnden Dorothee wohl auch von dem Gedanken abgekommen. Er ging zum Couchtisch und schaltete mit der Fernbedienung den Fernseher an. »Damit aber eins klar ist«, sagte er mit einer leichten Schärfe in der Stimme, »das Sofa gehört mir!«

Dorothee nickte und zog mit den Lippen die Weintraube vom ersten Käsespieß.

»Dann kümmere ich mich um die Getränke«, verkündete Oliver und ging an Anja vorbei.

Anja folgte ihm in die Küche und holte die Weingläser aus dem Schrank. »Es tut mir leid«, murmelte sie.

»Das schaffen wir.« Oliver lachte so laut, dass Anja einstimmen musste.

Fröhlich gingen sie zurück ins Wohnzimmer, wo Dorothee ihnen mit einem neuen Käsespieß in der Hand entgegenblickte. »Na ihr seid ja gut drauf«, bemerkte sie und warf einen Blick auf den Fernseher. »Noch zehn Minuten«, stellte sie fest. »Wirklich schade, dass Gerd nicht mitkommen konnte«, sagte sie und schob sich eine Weintraube in den Mund. Dabei warf sie Anja einen lauernden Blick zu, als erwartete sie von ihr eine Nachfrage. Doch Anja verteilte die Weingläser und schüttete Chips und Erdnüsse in zwei Glasschälchen.

»Willst du gar nicht wissen, wieso Gerd nicht mitkommen konnte?« Dorothee wartete Anjas Antwort nicht ab. »Ich war heute bei ihm im Büro, als er von eurem Tête-à-Tête zurückkam«, berichtete sie. »Seine Laune hätte man nicht mal für einen Euro bei eBay versteigern können, so mies war die. Unglaublich. Männer lassen sich immer so hängen.«

Anja konnte sich ein Schmunzeln nicht verkneifen. Das sagte die Richtige. Wenn Dorothee in schlechter Stimmung war, schickte sie eine Mail herum, dass sie an dem Tag für niemanden zu sprechen war und man davon absehen sollte, ihr unangenehme Mails oder Faxe zu schicken.

»Er hat mich nicht einmal begrüßt, sondern ist auf seinen Computer zugestürzt. Wie ein Computerjunkie. Ich habe versucht, mich höflich in Erinnerung zu bringen. Stattdessen hat er in seinen Mails herumgesucht, bis er die eine von dir fand.«

Anja ahnte, wonach Gerd gesucht hatte. Doch sie unterbrach Dorothee nicht, die gerade so im Erzählfluss war, dass selbst Oliver sie neugierig anstarrte.

»Dann hat er geflucht, den Telefonhörer abgehoben und in das Telefon geblafft: Ist dieser Geigenspieler bei euch?« Dorothee berichtete ausführlich, nur unterbrochen von kleinen Schlucken aus ihrem Sektglas, was sich zugetragen hatte, als sie in Gerd Neuberts Büro gesessen hatte. »Die Befragungen während der Rekonstruktion des Tathergangs haben sich als ebenso ergebnislos erwiesen wie die unzähligen DNA-Abgleiche. Gerd war richtig sauer. Er hat herumgebrüllt, als wäre ich dafür verantwortlich, dass der Tod der Kleinen bisher nicht aufgeklärt wurde und dafür, dass er seine E-Mails nicht ordentlich gecheckt hat. Er ist fast ausgeflippt, als Karin ihm gesagt hat, dass der Geigenspieler noch in Wetter auf der Wache ist.« Dorothee hielt Oliver ihr Glas hin und schwieg, bis es erneut bis obenhin gefüllt war. »Guckt euch mal seine Sachen an, ob da so ein Heft dabei ist, hat er verlangt. Handbuch für Straßenmusiker, ich will sofort Scans davon haben, hat er gebrüllt und mich überhaupt nicht beachtet.«

Das konnte Anja sich gut vorstellen, aber auch, dass Dorothee sich das nicht so einfach gefallen ließ.

»Ein Akkordeonspieler, ein Geigenspieler, zwei Klarinettisten, hat er ständig gemurmelt«, sagte Dorothee weiter.

Anja war mit einem Mal wieder hellwach und voll konzentriert. »Und dann?«, wollte sie wissen.

Doch Dorothee gefiel sich in der Rolle der Märchentante, sie fuhr mit ihrer Erzählung fort und beachtete Anjas Frage nicht. »Er saß jedenfalls ziemlich schlecht gelaunt an seinem Schreibtisch vor einem Stapel mit Protokollen. Anscheinend fehlte eins. Er hat so etwas gefaselt. Keine Ahnung. Ist ja auch egal, wir feiern jetzt.« Sie hob das Glas und rief: »Hagau, hagau, hagau«, um Anja und Oliver auf Karneval einzustimmen.

Oliver, der auch als gebürtiger Hagener immer ein Karnevalsmuffel geblieben war, reagierte nicht und auch Anja, die sich sonst leicht anstecken ließ, schwieg. Sie war in Gedanken versunken und starrte auf den Fernsehbildschirm, auf dem ein Büttenredner Witze machte. Sie hätte zu gern gewusst, womit sich Gerd Neubert in diesem Augenblick beschäftigte.

KAPITEL 39

Pünktlichkeit ist immer und überall das höchste Gebot.

Als Anja am Samstagmorgen früher als sonst ihren Wagen hinter die Schranke fuhr, fiel ihr auf, dass auf den Parkplätzen, die an anderen Tagen um diese Zeit leer waren, bereits Autos standen.

Ob die alle auch für eine Kinderparty einkaufen müssen?, fragte sie sich. Ihre Tochter hatte nach dem großen Erfolg der Aufführung in der OGS am Freitag beim Samstagsfrühstück spontan entschieden, am Nachmittag eine Party auszurichten. Eine Theaterparty genauer gesagt, bei der sie einen Teil des Programms ein zweites Mal für Freundinnen und jene Familienmitglieder aufführen wollte, die sie nicht in der Schule gesehen hatten. Und da sie ihren Vater und Bruder mit ihrer Säuselstimme in Windeseile überzeugt hatte, blieb Anja nichts anderes übrig, als mitzuziehen. Allerdings hatte sie sofort To-do-Listen verteilt und für sich selbst, da ihre Buchhandlung geöffnet war und sie arbeiten musste, nur den Deko-Einkauf in Geschäften in der Nähe vom »Mord & Ortschlag« notiert. Den wollte sie erledigen, ehe sie ihren Laden öffnete.

In Gedanken ging sie die Liste erneut durch: »Luftschlangen, Girlanden, Pappteller.« Als sie die Pappteller erreicht hatte, hörte sie ein dumpfes Geräusch neben sich. Sie sah sich um. An der Stelle, von der das merkwürdige Klopfen kam, parkte nur ein fremdes Fahrzeug. Sie wollte weitergehen, da sah sie einen Schatten hinter der Heckscheibe. Vorsichtig trat sie an den Van und entdeckte das Gesicht von Gerd Neubert dahinter. Er machte ihr ein Zeichen, dass sie um den Wagen herum gehen sollte.

Mit einem Kopfschütteln folgte sie seinen Anweisungen. Was sollte das nun werden?

»Wir warten auf den Kleinbus mit den Straßenmusikern«, flüsterte der Kommissar ihr durch die halb heruntergelassene Scheibe der Beifahrertür zu.

»Und dann?« Anja sah ihn verständnislos an. Sie hatten doch bereits alle Straßenmusiker ausgeschlossen.

Gerd Neubert erklärte ihr, was es mit seinem Einsatz auf sich hatte. Anja konnte nicht fassen, was sie da hörte. Gerne hätte sie mehr erfahren, doch der Kommissar drängte sie, weiterzugehen und so zu tun, als wäre nichts Besonderes.

Das ist ja ein toller Vorschlag, dachte Anja, die plötzlich keine Ruhe mehr hatte, die Dekoration für das Fest zu kaufen. Notfalls musste Britta später Luftschlangen und Girlanden besorgen. Sie würde sich jedenfalls keinen Millimeter von ihrem Schaufenster wegbewegen. Wann hatte sie die Chance, live eine Festnahme zu erleben?

Genau, wann hatte sie diese Chance? Statt direkt in ihren Laden zu gehen, drehte sie sich um und schloss den Kofferraum ihres Kombis auf. Diese Gelegenheit konnte sie sich nicht entgehen lassen. Als sie Gerd Neuberts Van passierte, klopfte sie mit einem Lächeln auf ihre Kameratasche und hatte trotz aller Aufregung Freude daran, dass er sie nicht am Fotografieren hindern konnte.

Sie schloss die Ladentür auf und wartete gespannt darauf, was passieren würde. Nach jedem Buch, das sie aus der Kiste holte, die der Großhändler vor die Tür gestellt hatte, sah sie wieder aus dem Fenster, um nichts zu verpassen.

Das Telefon klingelte. »Ich kann heute nicht kommen«, krächzte Britta heiser.

Das fehlte gerade. Hätte sie Ida nur nicht dieses Fest versprochen! Wie sollte sie Dekoration besorgen, rechtzeitig zu Hause sein und achtgeben, dass die Festnahme nicht an ihr vorüberging? Ob sie den Laden ausnahmsweise nicht öffnen sollte? Das kam nicht infrage. Dorothee musste einspringen, schließlich hatte sie ihr den Freitagabend fast verdorben, da hatte Anja eindeutig etwas bei ihr gut.

»Ja!« Eine verschlafene Stimme meldete sich, als Anja ihre Freundin anrief. Das war ja klar, zuerst hatte sie

Sitzfleisch bis weit nach Mitternacht und ignorierte Anjas auffällig-dezente Versuche, das Gähnen zu unterdrücken. Und dann lag sie im Bett, während die anderen arbeiteten.

»Guten Morgen«, zwitscherte Anja, um Dorothee mit ihrer Stimme aus dem Tiefschlaf zu holen. »Britta ist krank und wir haben heute ein Kinderfest«, rückte sie gleich mit ihrem Anliegen heraus, ohne die Bushaltestelle, an der der Kleinbus jeden Morgen hielt, aus den Augen zu lassen.

»Moment!« Dorothees Stimme klang inzwischen etwas wacher.

Anja hörte, wie ein Wasserhahn rauschte, dann versprach ihre Freundin, so schnell wie möglich zu kommen. Um ihr Tempo ein bisschen zu erhöhen, berichtete Anja ihr von den Plänen Gerd Neuberts.

»Bin schon da!« Dorothees Stimme ging, so kam es Anja zumindest vor, im Rauschen einer Wasserspülung unter. Sie lachte. Dorothee war wirklich eine Marke, aber wenigstens zuverlässig und hart im Nehmen.

Warum tauchte der Akkordeonspieler nicht auf? Er hatte an den letzten Samstagen immer musiziert. Ob er krank war? Seltsam war, dass gestern am Vormittag dieser kleine Unsympath mit dem Akkordeon aufgetaucht war. Nicht dass er dem Akkordeonspieler etwas getan hatte, weil er mit ihr gesprochen hatte. Sie mochte nicht daran denken. Stattdessen sollte sie überlegen, was sie vorbereiten konnte, um Dorothee die Arbeit zu erleichtern. Eilig räumte sie die bestellten Bücher in das Regal, die Nachbestellungen ein und ging immer wieder am Schaufenster vorbei, in dem ihre Kamera griffbereit lag.

Als sie die Geschenkpapierrolle überprüfte, bemerkte sie, dass diese höchstens für zwei Päckchen reichen würde. Sie suchte unter der Verkaufstheke. Die Reserverolle war nicht da, wo sie liegen sollte. »Diese Britta«, tobte Anja innerlich und stieß sich den Kopf, als sie hastig aufstehen wollte, um auf den Vorplatz zu schauen.

»Fuck!«, übernahm sie aus Zorn über Britta und sich selbst das Schimpfwort, das sie ihrem Sohn hatte erfolglos austreiben wollen. Leise schimpfend ging sie, nicht ohne vorher noch einmal nach draußen zu sehen, in den Lagerkeller. Irgendwo mussten diese Geschenktüten aus der Adventszeit sein. Da gab es einige mit Schneemännern drauf, die passten auch in den Februar.

War da nicht ein Geräusch? Sie hastete die Wendeltreppe nach oben, so schnell das auf den schmalen Stufen möglich war, und sah einen Schatten an ihrem Laden vorbei vom Volkspark in Richtung Bushaltestelle laufen.

Der Fluch, der ihr herausrutschte, als sie den Kleinbus durch das Plexiglas des Wartehäuschens sah, war nichts gegen das »Fuck« ihres Sohnes. Sie riss die Kamera von der Fensterbank und wollte aus dem Laden stürmen. Doch sie hatte die Tür abgeschlossen. Bis sie den Schlüssel gefunden und die Tür entriegelt hatte und endlich auf dem Vorplatz erschien, trug der Fahrer des Kleinbusses bereits Handschellen an. Der Akkordeonspieler stand mit verwirrtem Gesichtsausdruck und einem dicken Wollschal um den Hals neben dem Bus. Er sah fragend von dem Fahrer zu Gerd Neubert.

Anja konnte nur Bruchstücke von dem verstehen, was Gerd Neubert sagte. Das Wichtigste bekam sie mit: Der Fahrer war wegen des Verdachts, die elfjährige Hanna getötet zu haben, verhaftet worden.

Der Mann brüllte in einer fremden Sprache, von der Anja nur ahnen konnte, dass es Bulgarisch war. Der Musiker sah auf und entdeckte Anja mit ihrer Kamera. Er hob die Hände mit den Handschellen und machte eine drohende Bewegung in ihre Richtung, als würde er ihr die Schuld an seiner Verhaftung geben.

KAPITEL 40

Den Anordnungen des Teamleiters ist Folge zu leisten.

»Ich rufe Sie heute Nachmittag an«, versprach Gerd Neubert auf dem Weg zu seinem Auto, nachdem der Fahrer des Kleinbusses in einem Einsatzwagen abtransportiert worden war.

Ein Polizist fuhr das Fahrzeug auf einen der Parkplätze in der Bahnhofstraße.

Nur der Akkordeonspieler stand weiterhin am Straßenrand und sah die Männer, die den Kleinbus-Fahrer abholten, verstört an.

»Waren da sonst keine Musiker in dem Wagen?« Anja erinnerte sich, dass manchmal drei oder vier Männer außer dem Fahrer und dem Akkordeonspieler in dem Wagen gesessen hatten.

Der Kommissar schüttelte den Kopf.

»Dann hat er die anderen bereits abgesetzt«, überlegte Anja laut und schilderte ihre Beobachtung.

»Das ist ja im Moment kein Problem«, entschied Gerd Neubert. Er wandte sich an den Akkordeonspieler: »Wann werden Sie immer abgeholt?«

Der Mann blickte Gerd Neubert verständnislos an. Erst als der Kommissar auf seine Uhr zeigte und seine Hände mit den Handflächen aufeinander an die Wange legte, wie man mit Kindern Schlafen spielte, krächzte heiser: »Dunkelheit!« Er war eindeutig krank. Anja vermutete, dass er aus diesem Grund am Tag zuvor nicht spielen konnte.

»Also haben wir ein paar Stunden Zeit, um für die Spieler eine Lösung zu finden. Sollen die armen Schweine das Geld für sich einnehmen.«

Anja nickte. Sie verabschiedete sich von Gerd Neubert und holte eine Tasse Kaffee und einen Berliner Ballen aus dem Laden. Wie gut, dass Dorothee sich einen Vorrat mitgebracht hatte, einer weniger tat ihrer Linie gut. Sie hielt dem Mann mit dem Akkordeon die Tasse und den Kuchen hin. Endlich konnte sie in Ruhe mit ihm sprechen, er hatte schließlich gesehen, wie die Polizei seinen Boss abgeholt hatte.

»Wo waren Sie denn gestern?«, erkundigte sie sich.

Als ob sich eine Starre von dem Mann gelöst hatte, begann er zu erzählen. Nicht nur davon, dass er am Vortag zu krank war, um auf der Straße zu spielen.

Anja musste sich konzentrieren, um seine Worte richtig zu interpretieren. Eines wurde dennoch klar. Sie lag mit ihrer Banden-Theorie genau richtig. Das Ganze funktionierte in einem System von Mittelsmännern. Auf der untersten Stufe standen die Musikanten, die in Bulgarien oder anderen osteuropäischen Ländern angeworben wurden. Die meisten fanden in ihrem Heimatland keine Arbeit und waren froh, dass sie in Deutschland eine Chance bekamen, Geld zu verdienen. Viele konnten einige Töne auf einem Instrument spielen. Wenn sie nach Deutschland kamen, durften sie ein Instrument auswählen. Sie bekamen in einer Zentrale, deren Lage der Akkordeonspieler nur vage benennen konnte, einen Crashkurs und wurden einem Fahrer zugeteilt.

»Wie lange sind Sie bereits in Deutschland?«, wollte Anja wissen. Wie alle anderen Mitglieder seiner Gruppe war er erst seit Oktober in Deutschland. Er hatte den Fahrer seiner Gruppe in Sofia kennengelernt, als dieser dort Verwandte besucht hatte, um sie für den Job anzuwerben.

»Gut für Ilana«, sagte der Akkordeonspieler und sah traurig aus. Er holte das Heftchen aus der Tasche, das Tobias eingescannt hatte. »Ilana«, wiederholte er und zeigte auf die handschriftlichen Einträge. Also war es doch sein Tagebuch, schloss Anja. Sie erinnerte sich an den Eintrag, der vermuten ließ, dass etwas Schlimmes passiert war.

»Darf ich?«, bat sie den Mann und zeigte auf das Heft.

Zögernd reichte er es ihr.

Sie suchte nach der Stelle und hielt sie dem Mann hin. »Was ist da passiert?«

Der Mann schüttelte den Kopf und schlug die Hände vor das Gesicht. »Schlimm, ganz schlimm!«, sagte er immer wieder.

»Was war so schlimm?«, bohrte Anja nach, auch wenn der Mann ihr leidtat. Sie wollte wissen, ob der Eintrag etwas mit dem Tod der kleinen Hanna zu tun hatte.

»Mädchen spielen Geige«, erklärte der Straßenmusiker in seinem schwer verständlichen Deutsch. »Sehr gut. Bogdan böse. Mädchen weg.«

»Sie meinen, Ihr Boss wollte das Mädchen verjagen?«, versuchte Anja sich einen Reim auf seine Wörter zu machen.

Der Mann schwieg und holte ein Wörterbuch aus dem Akkordeonkoffer. Eher ein Wörterbüchlein, das zerfleddert war und aussah, als wäre es schon lange in Gebrauch. Er blätterte und sah Anja fragend an.

Sie seufzte, in dem Büchlein war das Wort »verjagen« sicher nicht aufgeführt. Sie bat um das Buch und sah, dass nur der vordere Teil deutsche Begriffe enthielt. Im hinteren Teil, der mindestens genauso stark benutzt schien, standen zunächst die bulgarischen Wörter und dann die deutschen Übersetzungen.

»Haben Sie damit die deutschen Sätze geschrieben?«, fragte sie.

Der Akkordeonspieler nickte. »Boss nix Deutsch lesen, nicht Briefe.«

Wenn dieser Fahrer des Kleinbusses nicht Deutsch lesen konnte, hieß das, dass er nicht der Autor des Handbuches war. Noch ein Anzeichen dafür, dass hinter manchen Straßenmusikanten eine Organisation steckte.

»Hat Ihr Boss das Mädchen geschlagen?« Fast hätte Anja diese Frage vergessen. Sie sah, dass Dorothee ihr Zeichen aus dem Laden machte, weil die ersten Kunden dort auftauchten. Aber diese Antwort musste sie hören.

»Bogdan schimpft, stößt Mädchen, fällt, still«, brachte der Akkordeonspieler aufgeregt hervor.

Sie sah ihm an, dass ihn der Vorfall sehr bewegte, und ahnte, dass er seither Angst davor hatte, dass sein Boss mit ihm genauso umging.

»Viel Schnee«, fügte er hinzu.

Anja fiel jener Abend ein, an dem der Weihnachtsmarkt früher als sonst geschlossen hatte, weil am Nachmittag wegen des Schneesturms die Besucher ausgeblieben waren. Sie war damals mit ihrer Kamera über den Weihnachtsmarkt gegangen, an der alten Laterne vorbei in den Volkspark, in dem weiterhin die Lichterketten geleuchtet und die dicken Schneeflocken angestrahlt hatten. Hatte sie sich nicht sogar eingebildet, hinter sich leise Klänge des »Schneewalzers« zu hören und sich darüber gewundert, dass jemand auf die Idee kam, das Lied zu spielen, obwohl niemand mehr unterwegs war?

Das war also der Grund, warum keiner etwas gesehen hatte. Es waren kaum Menschen in der Stadt unterwegs. Anhand des Zeitcodes ihrer Kamera würde sie feststellen können, ob sie richtig lag. Aber das brauchte sie nicht. Sie war sich ganz sicher, dass sich alles so zugetragen hatte.

Hanna hatte weitergespielt, auch als Frau Grünmantel längst zu Hause gewesen war. Als Innenstadtbewohnerin war sie sicher eine der letzten gewesen, die unterwegs waren. Und da sie nicht mit dem Auto fahren musste, war ihr das Chaos nicht aufgefallen. Gegen den Weihnachtsmarkt hatte sie ohnehin eine Abneigung, da bemerkte sie nicht, ob dieser früher oder später schloss.

Der Fahrer hatte sich vermutlich durch den Schnee gekämpft, weil er seine Leute abholen musste. Und als er Hanna allein stehen sah, hatte er die Gelegenheit genutzt, um sie zur Rede zu stellen und ihr zu drohen. Wie schon wenige Tage zuvor. Wenn sie den Akkordeonspieler richtig verstanden hatte, war der Fahrer des Kleinbusses der Mann, der Hanna beobachtet hatte. Er wollte ihr damit Angst machen.

»Er behauptet, er hätte das Mädchen mehrfach gewarnt und immer nur leicht gestoßen«, bestätigte Gerd Neubert am Nachmittag, was Anja von ihrem Akkordeonspieler erfahren hatte. »In dem Schnee ist sie vermutlich ausgerutscht und unglücklich gefallen. Es gibt keine Druckstellen von Fingern an ihren Armen. Lediglich diese blauen Flecken, die von der Reitgerte des Vaters herrühren und die uns lange in die Irre geführt haben.«

»Und dann blieb ihm nichts anderes übrig, als das Mädchen verschwinden zu lassen«, schob Oliver ein, der sich ein paar Minuten von Idas Party freigenommen hatte, um aus erster Hand zu erfahren, wie letztlich alles gewesen war. »Dieser Kühlwagen mitten auf dem Ebertplatz war wirklich ein optimales Versteck. Das haben selbst unsere Kinder gleich spitz gekriegt«, fügte er hinzu und sah Anja liebevoll an.

Gerd Neubert war am späten Nachmittag bei ihnen aufgetaucht, nachdem er Hannas Eltern kurz vor dem Gedenkgottesdienst berichtet hatte, dass der Täter gefasst war.

»Die DNA-Probe hat bestätigt, dass der Mann der Täter ist. Er hat es die ganze Zeit geschafft, sich vor uns zu verbergen.«

Anja sah, dass Gerd Neubert das wirklich zu schaffen machte. »Er war aber auch ständig unterwegs«, tröstete sie ihn. »Er hat immer irgendwo jemanden abgeliefert oder abgeholt. Ihn zu erwischen war«, sie suchte nach einem Vergleich, da fiel ihr Blick auf die Rennmaus, die Tobias seiner kleinen Schwester geschenkt hatte. »Das war, als wollten Sie eine Rennmaus fangen«, scherzte sie.

Gerd Neubert ging nicht auf ihre Flachserei ein. »Ich war bei Hannas Vater«, berichtete er. »Der Mann hat keinen Mucks von sich gegeben.« Er rang sichtlich um Fassung über einen solchen Vater.

Anja tat es fast leid, dass nicht der Vater als Täter überführt worden war. Solch ein arroganter Eisklotz. Dieser Bogdan Timcu war ihr zwar ebenso unsympathisch, aber er hatte dem Akkordeonspieler Pawel und den anderen Musikern immerhin zu einem kleinen Einkommen verholfen. Wie es jetzt mit ihnen weiterging, wusste niemand. Die Polizei hatte sie zunächst in einem Heim für Wohnungslose untergebracht, da die Wohnung, die Bogdan Timcu für sie angemietet hatte, erst einmal versiegelt worden war, bis sämtliche Zusammenhänge aufgeklärt waren.

»Was ist eigentlich mit der Geige?«, fiel Anja ein.

»Die haben wir in der Wohnung gefunden, in der die Männer untergebracht waren. Die war eher ein Zufallstreffer für den Täter. Der Geiger und der Akkordeonspieler mussten das Mädchen unter den Kühlwagen bringen, derweilen hat Bogdan Timcu den Geigenkoffer entsorgt. Auf seinem Computer haben wir einen Account für ein Online-Auktionshaus gefunden. Dort hat er die Geige eingestellt, nicht in das Spezial-Auktionshaus für Geigen, das Sie entdeckt haben.« Gerd Neubert neigte bedauernd den Kopf, als wollte er sagen: Sie können ja nicht nur Treffer landen.

»Und wieso ist der Geigenspieler verschwunden?« Ida rief bereits nach ihr, doch das musste Anja unbedingt wissen.

»Er hatte mehr Angst als der Akkordeonspieler, zumal er auch Geige spielte und ihm war wohl eine Frau im grünen Mantel aufgefallen, die auffällig oft um ihn herumschlich.«

Anja lachte. Da hatte sogar Frau Grünmantel eine Rolle in dieser Geschichte, wer hätte das gedacht. Wenn Emily und Giulia das nächste Mal in ihren Laden kamen, würde sie ihnen genau erzählen, wie Hanna gestorben war. Als Hannas Freundinnen hatten sie ein Recht darauf. Den Besuch der Gedenkmesse würde sie angesichts des Trubels in ihrem Wohnzimmer kaum schaffen. Sie fand, dass sie einen Abend im Kreis ihrer Lieben redlich verdient hatte. Wenn Dorothee wieder erscheinen würde, würde sie sie in die Sauna im Keller sperren.

Als hätte ihre Freundin es geahnt, klingelte es und Dorothee stand in der Tür. »Ich wollte nur schnell den Schlüssel abgeben«, rief sie fahrig. Sie weigerte sich hereinzukommen, was Anja stutzig machte, deshalb folgte sie ihr bis vor die Haustür und grinste, als sie sah, dass der Akkordeonspieler auf Dorothees Beifahrersitz saß.

Gerd Neubert lachte, als Anja ihm von Dorothees Begleiter erzählte. »Der muss sich um seine Zukunft erst einmal keine Sorgen machen.«

Anja kam es vor, als wirkte er erleichtert, dass wenigstens einer der Musiker Hilfe bekam. Doch er sagte nichts. Auch Dorothee hatte beharrlich geschwiegen, als Anja sie nach der Familie und der Laufbahn Gerd Neuberts ausgefragt hatte. Nur so viel hatte sie ihr entlocken können: Seit Winterbeginn wohnte er allein in einer Altbauwohnung in Wehringhausen. In der Nähe seiner Freundin, einer Künstlerin namens Rosina. So sehr Anja auch gebohrt hatte, mehr hatte Dorothee nicht herausgelassen.

»Wie es aussieht, existiert wirklich eine Organisation, die auf Deutschland verteilt, ihr Geld mit Straßenmusik verdient.« Gerd Neubert wechselte das Thema und bot Anja keine Chance, ihn weiter auszufragen. »Es gibt sogar eine Art Zentrale dieses Unternehmens, das Männer, die Arbeit suchen, nach Deutschland schleust und sie hier zu Straßenmusikanten ausbildet.« Er lachte bei dem Wort »ausbildet«. »Sie können sich das nicht vorstellen, aber es gibt neben dem Handbuch ein Seminarwesen. Da lernen die Männer ein paar Lieder auf ihrem Instrument zu spielen, und es wird Misstrauen gegen alle anderen geschürt.«

»Deshalb hat der Akkordeonspieler sich immer umgesehen, wenn ich ihn angesprochen habe.« Anja nickte. Das ergab einen Sinn.

»Sie haben ihm ganz schon viel Ärger eingehandelt.« Gerd Neubert sah auf die Uhr und stand rasch auf. »Ich muss los. Ich habe meiner Freundin versprochen, sie auf eine Vernissage zu begleiten.«

Sie erhob sich ebenfalls, mit einem empörten Ausdruck im Gesicht. »Ich war nur freundlich und hilfsbereit«, verteidigte sie sich. Dabei wusste sie genau, dass eine große Portion Neugier mit von der Partie war, aber auch Mitleid mit Hanna. Das Mädchen hatte sich mit dem »Schneewalzer« für immer in Anjas Erinnerung gegraben, obwohl sie ihre Musik vielleicht gar nicht gehört hatte oder vielleicht doch durch den Walzer der Schneeflocken.

Weitere Krimis finden Sie auf den folgenden Seiten und im Internet:

WWW.GMEINER-SPANNUNG.DE

BIRGIT EBBERT
Falsches Zeugnis

978-3-8392-1696-5 (Paperback)
978-3-8392-4669-6 (pdf)
978-3-8392-4668-9 (epub)

»Gibt es noch weitere Tagebücher von Anne Frank?«

Ein Unbekannter wendet sich per E-Mail an Karina Bessling. Er ist angeblich im Besitz von bisher unveröffentlichten Tagebüchern von Anne Frank und möchte diese nun gewinnbringend veräußern. Karina glaubt zuerst an einen Scherz, bietet jedoch aus Neugier ihre Hilfe an. Kurz darauf steht die Polizei vor ihrer Tür und erklärt ihr, dass der Unbekannte ertrunken ist. Als Karina dennoch eine weitere Mail erhält, beschließt sie, den Verfasser zu suchen und dem Fall auf den Grund zu gehen.

BIRGIT EBBERT
Brandbücher

978-3-8392-1448-0 (Paperback)
978-3-8392-4209-4 (pdf)
978-3-8392-4208-7 (epub)

»Ein dunkles Kapitel deutscher Geschichte spannend erzählt.«

Die junge Karina findet im Haus ihrer verstorbenen Großtante geheimnisvolle Postkarten. Die Suche nach deren Ursprung führt sie 70 Jahre zurück, in das Jahr 1933, als ihre Großtante Haushälterin bei einem jüdischen Buchhändler war. Hautnah musste ihre Großtante miterleben, wie der Einfluss der Hitler-Getreuen wuchs und in Münster die Bücherverbrennung vorbereitet wurde.

Karina taucht tief in die damaligen Geschehnisse ein und gerät schließlich in Lebensgefahr. Denn sie stößt auf Machenschaften, die bis heute unentdeckt blieben.

MICHAELA KÜPPER
Witwenrallye

978-3-8392-1765-8 (Paperback)
978-3-8392-4793-8 (pdf)
978-3-8392-4792-1 (epub)

»Ein rasante rheinische Schatzsuche, bei der zwei Frauen über Leichen gehen.«

Privatdetektivin Johanna Schiller hat den Auftrag, die abtrünnige Frau von Exbankräuber Krämer aufzuspüren. Schnell hat sie Erfolg. Doch am Morgen nach dem Wiedersehen ist Krämer tot. War die Aufregung zu viel für sein krankes Herz? Bald hat Johanna eine andere Spur. Krämer erhielt von seinem Bruder kurz vor dessen Tod einen Brief mit dem Hinweis, wo sich die Beute aus dem gemeinsamen Überfall befindet. Ein Motiv für die jungen Witwen der Brüder? Eine wilde Schatzsuche durch das Rheinland beginnt.

Das Neueste aus der Gmeiner-Bibliothek

Unsere Lesermagazine

Bestellen Sie das kostenlose KrimiJournal in Ihrer Buchhandlung oder unter www.gmeiner-verlag.de

Informieren Sie sich …

www … auf unserer Homepage:
www.gmeiner-verlag.de

@ … über unseren Newsletter:
Melden Sie sich für unseren Newsletter an unter www.gmeiner-verlag.de/newsletter

f … werden Sie Fan auf Facebook:
www.facebook.com/gmeiner.verlag

Mitmachen und gewinnen!

Schicken Sie uns Ihre Meinung zu unseren Büchern per Mail an gewinnspiel@gmeiner-verlag.de und nehmen Sie automatisch an unserem Jahresgewinnspiel mit »mörderisch guten« Preisen teil!